ON NE PEUT COMPTER SUR PERSONNE

Née le 19 janvier 1921 à Fort Worth, dans le Texas, Patricia Highsmith a passé la plus grande partie de sa jeunesse à New York et a fait ses études à Barnard College, Université Columbia, où elle a obtenu ses diplômes en 1942. Fille unique de parents artistes, elle manifesta très tôt des dispositions aussi bien pour le dessin que pour la littérature. Elle a d'abord illustré un livre pour enfants, puis écrit et illustré une satire politique, *Le Mensonge éhonté*.
Son premier roman, *L'Inconnu du Nord-Express*, remporta un grand succès de presse et de librairie et, porté à l'écran par Hitchcock, deviendra un classique du cinéma (choisi parmi les dix meilleurs films de l'année 1951).
Autres réussites : *Monsieur Ripley*, dont René Clément tira le film *Plein Soleil* (avec Alain Delon), remporta en Amérique le Prix des « Mystery Writers of America » en 1956 et, en France, le Grand Prix de Littérature policière, en 1957.
Suivront *Ripley et les Ombres; Ripley s'amuse (L'Ami américain*, film mis en scène par Wim Wenders); *Le Meurtrier*, qui a été sélectionné par le *Times* de Londres parmi les 99 meilleurs romans policiers de tous les temps et désigné par le *New York Herald Tribune* comme « la meilleure histoire de suspense » (Claude Autant-Lara en a fait un film); *L'Empreinte du faux; L'Amateur d'escargots* (Grand Prix de l'Humour noir en 1975). *Ce mal étrange (Dites-lui que je l'aime)* a été porté à l'écran par Claude Miller; *Eaux profondes* a inspiré le cinéaste Michel Deville; *Le Journal d'Edith, Le Jardin des disparus* et *Ces gens qui frappent à la porte* ont également connu un grand succès. Patricia Highsmith est décédée en février 1995 en Suisse où elle s'était fixée.

Paru dans Le Livre de Poche :

L'INCONNU DU NORD-EXPRESS
CE MAL ÉTRANGE
MR RIPLEY (PLEIN SOLEIL)
RIPLEY ET LES OMBRES
RIPLEY S'AMUSE
CEUX QUI PRENNENT LE LARGE
LE MEURTRIER
L'EMPREINTE DU FAUX
EAUX PROFONDES
SUR LES PAS DE RIPLEY
LA RANÇON DU CHIEN
CAROL. LES EAUX DÉROBÉES
L'AMATEUR D'ESCARGOTS
L'ÉPOUVANTAIL
LE CRI DU HIBOU
LE RAT DE VENISE
UNE CRÉATURE DE RÊVE
CES GENS QUI FRAPPENT À LA PORTE
LA PROIE DU CHAT
LE JOURNAL D'ÉDITH
LES SIRÈNES DU GOLF
CATASTROPHES
LE JARDIN DES DISPARUS
RIPLEY ENTRE DEUX EAUX
L'HOMME QUI RACONTAIT DES HISTOIRES
LES DEUX VISAGES DE JANVIER
LA CELLULE DE VERRE
SMALL G

PATRICIA HIGHSMITH

On ne peut compter sur personne

NOUVELLES TRADUITES DE L'ANGLAIS PAR PIERRE MÉNARD

CALMANN-LÉVY

ON NE PEUT COMPTER SUR PERSONNE

Vendredi après-midi, Claude avait pris sa décision. Ralph Carpenter passerait chez Lola dimanche, autour de 15 heures ; à 16 heures, il serait parti — définitivement, puisqu'il devait prendre un train à 16 h 30, d'après ce que lui avait dit Lola. Claude débarquerait chez Lola à 16 h 10, la tuerait avec la petite statuette du chat — ou tout autre objet qui se présenterait — et quitterait l'appartement. La femme de ménage arriverait à 17 heures et découvrirait le cadavre. Ralph aurait laissé ses empreintes partout — sur les verres, les tasses, les bouteilles, le briquet de Lola. Il était du genre à ne pas tenir en place et à tripoter tout ce qui lui tombait sous la main. Claude se contenterait d'essuyer la statuette. C'est exactement ce qu'aurait fait un écervelé comme Ralph : nettoyer l'arme du crime, tout en laissant des empreintes à travers tout l'appartement.

La grippe dont Lola s'était plainte auprès de Claude le jeudi soir, au théâtre, avait empiré le lendemain ; et elle lui avait dit qu'elle passerait tout le week-end au lit, sans voir personne à l'exception de Ralph qui devait faire un saut dimanche vers 15 heures. Comme lors de ces brusques éclairs intuitifs qui lui venaient parfois, après avoir vainement réfléchi des heures durant aux problèmes que pouvaient lui poser l'un de ses rôles, Claude avait tout à coup réalisé que Ralph

Carpenter serait le suspect idéal pour le meurtre qu'il envisageait. Ralph avait même un mobile, puisque Lola Parsons s'apprêtait à lui couper les vivres. Et tout cela pourquoi ? Parce que Lola avait décidé de refaire un bout de chemin avec Claude, son mari, et que ce dernier avait réussi à la convaincre qu'il était grand temps que Ralph Carpenter apprenne à voler de ses propres ailes. Deux ans durant, Claude avait tenté de raisonner Lola et de l'empêcher de dilapider trois ou quatre cents dollars par mois pour soutenir la carrière de Ralph, dont les débuts en tant qu'acteur s'avéraient difficiles. Tous leurs amis le savaient et considéraient d'ailleurs Ralph comme le principal facteur de leur séparation, à Lola et à lui. On mettait généralement cela sur le compte de la jalousie de Claude, ce qui était absolument faux. Pourquoi aurait-il été jaloux d'un petit morveux de vingt-quatre ans, qui avait certes un profil avantageux mais qui ne s'était pas particulièrement illustré depuis le début de sa « carrière », trois ans plus tôt ? Alors qu'à dix-neuf ans, lui, Claude Merrivale, avait donné à Philadelphie une interprétation d'Hamlet qui avait déchaîné l'enthousiasme des plus influents critiques new-yorkais. Quant aux rumeurs selon lesquelles Ralph et Lola auraient eu une liaison, elles étaient tout bonnement absurdes. Lola avait vingt ans de plus que Ralph. Elle était bien sûr flattée de voir le jeune homme lui faire la cour, rôle dont il s'acquittait d'ailleurs à merveille, mais sans plus.

Dans l'après-midi du vendredi, Claude décrocha le téléphone et appela les McLain. Liz et Ed McLain, de vieux amis, habitaient non loin de chez Lola, dans le Village.

« Claude ! s'exclama Liz. Où te cachais-tu donc ?

— Oh, j'ai beaucoup vu Lola, ces derniers temps.

— Je suis très heureuse de l'apprendre. Et je ne serais pas étonnée que vous vous remettiez en ménage, tous les deux. Ed est convaincu que cela finira par arriver.

— Eh bien, ce n'est pas impossible, dit Claude d'un air enjoué. Je me demandais si je pourrais faire un saut chez vous, dimanche après-midi... Disons, autour de 15 heures ?

— Nous ne bougerons pas de la maison. Ed se lève vers midi ; et comme je suis moi-même au chômage en ce moment, je n'ai plus la moindre excuse pour paresser au lit toute la journée. Nous serons ravis de te revoir, Claude.

— Comment va Ed ? Il rame toujours dans *Le Sifflet ?*

— Ramer ? Pourquoi dis-tu ça ? Nous allons payer les études de Teddy avec ce que *Le Sifflet* a rapporté à Ed. »

Après avoir raccroché, Claude se reprocha d'avoir employé une telle expression. Après tout, Ed tenait le rôle principal dans *Le Sifflet d'argent* et sa question avait dû paraître inspirée par la jalousie. Cela lui rappela une remarque que Lola lui avait faite au théâtre, jeudi soir. Un acteur d'une cinquantaine d'années aux cheveux grisonnants jouait dans la pièce ; Claude n'avait pas apprécié sa prestation et l'avait dit à Lola. Du ton moqueur qui donnait parfois à Claude envie de l'étrangler, celle-ci avait rétorqué :

« C'est toujours le même problème, quand on va au théâtre avec toi. Dès qu'un acteur joue un rôle que tu estimes pouvoir te convenir, tu le prends en grippe et tu détestes l'ensemble de la pièce.

— Je n'ai pas dit que la pièce m'avait déplu », avait protesté Claude.

Mais Lola avait fait la sourde oreille. Et sa remarque avait porté. Claude reconnaissait qu'elle n'était pas totalement infondée. Il était amer parce qu'il ne trouvait plus de travail. Depuis qu'il boitait, suite à cet accident de voiture, quatre ans auparavant, sa chance avait tourné. On lui avait pourtant dit que sa claudication ne pouvait que rehausser sa prestance sur scène... Et honnêtement, il ne pouvait pas mettre ses déboires professionnels sur le seul compte de sa disgrâce physique. N'empêche, ses ennuis avaient commencé à la suite de cet accident. Et sa brouille avec Lola remontait à la même période. Le fait de ne plus trouver de travail l'avait rendu nerveux et Lola ne l'avait pas compris. Comment l'aurait-elle pu, du reste, alors que jamais de sa vie elle n'avait eu à se soucier de questions matérielles? La blonde et resplendissante Lola Parsons avait brillé de tous ses feux entre sa vingtième et sa trente-neuvième année; lorsque sa beauté avait commencé de décroître, elle avait renoncé à la scène pour vivre de ses rentes. Voir son visage se flétrir avec le temps, tandis que votre réputation et les rôles de moins en moins nombreux qu'on vous propose suivent la même courbe déclinante était une expérience dont elle ignorait tout. Finalement, deux ans plus tôt elle avait déclaré à Claude qu'il était devenu «tellement amer» qu'il ne méritait même pas de remonter sur les planches — et si désagréable comme compagnon qu'elle n'avait plus aucune envie de partager sa vie. Claude avait quitté leur appartement du Village pour louer un petit studio dans le West Side. Sa vie n'avait pas toujours été rose, ces deux dernières années. Lola lui proposait de l'argent de temps en temps, mais il était bien trop fier pour l'accepter — sinon à une ou deux reprises, tout au plus. Il n'avait décroché que deux petits rôles durant cette période et avait dû mettre au clou tous les bijoux qu'il possédait. On lui avait souvent promis du travail, mais cela ne s'était jamais concrétisé. Et il avait fini par penser qu'on ne pouvait vraiment compter sur personne.

Quelques mois plus tôt, Claude s'était dit que cette situation de semi-pauvreté ne pouvait durer davantage, alors que de son côté Ralph Carpenter soutirait éhontément de l'argent à Lola. Il avait demandé à celle-ci de reprendre la vie commune, mais elle avait refusé.

«Nous pouvons tout de même rester amis et nous voir de temps en temps, non?

— Bien sûr, Claude, avait dit Lola. Il n'y a que toi qui veuilles toujours couper définitivement les ponts. »

Il s'était donc remis à aller la voir, une fois par semaine, surtout pour avoir une idée de la manière dont elle vivait à présent. Car il avait résolu de l'assassiner, à condition de pouvoir mettre au point un plan suffisamment sûr. Des années auparavant, Lola avait fait un testament dans lequel elle lui léguait la totalité de sa fortune. Il était convaincu qu'elle ne l'avait pas modifié depuis : elle n'était pas assez ordonnée pour ça. Il n'avait pas oublié comme il avait été difficile de la persuader de rédiger ce testament, cinq ou six ans plus tôt. Toute cette paperasserie ennuyait profondément Lola. De surcroît, peu avant leur séparation il lui avait demandé sur un ton sarcastique si elle comptait modifier son testament, et elle lui avait répondu d'un air indifférent : « Bien sûr que non. Je ne vais pas perdre à nouveau mon temps avec toutes ces histoires. »

Il avait ainsi appris qu'elle fréquentait toujours leurs amis d'autrefois et qu'aucun individu dévoré d'une passion plus ou moins romantique ne lui tournait autour. Lola vivait toujours beaucoup la nuit et recevait souvent des amis bien après minuit, à la sortie des théâtres. Enfin elle avait embauché une femme de ménage française, Colette, qui venait chez elle tous les jours à 17 heures à l'exception du lundi.

Claude était au moins sûr d'une chose : Lola ne parlait jamais de sa vie privée avec ses amis. Aussi, lorsqu'il avait annoncé aux McLain, à Joyce Gilmore — qu'il avait appelée le samedi — et à deux ou trois autres personnes que Lola et lui s'apprêtaient à reprendre leur vie commune, tout le monde l'avait cru sur parole.

Claude avait téléphoné à Joyce Gilmore le samedi après-midi, en lui demandant s'il pouvait passer chez elle dimanche, vers 16 h 30, attendu qu'il se trouverait dans les parages. Ainsi que Claude l'avait prévu, elle avait accepté avec joie. Joyce avait vingt-deux ans ; elle rêvait d'une carrière sur les planches et avait la chance de bénéficier d'une petite allocation mensuelle que lui versait sa famille. Elle avait entendu parler de Lola Parsons et de Claude Merrivale alors qu'elle n'était encore qu'une enfant ; le fait de les connaître désormais personnellement et de pouvoir les appeler par leurs prénoms la flattait intérieurement. De la sorte, Claude avait maintenant les deux rendez-vous dont il avait besoin — l'un juste avant, l'autre juste après le meurtre.

Le dimanche, Claude arriva chez les McLain peu après 15 heures, à l'instant même où Ralph devait être en train de sonner chez Lola. Les McLain lui offrirent du café glacé et des sablés, s'étant souvenus que Claude aimait particulièrement ces gâteaux.

« J'ai entendu dire que vous vous apprêtiez à ressouder les morceaux, Lola et toi, lui dit Ed. C'est vrai ? »

Claude sourit et se frotta l'arête du nez du bout de l'index, un vieux truc de scène qu'il avait mis au point pour se donner un air timide ou embarrassé.

« Comme je l'ai dit à Liz, ce n'est pas impossible. C'est même presque certain.

— Je suis vraiment ravi, Claude, dit Ed avec chaleur. Quel dommage qu'elle n'ait pas pu venir aujourd'hui !

— Elle est clouée au lit par cette grippe, dit Claude. Et puis elle doit voir Ralph Carpenter cet après-midi. Je crois qu'elle a l'intention d'avoir une discussion sérieuse avec lui.

— Ah, oui... Son *protégé**... Que devient-il, ces temps-ci ? demanda Ed.

— Pas grand-chose, apparemment. Il s'apprête à partir dans le Massachusetts, où on lui a promis du boulot cet été, dit Claude en s'arrangeant pour avoir

* Les mots en italique suivis d'un astérisque sont en français dans le texte original. *(N.d.T.)*.

l'air le plus sceptique possible. Je crois avoir réussi à convaincre Lola qu'elle misait sur le mauvais cheval. Elle doit lui annoncer cet après-midi qu'il va devoir se passer de... hum... de ses subsides. J'espère qu'il ne prendra pas trop mal la nouvelle.

— Mais elle le *finançait* vraiment ? demanda Liz.

— Oh, elle devait lui verser trois ou quatre cents dollars par an. Je n'ai rien contre le fait de soutenir les efforts d'un jeune acteur dans le besoin, mais celui-là, vraiment... On ne peut pas dire qu'il se remue beaucoup pour trouver du travail. J'ai prévenu Lola que si elle voulait me voir réintégrer le foyer conjugal, il fallait qu'elle mette un terme à ce genre de pratique. »

Peu avant 16 heures, Claude se leva pour prendre congé. Les McLain insistèrent pour qu'il reste davantage.

« Non, j'ai promis à Joyce Gilmore de faire un saut chez elle. Et il faut encore que je passe par la 8e Rue pour acheter mon tabac préféré. »

Claude descendit les deux étages et se retrouva dans Charles Street. Il était 16 h 3. L'appartement de Lola n'était qu'à quelques centaines de mètres, et celui de Joyce quatre blocs plus loin. D'un pas tranquille, Claude prit la direction de Grove Street, en évitant le trajet que Ralph aurait pu emprunter s'il avait voulu attraper un taxi ou rejoindre la station de métro de Christopher Street. Il s'engagea dans Bleecker Street ; alors qu'il n'était plus qu'à quelques mètres du carrefour de Grove Street, il aperçut brusquement Ralph qui marchait d'un air pressé sur le trottoir d'en face, en direction de la 7e Avenue, la tête penchée en avant, une veste légère négligemment jetée sur l'épaule. Il était en retard. Claude espérait qu'il n'allait pas rater son train ; sinon, il risquait de revenir chez Lola.

Une fois arrivé, Claude appuya sur le bouton de l'interphone. Lola lui ouvrit immédiatement et il s'engagea dans l'escalier. Elle habitait au dernier étage.

« Ralph ? lança-t-elle. Tu as oublié quelque chose ?

— Non, c'est moi. Ça t'ennuie que je monte un instant ?

— Claude ? s'exclama-t-elle en se penchant pardessus la rampe. Eh bien, pour une surprise !... Joyeux dimanche ! »

Elle avait l'habitude de l'accueillir ainsi le dimanche matin, lors du petit déjeuner, du temps de leur vie commune.

« Plutôt chaud, comme dimanche », répondit Claude.

Une fois sur le palier, il dévisagea Lola de la tête aux pieds. Elle portait sa robe de chambre en taffetas rose, dont les manches bouffantes étaient retenues aux poignets par les deux bracelets d'argent qu'il lui avait offerts pour l'un de ses anniversaires. Sa chevelure dorée encadrait à merveille son visage aux yeux d'un bleu profond.

« Ralph vient juste de partir, dit-elle. Nous étions sur la terrasse, dans l'espoir d'avoir un peu d'air. Tu veux qu'on aille s'installer là-bas ? Il fait quand même plus frais dehors.

— Je n'y tiens pas particulièrement », dit-il.

Mais il se souvint brusquement que la petite terrasse était parfaitement à l'abri des regards et que Lola y prenait souvent des bains de soleil l'été, entièrement nue. Il jeta un coup d'œil sur le chat en albâtre qui trônait sur la cheminée, puis sur la terrasse où, devant le siège à nacelle, une petite table supportait une bouteille de Dubonnet, du soda, deux verres, un seau à glace et le briquet en argent de Lola, que Ralph n'avait sûrement pas manqué de manipuler.

« Que se passe-t-il ? demanda Lola. Tu es raide comme un piquet. Il est arrivé quelque chose ?

— Non », dit Claude en se dirigeant brusquement vers la terrasse.

Son regard venait de se poser sur un vieux maillet de croquet, qui conviendrait sans doute infiniment mieux que la statuette du chat. On croirait ainsi que la dispute avait débuté sur la terrasse. Il saisit le maillet d'un air absent. Lola était toujours au salon. Il s'approcha d'elle, la poignée du maillet dans la main droite, soupesant l'autre extrémité dans sa main gauche.

« Comment va Ralph ? demanda-t-il.

— Très bien, dit Lola avec un grand sourire. Il fonde beaucoup d'espoir sur le travail qu'il doit faire cet été et... »

Claude dressa le maillet au-dessus du visage soudain horrifié de Lola et l'abattit juste entre ses deux yeux. Tandis qu'elle s'effondrait, il lui porta un nouveau coup au sommet du crâne. Le front de l'actrice se mit à saigner. Claude essuya méticuleusement le maillet et alla le reposer sur la terrasse. Il chercha ensuite le pouls de Lola, d'abord à son poignet, puis à la base du cou, mais ne perçut aucun battement. En proie à une brusque nausée, il se dit qu'il aurait été incapable de la frapper à nouveau, si cela s'était avéré nécessaire. Il regarda autour de lui, mais sa tension était telle qu'il ne distinguait absolument rien, en dehors du désordre familier qui régnait dans la pièce et qui n'avait rien d'anormal, puisque la femme de ménage s'apprêtait à passer. Il s'épongea le front avec son mouchoir, s'assura qu'il n'y avait personne dans l'escalier et descendit. Il prit même la peine d'essuyer la poignée de la porte d'entrée et le bouton de l'interphone, sur lequel il avait appuyé tout à l'heure.

Après avoir ôté sa veste, il se dirigea vers l'appartement de Joyce Gilmore, en pressant le pas — car il était déjà 16 h 16 — tout en essayant de retrouver son calme avant de débarquer chez la jeune femme.

Celle-ci l'accueillit avec enthousiasme.

« Claude ! Quel plaisir de te voir ! J'ai une grande nouvelle à t'annoncer ! Je suis sur le point de décrocher un rôle à Kennebunkport, à condition que la fille qui le tient actuellement se marie, ce qui devrait être le cas. Qu'est-ce que tu en dis ? »

Claude la félicita ainsi qu'il se devait et ajouta :

« Et mes nouvelles à moi ? Le fait que nous soyons sur le point de nous remettre en ménage, Lola et moi ? Qu'en penses-tu ?

— Je suis ravie ! Et très heureuse. Que veux-tu que j'ajoute ? Je vous souhaite beaucoup de bonheur, à l'un comme à l'autre.

— Merci », dit Claude.

Il savait que Joyce adorait Lola. Cette dernière avait consacré beaucoup de temps à épauler la jeune femme, en la faisant répéter et en lui apprenant à bien placer sa voix.

Joyce lui offrit également du café glacé. Claude regarda sa montre. Il était pratiquement 17 heures. Colette, la femme de ménage de Lola, n'allait plus tarder à arriver. Il s'attarda encore un peu chez Joyce, tandis que la jeune femme lui exposait ses projets pour l'automne, puis il prit congé.

Il se rendit ensuite chez le buraliste de la 8e Rue pour y acheter le mélange de tabac dont il avait parlé aux McLain, afin de pouvoir le produire si jamais on le lui demandait. Puis il regagna son appartement. Il s'attendait que le téléphone se mette aussitôt à sonner, mais à 18 heures passées la sonnerie n'avait toujours pas retenti.

Le téléphone resta silencieux toute la soirée.

La nouvelle serait dans le *Times* du lendemain, se dit-il. Colette ou la police avaient peut-être estimé qu'il n'était pas suffisamment proche de Lola pour qu'on le prévienne immédiatement. À moins que les flics ne soient déjà à la recherche de Ralph Carpenter ? Son nom figurait forcément dans le carnet où Lola notait soigneusement tous ses rendez-vous.

Mais il n'y avait rien dans le *Times* du lundi matin. Claude n'y comprenait rien. Il était inimaginable que la police taise le meurtre d'une personnalité aussi connue que Lola Parsons. Colette n'était-elle pas venue la veille ? Pourtant, elle travaillait le dimanche. Son jour de congé était le lundi, Claude s'en souvenait fort bien.

Il se rappelait aussi que le nom de famille de Colette était Duchout — ou Duchesne — et qu'elle habitait dans le West Side. En consultant l'annuaire, il trouva effectivement une Jeanne Duchesne dans ce quartier — sa mère peut-être, ou sa sœur. Il composa le numéro. Il avait deviné juste. Une femme à l'accent français lui répondit et lui passa aussitôt Colette.

« Bonjour, Colette, dit-il. Ici Claude Merrivale. Je me demandais si cela vous ennuierait de passer voir madame Lola aujourd'hui, bien que ce soit votre jour de congé. Elle ne se sent pas bien, à cause de cette grippe. À vrai dire, je me fais même un peu de souci, car son téléphone ne répond pas et elle ne devrait vraiment pas sortir, dans l'état où elle est.

— Ah, *m'sieur**, je suis désolée... J'ai prévenu Madame dimanche matin que je ne pourrais pas venir. J'ai l'impression que j'ai attrapé le même virus qu'elle. Et aujourd'hui, ça a encore empiré. C'est *la grippe**. Mais j'irai demain mardi, je vous le jure. Aujourd'hui, c'est impossible le docteur doit passer cet après-midi. (Elle s'interrompit pour se moucher.) Comme je ne pouvais pas venir, elle est peut-être allée chez une amie ? Chez sa cousine, qui sait ?

— Vous avez peut-être raison, dit Claude. Je vais appeler sa cousine. Mais vous serez là-bas demain, sans faute ?

— *Ah, oui, m'sieur!** »

Claude raccrocha, furieux. Il allait donc falloir patienter jusqu'au lendemain. Enfin, les empreintes ne se seraient pas envolées, d'ici là.

Il se souvint brusquement que Joyce Gilmore lui avait dit qu'elle devait passer chez Lola le mardi à midi, pour un cours de diction. Magnifique ! Comme Lola ne répondrait pas à son coup de sonnette, Joyce se rendrait probablement chez les McLain, dans l'espoir de l'y trouver. Après quoi, elle ne manquerait pas de lui téléphoner. Joyce était ainsi faite, et elle prenait ses cours de diction au sérieux. Il lui dirait qu'il se faisait également du souci, car Lola ne répondait pas au téléphone. Ne pensait-elle pas qu'il vaudrait mieux aller trouver le gardien et forcer la porte de l'appartement ?

Claude alla se coucher à minuit et connut une nouvelle nuit d'insomnie.

Il n'y avait toujours rien sur Lola dans le *Times* du mardi matin. Claude avait espéré que sa femme aurait eu un rendez-vous dans la journée de lundi, avec quelqu'un de suffisamment obstiné pour s'inquiéter de son absence — et qui aurait exigé que l'on force sa porte. Enfin, c'était sans doute trop demander. En tout cas, les choses ne s'étaient pas passées ainsi.

Midi arriva. Toujours pas d'appel de Joyce. Enfin, à 13 h 15, le téléphone sonna. C'était Colette. Claude reprit espoir.

« Bonjour, *m'sieur* Merrivale. Je vous appelle pour vous dire que je ne pourrai finalement pas venir aujourd'hui. Le docteur a dit que c'était assez sérieux et qu'il fallait que je garde le lit jusqu'à jeudi. Je vous préviens, car je n'arrive pas à joindre Madame. Son téléphone ne répond pas. »

Claude se retint de jurer. Décidément, on ne pouvait compter sur *personne* !

« Très bien, Colette, dit-il froidement. Je la préviendrai.

— Je serai là jeudi sans faute, *m'sieur*. »

Claude composa le numéro de Joyce Gilmore. La jeune femme était chez elle. Il fit mine de ne pas se souvenir que Joyce devait passer chez Lola à midi, aujourd'hui. Il avait trouvé un prétexte — plutôt onéreux d'ailleurs — et l'invita à aller voir *Une journée magnifique* avec lui, le jeudi soir. De toute façon, songea-t-il, il n'aurait même pas à acheter les billets car d'ici là le cadavre de Lola aurait forcément été découvert.

« Ce sera avec grand plaisir, Claude ! Mais j'ai entendu dire que la pièce n'était pas fameuse...

— Non, mais on n'a guère le choix, en cette période

de l'année. Euh... Tu ne devais pas aller voir Lola aujourd'hui ? Comment va-t-elle ?

— Oh ! Elle n'est pas chez elle. J'y suis passée vers midi. Mais tu la connais : il lui arrive d'oublier ses rendez-vous, même lorsqu'elle les a notés dans son carnet.

— Je n'arrive pas à la joindre depuis... depuis dimanche matin, je crois. Son téléphone ne répond pas. Franchement, je suis un peu soucieux.

— Oh, ne t'en fais pas. Elle est probablement allée déjeuner quelque part, en oubliant notre rendez-vous. Je la rappellerai dans le courant de l'après-midi.

— Sincèrement, Joyce, je songe à contacter le gardien pour qu'il aille jeter un coup d'œil chez elle. Accepterais-tu de m'accompagner, si je passais te prendre maintenant ?

— J'ai rendez-vous dans trois quarts d'heure pour ce rôle à Kennebunkport, Claude. Mais à ta place, je ne me ferais pas de souci. Si Lola est suffisamment en forme pour sortir de chez elle, c'est qu'il n'y a rien de grave. Il faut que j'aille m'habiller. Rappelle-moi d'ici jeudi, pour que nous fixions l'heure. Ou je t'appellerai de mon côté. Merci mille fois, Claude. Salut ! »

Elle raccrocha. Il allait falloir se résoudre à aller trouver seul le gardien, se dit Claude. Mais à vrai dire, cette perspective ne l'enchantait guère. Il aurait préféré que quelqu'un d'autre s'en charge — les McLain par exemple. Il décida de les appeler et de passer également un coup de fil à la cousine de Lola avant de contacter le gardien. Cette résolution prise, il se sentit un peu rasséréné.

Il composa le numéro des McLain. Ils n'étaient pas chez eux.

Il appela ensuite la cousine de Lola, Mrs. Alice Haney, qui habitait près de Gramercy Park. Après les échanges de politesses habituels, qui ne furent d'ailleurs pas très chaleureux du côté d'Alice, il lui demanda si par hasard Lola n'était pas chez elle.

« Non, répondit-elle.

— Son téléphone ne répond pas et je ne sais pas où la joindre, reprit Claude. Elle n'était pas très bien ces jours-ci, à cause d'une mauvaise grippe. Je me fais un peu de souci.

— Elle est sans doute allée passer quelques jours chez une amie. On n'aime pas rester seul, quand on est malade.

— Je me demande s'il ne lui est pas arrivé quelque chose et s'il ne vaudrait pas mieux s'en assurer. Est-ce que vous pourriez m'accompagner afin d'expliquer la situation au gardien ? Il pourrait aller jeter un coup d'œil chez elle. Je n'ai pas la clef.

— Je viens juste de me laver les cheveux, Claude, et je suis clouée à la maison pour deux bonnes heures. Mais à votre place, je ne me ferais pas autant de souci.

— J'ai déjà appelé la plupart de ses amis, dit Claude d'une voix désespérée.

— Faites pour le mieux, Claude. Vous êtes mieux placé que moi. Et si vous êtes aussi inquiet... »

Claude attendit, mais Mrs. Haney n'ajouta rien d'autre.

« Très bien, murmura-t-il, je vais m'en occuper moi-même. Merci, Mrs. Haney. Au revoir. »

Faites pour le mieux... Qu'elle aille au diable, après tout ! On ne pouvait même pas compter sur les cousins !

Il ferait mieux d'attendre le lendemain pour appeler le gardien, se dit-il. Il pouvait encore se passer quelque chose d'ici là. Lola avait peut-être invité des gens pour la soirée. Claude pria pour que ce soit le cas.

Il alluma la radio en espérant que les informations mentionneraient la découverte d'un cadavre dans un appartement de Manhattan. En vain. Par contre, la météo annonçait des orages pour la nuit et le lendemain.

La pluie risquait d'effacer les empreintes sur la terrasse, si les orages étaient vraiment importants. Tout compte fait, mieux valait contacter le gardien sans tarder.

Claude ignorait son nom de famille. Tout ce qu'il savait, c'est qu'il se prénommait Joe et habitait juste à côté de chez Lola. Il appela le syndic des copropriétaires et demanda le numéro de téléphone d'un certain Joe, qui surveillait plusieurs immeubles de Grove Street. Il apprit ainsi qu'il s'appelait Donovan et obtint son numéro.

Claude eut tout de même la chance de le trouver chez lui.

« Écoutez, lui dit-il, je me fais du souci au sujet d'une locataire du 87, Miss Lola Parsons. Depuis dimanche, elle ne répond plus au téléphone. Pourriez-vous avoir l'amabilité de passer chez elle et de vous assurer qu'il n'y a rien de grave ?

— Miss Parsons ? Si elle ne répond pas quand on sonne chez elle, c'est son affaire. Des tas de gens passent la voir, jusque tard dans la nuit. Elle ne les laisse pas toujours entrer. »

À en croire sa voix, Joe semblait mâchouiller quelque chose.

« Je ne vous demande pas d'aller sonner à sa porte. Je suis son mari, Claude Merrivale. Vous vous souvenez de moi ? J'habitais avec elle, autrefois. Je voudrais que vous alliez jeter un coup d'œil chez elle, en utilisant votre passe.

— Hum... grommela Joe, comme s'il ne le croyait qu'à moitié. Elle s'est probablement absentée quelques jours. Ça lui arrive souvent.

— Mais je suis absolument certain que... (Claude s'interrompit : inutile de ressortir une fois de plus l'histoire de la grippe de Lola.) Promettez-moi que vous passerez chez elle aujourd'hui. Juste pour vous assurer que tout va bien.

— D'accord, dit Joe. J'irai. »

Claude n'aurait pas su dire s'il parlait sincèrement ou non.

« Je vous rappellerai un peu plus tard pour prendre des nouvelles », dit-il.

Claude se mit à faire les cent pas dans la pièce. Il s'arrêta devant la fenêtre et regarda le ciel. Un rayon de soleil qui perçait à travers les gros nuages gris lui redonna espoir. Encore heureux que les empreintes ne s'évaporent pas, songea-t-il. Mais si l'orage éclatait plus tôt que prévu dans la soirée, avant que le gardien ne monte chez Lola ? Il n'était pas certain que Ralph ait laissé beaucoup d'empreintes, en dehors de la terrasse. Certes, il était *possible* qu'il y en eût à l'intérieur, mais comment en avoir la certitude ? Il était tout de même invraisemblable que personne ne s'inquiète le moins du monde et qu'un cadavre puisse attendre quarante-huit heures au beau milieu d'un appartement dans l'indifférence générale ! Claude continua d'arpenter la pièce jusqu'aux environs de 16 heures, puis il rappela Joe.

« Il n'est pas là, lui répondit une voix féminine. Et il rentrera tard dans la soirée — vers 21 heures, peut-être. Il doit réparer un évier dans Perry Street. »

La femme s'exprimait sans la moindre amabilité.

« Savez-vous s'il est passé au domicile de Mrs. Parsons ?

— Hein ? Non, il n'est allé voir personne. »

Claude poussa un soupir.

« Bon. Dites-lui que Mr. Merrivale a téléphoné et que je le rappellerai dans la soirée.

— Monsieur qui ? »

Claude épela son nom.

« Je suis le mari de Miss... de Mrs. Parsons. »

Après avoir raccroché, il s'épongea le front et se versa un verre de cognac.

Le soir, vers 21 h 15, il rappela Joe. Le gardien n'était toujours pas rentré et, au ton de Mrs. Donovan, il était évident qu'elle n'avait aucune intention d'envoyer son mari chez qui que ce soit à une heure pareille sans une solide raison, surtout après une telle journée de travail.

Épuisé, Claude alla se coucher mais fut incapable de trouver le sommeil. Au moins, il ne pleuvait pas ; mais la radio avait annoncé l'arrivée des orages pour le lendemain, en fin d'après-midi.

Le mercredi arriva, lourd et nuageux. Claude appela Joe Donovan dès l'aube ; mais il avait encore trop tardé, apparemment, car le gardien était déjà parti faire ses rondes. Mrs. Donovan lui promit qu'elle lui dirait de passer chez Miss Parsons lorsqu'il rentrerait déjeuner. Claude déclara qu'il retéléphonerait en milieu de journée.

Il rappela à 12 h 15. Joe ne rentrerait finalement pas déjeuner à la maison, lui dit sa femme, et elle ignorait où il se trouvait exactement en ce moment.

Claude n'en pouvait plus. Il ouvrit la radio dans l'espoir de capter un bulletin météo. Sa patience fut enfin récompensée.

« ... l'orage que nous attendons tous peut encore éclater cet après-midi. Les vents froids en provenance du Canada sont sur le point d'arriver et lorsqu'ils rencontreront la chaleur d'étuve qui règne à New York depuis six jours... Eh bien, j'imagine que vous pousserez un grand ouf de soulagement ! Et je parie que vous vous précipiterez sur le frigo pour en sortir une canette de la meilleure bière de toute l'Amérique — je veux bien sûr parler de... »

Claude éteignit la radio et se mit à se ronger les ongles.

Un peu plus tard, il essaya de rappeler les McLain. Ce fut un inconnu qui lui répondit d'une voix ensommeillée.

« Pourrais-je parler à Liz ? demanda Claude.

— Euh... Liz sera absente jusqu'à dimanche prochain. Elle est à la campagne. Non, Ed est allé s'installer chez des amis. Ils m'ont prêté leur appartement pour quelques jours. Voulez-vous que je vous donne le numéro de téléphone où l'on peut joindre Ed ? »

Claude hésita, mais c'était trop compliqué.

« Non, merci », dit-il.

Ses mains tremblaient. On était déjà *mercredi*. Il se versa un nouveau verre de cognac et regarda le ciel. Les nuages tourbillonnaient.

Il essaya de rappeler Joe, mais personne ne répondit.

Finalement, l'orage n'éclata pas. Le crépuscule se mit à tomber. La météo se lamentait, déplorant que le déluge tant attendu soit encore différé. Claude sourit. Tout allait s'arranger. Et demain, Colette débarquerait à 17 heures, avec sa clef.

Le jeudi arriva. Le temps était de plus en plus lourd mais le soleil faisait de timides apparitions à travers les nuages, comme une minuscule ampoule électrique dans une salle de bains embuée de vapeur. Le bulletin matinal que Claude capta à 8 heures était pourtant formel : il pleuvrait dans l'après-midi.

« ... et cette fois, c'est du sérieux. N'oubliez donc pas votre imperméable en partant travailler ce matin. Toutes les stations de la côte nord-est annoncent de gros orages — de quoi rafraîchir en tout cas les populations suffocantes de... »

Claude appela aussitôt Joe.

« Écoutez, monsieur, lui dit celui-ci, cette histoire commence à me courir sur le haricot. J'ai suffisamment de boulot pour ne pas perdre mon temps à aller déranger quelqu'un qui souhaite simplement qu'on lui fiche la paix... Ah, oui ? Eh bien, vous ne connaissez sans doute pas Miss Parsons aussi bien que moi... Non, monsieur. Désolé. »

Dans le ciel, les éclairs paraissaient imminents. Claude décida d'appeler Colette pour lui demander de passer un peu plus tôt à Grove Street. Il allait décrocher le téléphone lorsque celui-ci se mit à sonner.

« Salut, Claude ! s'écria une voix juvénile. Ici Peter Parsons. Saurais-tu par hasard où est passée Lola ? Et comment vas-tu, tout d'abord ?

— Peter ! Au nom du ciel ! (Peter était le neveu de Lola.) Depuis quand es-tu...

— Je passe en coup de vent. Je m'embarque cet après-midi pour l'Angleterre. J'avais pensé faire un saut chez ma tante et déjeuner avec elle, mais ça ne répond pas. Je voulais également lui emprunter une valise. Crois-tu qu'elle dorme encore et qu'elle ait débranché son téléphone ?

— Non, je ne pense pas. J'essaie de la joindre moi aussi depuis... depuis deux ou trois jours. Tu devrais peut-être aller sonner à sa porte. À vrai dire, j'ai demandé au gardien d'aller jeter un coup d'œil chez elle, mais il ne l'a pas encore fait. Il s'appelle Donovan et il habite dans le premier immeuble, à gauche de celui de Lola. Je vais le prévenir de ton passage.

— D'accord. Mais je ne pourrai pas être là-bas avant midi. J'ai quelques courses à faire.

— Oh ! Je dois l'appeler, de toute façon. Et fais-moi signe si tu vois Lola. Je me fais du souci à son sujet.

— Pourquoi ?

— Parce que je n'arrive pas à la joindre, moi non plus !

— D'accord, Claude. Je te dirai ce qu'il en est. »

Claude poussa un soupir de soulagement. Peter réussirait à se faire ouvrir la porte. Le jeune homme ne manquait pas de détermination — et s'il avait vraiment besoin de cette valise... Claude reprit le combiné et composa le numéro de Joe, qu'il connaissait désormais par cœur. Pour une fois, le gardien était chez lui. Claude lui dit que le neveu de Miss Parsons passerait vers midi pour récupérer une valise. Pouvait-il être assez aimable et lui permettre d'accéder à l'appartement ?

— Je ne serai pas ici à midi, dit Joe.

— Dans ce cas, pouvez-vous laisser la clef à votre femme ?

— Je ne le connais pas, ce neveu. Comment être sûr qu'il s'agit bien de lui ? Ne comptez pas sur moi pour le laisser dévaliser tout l'appartement. »

Claude songea un instant à se rendre sur place afin

d'attendre Peter et d'exiger ensuite qu'on leur ouvre la porte, mais il réalisa qu'il ne le supporterait pas. Pas au bout de tout ce temps.

« Je vous ai demandé *hier* d'aller jeter un coup d'œil dans cet appartement, dit-il. Vous ne l'avez pas fait. Je vous prie d'y aller immédiatement !

— Pourquoi ?

— Je voudrais être sûr qu'il ne se passe rien de grave !

— Mais tout va bien, monsieur. Il n'y a pas le feu. Je ne comprends pas pourquoi vous vous énervez de la sorte. »

Claude s'apprêtait à lui lancer une repartie cinglante mais il se contenta de reposer rageusement l'écouteur.

« Ces gardiens new-yorkais... marmonna-t-il. Il n'y en a pas un qui mérite son salaire. »

Le téléphone sonna à 11 h 30. C'était Joyce qui voulait savoir où ils se retrouveraient le soir. Claude n'en ayant pas la moindre idée, la jeune femme lui suggéra un restaurant de la 8e Avenue, qui n'était pas très loin du théâtre. Au moment où Claude raccrochait, il entendit au loin un long roulement de tonnerre.

L'obscurité envahit la pièce. Il alluma le plafonnier et se mit à faire les cent pas. À 12 h 30, il rappela Joe. Le gardien n'était pas chez lui et sa femme lui raccrocha au nez.

14 heures. 15 heures. L'orage n'éclatait toujours pas. Ni Peter ni la police n'avaient appelé. Claude imaginait sans peine ce qui s'était passé : après avoir vainement sonné chez Lola, Peter n'avait pas trouvé le gardien et ne s'était pas donné la peine de rappeler Claude. Il était entouré d'irresponsables !

L'orage n'éclaterait peut-être qu'après 17 heures, songea-t-il. Cela faisait si longtemps qu'on l'annonçait... Pourquoi n'attendrait-il pas deux heures de plus ? Claude se força à rester assis, un verre de cognac à la main, en essayant de se persuader qu'il ne pleuvrait pas avant 18 heures, que Colette appellerait la police dès 17 heures, aussitôt après avoir découvert le cadavre, que les flics lui diraient de ne toucher à rien et qu'elle n'aurait donc pas la tentation de nettoyer la terrasse avant leur arrivée.

Soudain, un gigantesque coup de tonnerre ébranla le ciel. Claude sursauta, renversa son verre de cognac sur la moquette, et la pluie se mit à tomber. En quelques secondes, un orage diluvien s'abattit sur la ville, accompagné de violentes bourrasques qui allaient sûrement balayer les verres à pied, sinon la table elle-même... Avec amertume, Claude se représentait les verres brisés et les bouteilles roulant sur la terrasse, tandis que la pluie nettoyait à grande eau chaque centimètre carré, effaçant toute empreinte éventuelle.

L'orage dura jusqu'à 16 heures puis se transforma en un léger crachin. Claude alla s'étendre sur son lit et enfouit sa tête sous un oreiller.

17 heures sonnèrent, puis 17 h 30. Claude était sur le point de saisir le combiné et d'appeler Colette au domicile de Lola — son appel, après tout, paraîtrait naturel — lorsque le téléphone se mit à sonner. Il laissa retentir la sonnerie trois fois avant de décrocher.

« Oui ? dit-il de son air le plus naturel.

— Claude Merrivale ?

— Oui.

— Ici l'inspecteur Greenly, de la police municipale. Pouvez-vous vous rendre immédiatement à Grove Street, au domicile de votre épouse ?

— Euh... Bien sûr. Que se passe-t-il ? Elle va bien ? J'ai essayé...

— Elle ne va pas bien du tout, Mr. Merrivale. Elle a été assassinée. Pouvez-vous venir au plus vite ? »

Claude enfila son plus beau costume et quitta son appartement. Il priait pour qu'il y eût encore quelques empreintes sur la terrasse ; et peut-être Ralph en avait-il également laissé au salon. Mais à présent, il allait être difficile d'établir *quand* Lola avait été tuée.

Lorsque Claude arriva, trois ou quatre policiers étaient en train de fouiller le salon. Le cadavre de Lola gisait au même endroit que dimanche, partiellement dissimulé sous une couverture. Effondrée sur une chaise, Colette pleurait à chaudes larmes.

« Qui êtes-vous ? demanda l'un des policiers.

— Je suis Claude Merrivale, le mari de la victime. »

Il se rendit compte que son nom ne produisait pas la moindre impression sur eux.

Quand l'avait-il vue pour la dernière fois ? lui demandèrent-ils. Jeudi soir, la semaine dernière. Ils n'habitaient donc pas ensemble ? Non, ils étaient séparés mais avaient l'intention de reprendre bientôt leur vie commune. Avait-il la moindre idée de l'identité du meurtrier ?

« Je sais qu'un jeune homme devait passer voir ma femme dimanche après-midi, dit Claude. Je n'ai pas réussi à la joindre de toute la semaine. Je me faisais beaucoup de souci.

— Qui est ce jeune homme ? demanda un policier en civil.

— Ralph Carpenter. Un acteur débutant que ma femme aidait de temps en temps en lui donnant un peu d'argent. Mais je sais qu'elle comptait lui annoncer dimanche qu'il allait devoir se passer de ses subsides à l'avenir. Connaissant Ralph, poursuivit Claude en se glissant vers la porte vitrée de manière à apercevoir la terrasse, il n'est pas impossible qu'il ait perdu la tête et qu'il l'ait tuée dans un accès de colère. »

La terrasse offrait un désolant spectacle de verres brisés, de bouteilles renversées, de mégots détrempés... Et personne ne se donnait apparemment la peine de chercher la moindre empreinte au milieu de tout ce fatras. Le siège à nacelle était inondé. Un policier ramassa quelques mégots de cigarette et les examina.

« Ce sont toutes des Chesterfield », dit-il.

C'était la marque que fumait Lola. On pouvait faire confiance à Ralph pour taper les cigarettes des autres, songea Claude...

« Tout est sens dessus dessous, à cause de l'orage, dit le policier. À moins qu'ils ne se soient battus sur la terrasse. De toute façon, les empreintes doivent être totalement effacées.

— Essayez quand même d'en relever, lança son supérieur depuis le salon. Cela vous ennuie-t-il que nous prenions les vôtres, Mr. Merrivale ?

— Mais pas du tout. »

Claude tendit la main ; on lui demanda d'appuyer ses doigts sur un tampon encreur, avant de les presser sur une feuille de papier.

Le policier prit la feuille et se dirigea vers la cheminée. Claude s'aperçut tout à coup que l'un des bracelets en argent de Lola y était déposé. À l'aide d'une loupe, le policier se mit à comparer les empreintes de la feuille à d'autres traces qui se détachaient nettement sur le bracelet, saupoudrées de blanc. Claude frissonna. Il n'avait pas eu l'impression de toucher ce fichu bracelet ; mais il se revit brusquement en train de refermer la main dessus lorsqu'il avait cherché le pouls de...

« Alors ? Ce pouce ? demanda l'inspecteur.

— Exactement le même », lança son subordonné par-dessus son épaule.

L'inspecteur se tourna vers Claude.

« Eh bien, Mr. Merrivale, comment expliquez-vous que nous découvrions l'empreinte de votre pouce sur le bracelet de votre femme, alors que vous nous avez déclaré ne pas l'avoir revue depuis jeudi dernier ? Samedi, lorsque la femme de ménage est passée, elle était toujours en vie. C'est bien cela Miss Colette ?

— C'est exact, *m'sieur* », dit Colette.

Claude se sentit brusquement aussi vulnérable que s'il était entré en scène sans maquillage ou qu'on l'eût dépouillé de ses habits. Voilà à quoi avaient servi tous ses alibis et tous les efforts qu'il avait déployés pour que *quelqu'un* pénètre dans l'appartement avant qu'il ne soit trop tard. Sans cet orage, les policiers auraient relevé les empreintes que Ralph avait laissées sur la terrasse et ils n'auraient même pas songé à examiner ces satanés bracelets.

« Votre langue se déliera peut-être lorsque nous serons au commissariat, Mr. Merrivale ?

— Je suis parfaitement disposé à vous suivre », dit Claude en bombant le torse.

Il suivit les policiers la tête haute.

Mais il allait craquer une fois là-bas, il le savait. Il n'arriverait pas à soutenir longtemps ses accusations mensongères contre Ralph. Il pouvait dire adieu à la fortune de Lola, maintenant. Sa vie allait prendre fin sur une condamnation pour assassinat. Et tout cela à cause des gens qui l'avaient laissé tomber, à commencer par Colette — et par Joyce, qui n'avait pas levé le petit doigt. *Ah, les gens !*

« Que dites-vous, Mr. Merrivale ? » lui demanda l'inspecteur tandis qu'ils arrivaient devant le fourgon de police.

Jusque-là, Claude s'était contenté de marmonner entre ses dents. Mais il s'exclama brusquement à voix haute, en y mettant toute sa conviction :

« On ne peut compter sur *personne* ! Voilà ce que je disais ! »

Et il monta dans le fourgon.

VARIATIONS SUR UN JEU

C'était une situation impossible. Penn Knowlton l'avait compris dès qu'il était tombé amoureux de Ginnie Ostrander — de Mrs. David Ostrander. Il ne parvenait pas à s'imaginer dans le rôle d'un briseur de ménage, même si Ginnie lui avait affirmé avoir eu l'intention de divorcer bien avant de le rencontrer. Le problème, c'est que David refusait l'idée même de divorce. La seule solution, avait finalement décidé Penn, c'était de décamper, de ficher le camp avant que David ne se doute de quelque chose. Non qu'il s'estimât doué d'une noblesse d'âme particulière, mais tout de même, dans certaines circonstances...

Penn s'arrêta devant la chambre de Ginnie, au premier étage de la maison, et frappa à la porte. La voix aiguë et enjouée de la jeune femme lui répondit.

« C'est toi, Penn ? Entre ! »

Vêtue d'un pantalon noir passablement moulant et d'un chemisier jaune, elle était assise sur une chaise longue et recousait un bouton sur l'une des chemises de David.

« N'ai-je pas l'air d'une épouse modèle ? dit-elle en repoussant une mèche de cheveux blonds qui lui barrait le front. Tu n'as pas de bouton à recoudre, chéri ? »

Elle l'appelait parfois chéri, même lorsque David était dans les parages.

« Non », répondit Penn en souriant.

Il s'assit sur un coussin. Ginnie jeta un coup d'œil vers la porte pour s'assurer qu'il n'y avait personne et lui adressa un petit baiser depuis sa chaise.

« Tu vas me manquer ce week-end, dit-elle. À quelle heure partirez-vous demain ?

— David veut que nous quittions la maison après le déjeuner. C'est mon dernier contrat, Ginnie. Le dernier livre que j'écris avec David. Je laisse tomber.

— Tu laisses tomber ? (Elle lâcha son aiguille sur ses genoux.) Tu l'as déjà annoncé à David ?

— Non. Je lui en parlerai demain. Je ne comprends pas que tu sois étonnée, Ginnie. C'est à cause de toi que je m'en vais. Je ne pense pas qu'il faille te faire un dessin ? »

La jeune femme se mit à pleurer. Penn voyait les larmes briller dans ses yeux.

« Je comprends, Penn. Tu sais que j'ai demandé le divorce. Et je ne compte pas m'en tenir là. Les choses finiront bien par aboutir et alors... »

Elle se retrouva brusquement à genoux devant lui, le front appuyé sur ses mains qui se cramponnaient aux poignets de Penn. Celui-ci détourna les yeux et se redressa lentement, tout en tirant la jeune femme à lui.

« Je passerai encore probablement deux semaines ici, reprit-il. Le temps que David finisse son livre — à condition qu'il me supporte encore aussi longtemps. Mais ne t'inquiète pas : je ne lui dirai pas la vraie raison de mon départ. »

Il s'était mis à chuchoter, bien que David se trouvât au rez-de-chaussée, dans son bureau insonorisé. Quant à l'employée de maison, elle devait être au sous-sol.

« Ça m'est égal que tu lui dises la vérité, dit Ginnie sur un ton de calme provocation.

— C'est un miracle qu'il ne soit pas encore au courant.

— Est-ce que tu seras encore dans les environs...

disons, d'ici trois mois ? Si jamais j'obtiens le divorce ? »

Penn acquiesça. Sentant à son tour les larmes lui monter aux yeux, il se mit à rire.

« Je serai encore dans le coin un sacré bout de temps ! Et je ne suis pas certain que tu tiennes tellement à divorcer. »

Elle fronça les sourcils, d'un air grave et concentré.

« Tu verras bien, dit-elle. Je veux simplement éviter de mettre David hors de lui. Je redoute ses sautes d'humeur, tu le sais. Mais il est peut-être temps que je cesse d'avoir peur. (Elle planta ses yeux bleus dans ceux de Penn.) Tu te souviens de ce rêve que tu nous as raconté, à propos de ce type avec qui tu marchais sur une route de campagne — et qui disparaissait sans crier gare ? Tu l'appelais ensuite je ne sais combien de fois, sans parvenir à le retrouver.

— Oui, dit-il en souriant.

— Eh bien, je voudrais que cela arrive pour de bon, avec David. J'aimerais que David disparaisse ainsi, d'un seul coup, ce week-end. Qu'il sorte à jamais de ma vie, et que je me retrouve seule avec toi. »

Les paroles de Ginnie plongèrent Penn dans un étrange malaise. Il dégagea son bras.

« Les gens ne disparaissent pas de la sorte, dit-il. Il y a d'autres moyens... »

Il était sur le point d'ajouter : comme le divorce, mais il se retint.

« Par exemple ? demanda Ginnie.

— Il vaut mieux que je retourne à ma machine à écrire. J'ai encore une bonne demi-heure de travail devant moi. »

David et Penn partirent dans la décapotable noire le lendemain après-midi, munis d'une petite valise, d'une machine à écrire, d'un magnétophone et d'une glacière remplie de steaks, de bières et d'autres denrées alimentaires. David, d'excellente humeur, exposait une idée qui lui était venue la veille, au sujet d'un nouveau roman. David Ostrander écrivait de la science-fiction et était si prolifique qu'il publiait sous une demi-douzaine de pseudonymes. Non seulement il lui fallait rarement plus d'un mois pour achever un livre, mais il travaillait pratiquement tous les jours de l'année. Les idées lui venaient en telle quantité qu'il était dans l'incapacité de les utiliser toutes et qu'il en refilait une partie à certains de ses confrères, lors des réunions hebdomadaires de leur cercle, le mercredi. David Ostrander avait quarante-trois ans ; maigre, voire filiforme, il avait un visage émacié, à la peau desséchée et sillonnée de minuscules rides — seul détail chez lui qui dénotait son âge, comme s'il avait passé les quarante-trois années de son existence sur les planètes fantastiques balayées de bourrasques et de vents implacables qu'il décrivait dans ses livres. Ginnie n'avait que vingt-quatre ans, songea Penn — deux ans de moins que lui. Elle avait la peau douce et des lèvres aussi sensuelles que des pétales de pavot. Il cessa de penser à elle. L'idée que les lèvres de David puissent se poser sur celles de la jeune femme lui était insupportable. Comment avait-elle bien pu l'épouser ? Et pourquoi ? À moins qu'il n'y eût quelque chose d'attirant, aux yeux d'une femme, dans l'humour sardonique, l'énergie, l'intelligence corrosive de David ? Bien sûr, David était riche ; il avait fait un confortable héritage, sans parler de l'argent que lui rapportaient ses romans. Mais Ginnie en profitait-elle vraiment ? Certes, elle pouvait s'offrir de beaux vêtements, mais David ne l'emmenait nulle part et ils ne recevaient pratiquement personne ; et d'après ce que Penn avait pu comprendre, ils n'avaient jamais voyagé.

« Qu'est-ce que tu penses de ça, Penn ? Hein ? Un gaz empoisonné dégagé par les plantes bleues, qui recouvrirait le reste de la végétation jusqu'à l'extinction totale de la planète !... Eh ! Où as-tu la tête, aujourd'hui ?

— J'ai entendu, dit Penn sans quitter la route des yeux. Dois-je noter cela dans le carnet ?

— Oui. Non. Je vais encore y réfléchir un peu. (David alluma une nouvelle cigarette.) Quelque chose te trotte dans la tête, mon vieux Penn. Mais quoi ? »

Les mains de Penn se crispèrent sur le volant. Après tout, c'était le moment ou jamais. À quoi bon attendre le soir, et d'avoir avalé deux verres de whisky qui ne l'aideraient en rien, sinon à renforcer sa couardise.

« David, dit-il, je crois qu'une fois ce livre terminé, je mettrai un terme à notre collaboration.

— Oh... dit David, sans manifester la moindre surprise. (Il tira sur sa cigarette.) Tu as une raison particulière ?

— Eh bien, comme je te l'ai déjà dit, je voudrais avancer mon propre bouquin. Tu sais, l'histoire des garde-côtes. »

Au cours des quatre années précédentes, Penn avait travaillé comme garde-côte, c'était pour cette raison que David l'avait engagé. Le romancier avait passé une annonce disant qu'il recherchait un secrétaire « ayant de préférence une connaissance directe de la vie à bord d'un bateau ». Le premier livre sur lequel il avait travaillé avec David avait un arrière-plan de ce genre et racontait les aventures d'un groupe de marins en l'an 2800, alors que la planète était devenue radioactive et que toute la population terrestre avait été annihilée, à l'exception d'un sous-marin nucléaire et de son équipage. Le livre que Penn envisageait d'écrire concernerait quant à lui la vie réelle ; il aurait une intrigue réaliste et s'achèverait sur une note d'espoir. Mais pour l'instant, ce projet paraissait de bien peu de poids, à côté d'un ouvrage du grand David Ostrander.

« Je regretterai ton départ, dit enfin celui-ci. Et Ginnie aussi, je crois. Elle t'aime beaucoup, tu sais. »

Dans la bouche de n'importe qui d'autre, la remarque aurait paru sarcastique. Mais David poussait pratiquement Penn à passer son temps avec Ginnie, à se promener avec elle dans les bois qui entouraient leur propriété, ou à jouer au tennis sur le court aménagé derrière la maison.

« Vous me manquerez tous les deux, à moi aussi, dit Penn. Et qui ne regretterait un cadre pareil, une fois rentré à New York ?

— Pas de grands discours, Penn. Nous nous connaissons trop bien l'un et l'autre. (David se frotta l'arête du nez, du bout de son index jauni par la nicotine.) Et si tu ne travaillais pour moi qu'à mi-temps ? Tu pourrais te consacrer à ton propre bouquin une bonne partie de la journée. Nous mettrions toute une aile de la maison à ta disposition. »

Penn déclina poliment l'offre, en lui disant qu'il souhaitait se retrouver seul quelque temps.

« Cela ne va pas faire plaisir à Ginnie », dit David comme s'il se parlait à lui-même.

Ils atteignirent le chalet au coucher du soleil. C'était une assez vaste bâtisse d'un seul tenant, construite à l'aide de troncs grossièrement débités ; une cheminée en pierre se dressait à l'une des extrémités. La brise de l'automne agitait alentour les pins immenses et les bouleaux blancs. Le temps de déballer leurs affaires et d'allumer le feu pour le repas, il était déjà 19 heures. David parlait peu, mais il avait l'air enjoué, comme si la conversation qu'ils venaient d'avoir au sujet du départ de Penn n'avait jamais eu lieu. Ils prirent deux verres avant de passer à table ; David ne buvait jamais davantage les soirs où il devait travailler, ainsi d'ailleurs que ceux où il n'écrivait pas et qui étaient au demeurant fort rares.

David leva les yeux sur Penn, assis en face de lui devant la table en bois.

« As-tu dit à Ginnie que tu nous quittais ? » demanda-t-il.

Penn acquiesça et déglutit avec difficulté.

« Je lui en ai parlé hier », répondit-il.

Il regretta aussitôt ses paroles — et se reprocha même d'avoir annoncé la veille sa décision à Ginnie. N'était-il pas plus logique de prévenir d'abord son employeur? David se posait apparemment la même question.

« Et comment a-t-elle pris la chose?

— Elle m'a dit qu'elle regretterait mon départ, dit Penn sur un ton désinvolte, tout en découpant un nouveau morceau de son steak.

— Vraiment? Je crois plutôt qu'elle sera inconsolable. »

Penn sursauta, aussi violemment que si on lui avait planté un couteau dans le bras.

« Je ne suis pas aveugle, Penn, reprit David. Je sais bien que vous vous croyez amoureux, tous les deux.

— Une seconde, David... Tu ne t'imagines tout de même pas...

— Je sais ce que je sais, un point c'est tout. Je n'ignore pas ce qui se trame dans mon dos lorsque je suis enfermé dans mon bureau ou que je vais passer la soirée en ville, le mercredi, pour les réunions du cercle ! »

Les yeux bleus de David brillaient à présent d'un intense éclat, évoquant les astres gelés de ses paysages lunaires.

« David... Il ne se trame absolument rien dans ton dos, dit Penn. Si tu ne me crois pas, tu n'as qu'à le demander à Ginnie.

— Ah, ah...

— Mais à présent tu comprends pourquoi il vaut mieux que je m'en aille. Je suis même convaincu que tu approuves ma décision.

— Effectivement, dit David en allumant une cigarette.

— Je suis désolé que tout ceci soit arrivé, ajouta Penn. Ginnie est très jeune. J'ai l'impression qu'elle s'ennuie — pas tant à cause de toi que de la vie en général.

— Merci du compliment ! » lança David.

Sa repartie claqua comme un coup de fusil. Penn alluma à son tour une cigarette. Les deux hommes s'étaient levés, abandonnant sur la table leur repas à peine entamé. Penn observait David comme si ce dernier allait d'une seconde à l'autre dégainer un pistolet ou un poignard. Il n'avait pas confiance en lui, car les réactions du romancier étaient imprévisibles. Il n'aurait jamais imaginé que David sorte à ce point de ses gonds ; c'était la première fois qu'il le voyait dans un état pareil.

« Très bien, David. Je réitère une nouvelle fois mes excuses. Mais je t'assure que tu n'as pas l'ombre d'un reproche à m'adresser.

— Assez de discours ! Je sais fort bien reconnaître les petites frappes dans ton genre !

— Si tu n'étais pas aussi gringalet, tu aurais déjà pris mon poing dans la figure, pour avoir osé dire une chose pareille ! s'exclama Penn en s'avançant vers lui, les poings serrés. Moi aussi, j'en ai marre de tes discours. Je suppose que tu vas rentrer chez toi et déverser ta bile sur Ginnie. Mais à quoi t'attendais-tu donc, en poussant une belle jeune femme dévorée par l'ennui dans les bras de ton secrétaire ? En nous invitant sans cesse à aller pique-niquer ensemble ? Peux-tu vraiment nous blâmer ? »

David marmonna quelques mots inintelligibles à l'adresse de la cheminée. Puis il se retourna.

« Je vais faire un tour », dit-il.

Il sortit et claqua si violemment l'épaisse porte en bois que le plancher trembla sous ses pas.

Machinalement, Penn se mit à débarrasser la table. Ils n'avaient même pas touché à la salade. Penn rangea soigneusement le beurre dans le compartiment du frigo, qu'ils avaient branché en arrivant. L'idée de passer la nuit ici en compagnie de David n'avait rien de très exaltant, mais il n'avait guère le choix. L'agglomération la plus proche se trouvait à dix kilomètres et ils n'avaient qu'un seul véhicule.

La porte s'ouvrit si brusquement que Penn faillit lâcher la cafetière.

« Viens donc te balader avec moi, dit David. Cela nous fera peut-être du bien, à l'un comme à l'autre. »

Il ne souriait pas.

Penn reposa la cafetière sur la cuisinière. Se promener avec David était bien la dernière chose dont il eût envie, mais il n'osa pas refuser.

« Tu as pris la lampe de poche ? demanda-t-il.

— Non, mais nous n'en aurons pas besoin. Il y a un beau clair de lune. »

Ils quittèrent le chalet, dépassèrent la voiture et prirent à gauche le sentier caillouteux qui sillonnait à travers bois pendant trois kilomètres avant de rejoindre la nationale.

« C'est la demi-lune, dit David. Ça ne t'ennuie pas que je fasse une expérience ? Marche devant moi, là où le feuillage est un peu dégagé, afin que je me rende compte jusqu'à quelle distance je puis t'apercevoir. Fais de grandes enjambées et compte jusqu'à trente. Tu sais, c'est pour l'histoire de Fare. »

Penn acquiesça. Il était au courant. Ils étaient repartis sur ce satané bouquin et travailleraient probablement encore deux ou trois heures ce soir avant de regagner le chalet. Penn se mit à compter, tout en marchant à grands pas.

« Très bien ! lui lança David. Continue ! »

Vingt-huit... Vingt-neuf... Trente. Penn s'immobilisa. Puis il fit volte-face, mais n'aperçut pas David.

« Hé ! Où es-tu ? » s'écria-t-il.

Pas de réponse.

Penn eut un sourire contraint et fourra ses mains dans ses poches.

« David ? Tu me vois ? »

Silence complet. Seuls les troncs blêmes des arbres se profilaient verticalement de part et d'autre du sentier. Penn revint lentement vers l'endroit où il avait laissé David, qui lui faisait certainement une blague, d'un goût d'ailleurs un peu douteux. Mais Penn décida de ne pas le prendre mal.

Il repartit en direction du chalet, certain d'y retrouver David en train de faire les cent pas à l'intérieur, réfléchissant à son travail — et dictant peut-être déjà un chapitre au magnétophone. Mais la pièce principale était vide. Aucun bruit n'émanait du petit renfoncement qui leur servait de bureau, ni de la chambre de David. Penn alluma une cigarette, ramassa le journal et s'assit dans l'unique fauteuil. Il se força à lire avec attention, acheva sa cigarette et en alluma une autre. Lorsqu'il l'eut à son tour terminée, il se releva, en proie à un mélange de colère et d'inquiétude.

Il alla jusqu'à la porte du chalet et appela David deux fois de suite, à voix haute. Il marcha jusqu'à la voiture et s'en approcha suffisamment pour constater qu'il n'y avait personne à l'intérieur. Il regagna ensuite le chalet, le fouilla de fond en comble, méthodiquement, allant jusqu'à vérifier que le romancier ne s'était pas caché sous l'une des couchettes.

Qu'est-ce que David pouvait bien avoir en tête? Comptait-il revenir au beau milieu de la nuit pour le tuer dans son sommeil? Non, c'était absurde — aussi absurde que les histoires imaginées par le romancier. Penn se souvint brusquement de son rêve et de l'extrême intérêt qu'avait manifesté David, le soir où il lui en avait parlé, au cours d'un dîner. « Qui était l'homme avec qui tu marchais? » lui avait-il demandé. Mais dans son rêve, Penn avait été incapable de l'identifier. Ce n'était qu'une ombre, une silhouette floue qui déambulait à ses côtés. « Peut-être s'agissait-il de moi, avait dit David, les yeux brillants. Peut-être as-tu réellement envie que je disparaisse... » Ni Ginnie ni lui n'avaient fait le moindre commentaire, se souvenait Penn, pas plus qu'ils n'avaient épilogué sur la remarque de David lorsqu'ils s'étaient retrouvés en tête à tête. La scène avait eu lieu voici déjà un certain temps, plus de deux mois auparavant.

Penn chassa ces souvenirs de son esprit. David était probablement descendu jusqu'au lac, afin d'être seul un moment, sans avoir la politesse de le prévenir. Penn fit la vaisselle, prit une douche et se glissa dans sa couchette. Il était minuit 10. Il pensait avoir du mal à s'endormir mais sombra dans le sommeil en moins de deux minutes.

Les cris rauques des canards qui prenaient leur envol le réveillèrent à 6 h 30. Il enfila sa robe de chambre et se rendit à la salle de bains, remarquant que la serviette de David, qu'il avait accrochée la veille sur le portemanteau, n'avait pas été déplacée. Penn se rendit jusqu'à la chambre du romancier, frappa et ouvrit presque aussitôt la porte. Aucune des deux couchettes superposées n'avait été défaite. Penn se débarbouilla à la hâte, s'habilla et sortit.

Il alla examiner le sol, de part et d'autre du sentier, à l'endroit où il avait aperçu David pour la dernière fois, espérant vaguement distinguer des empreintes sur l'humide tapis que formaient les aiguilles de pin. Puis il se rendit jusqu'au lac, dont il inspecta attentivement la berge boueuse. Pas la moindre empreinte, pas un mégot de cigarette.

Après avoir appelé David à trois reprises, il finit par laisser tomber.

À 7 h 30, Penn avait rejoint la ville de Croydon. Il remarqua la petite pancarte rectangulaire du commissariat, coincé entre un salon de coiffure et un magasin de peinture. Il gara la voiture et pénétra dans le commissariat, où il raconta son histoire. Ainsi qu'il l'avait prévu, les policiers voulurent fouiller le chalet. Il les précéda dans la voiture de David, pour leur montrer le chemin.

Les deux agents avaient entendu parler de David Ostrander, non pas comme romancier, mais parce qu'il était l'un des rares individus à posséder un chalet dans les parages. Penn leur montra l'endroit où il avait aperçu David pour la dernière fois et leur expliqua que Mr. Ostrander lui avait demandé de s'éloigner d'une trentaine de mètres, afin de tester sa vue.

« Depuis combien de temps travaillez-vous pour Mr. Ostrander ?

— Quatre mois. Trois mois et trois semaines, pour être précis.

— Avait-il bu la nuit dernière ?

— Seulement deux verres de whisky. Sa dose habituelle. J'avais pris la même chose que lui. »

Ils se rendirent ensuite jusqu'au lac et inspectèrent les environs.

« Mr. Ostrander est-il marié ? demanda l'un des policiers.

— Oui. Sa femme est restée dans leur propriété de Stonebridge, dans l'État de New York.

— Nous ferions mieux de la prévenir. »

Il n'y avait pas de téléphone au chalet. Penn aurait préféré rester, au cas où David refasse son apparition, mais les policiers lui demandèrent de les suivre et il jugea préférable de ne pas leur résister. Au moins, il serait là lorsqu'ils appelleraient Ginnie ; sans doute pourrait-il même lui dire un mot. Peut-être David avait-il décidé de rentrer directement à Stonebridge et se trouvait-il déjà chez lui en ce moment. La nationale passait à trois kilomètres du chalet ; le romancier avait pu prendre l'autocar ou se faire emmener par un particulier. Mais Penn voyait mal David Ostrander se comporter de manière aussi absurde.

Avant de remonter dans la décapotable de David, il se tourna vers les policiers.

« Il vaut mieux que je vous prévienne, leur dit-il. Mr. Ostrander est un peu bizarre. Il écrit de la science-fiction. J'ignore quelle idée il pouvait bien avoir en tête, mais je suis persuadé qu'il s'est délibérément éclipsé la nuit dernière. Je ne pense pas qu'il ait été kidnappé ni qu'un ours l'ait attaqué, ou quoi que ce soit de ce genre. »

Les policiers le dévisagèrent attentivement.

« Très bien, Mr. Knowlton, dit l'un d'eux. Pour l'instant, remontez donc en voiture. Nous vous suivrons. »

De retour au commissariat, ils appelèrent le numéro que Penn leur avait donné. Ce fut Hanna, l'employée de maison, qui décrocha (Penn reconnut sa voix rauque au fort accent germanique, bien qu'il fût à cinq mètres du téléphone), puis Ginnie s'empara du combiné. L'inspecteur l'informa que David Ostrander était porté disparu depuis la veille au soir et lui demanda si elle avait eu de ses nouvelles. Après avoir poussé une exclamation (Penn l'entendit parfaitement), la jeune femme se mit à parler d'une voix visiblement inquiète. Tout en l'écoutant, l'inspecteur dévisageait Penn.

« Oui... Comment ?... Non, non, pas la moindre trace de sang. Non, aucun indice pour l'instant. C'est bien pour cela que nous vous avons appelée. »

Il y eut une longue pause. L'inspecteur tapotait le bureau du bout de son crayon mais n'écrivait pas.

« Je vois, lâcha-t-il enfin. Nous vous rappellerons, Mrs. Ostrander.

— Puis-je lui dire un mot ? » demanda Penn en tendant la main vers l'écouteur.

L'inspecteur hésita, puis raccrocha après avoir salué Ginnie.

« Eh bien, Mr. Knowlton... Êtes-vous prêt à jurer que l'histoire que vous nous avez racontée correspond bien à la vérité ?

— Évidemment.

— Ce que je viens d'apprendre vous donne pourtant un mobile de poids. Suffisant en tout cas pour que vous ayez eu envie de vous débarrasser de Mr. Ostrander... Alors ? Qu'avez-vous fait de lui ? Ou que lui avez-vous *dit* ? ajouta l'officier en se penchant en avant, les paumes appuyées sur son bureau.

— Que vous a-t-elle raconté au juste ?

— Que vous étiez amoureux d'elle et que vous aviez peut-être songé à éliminer son mari. »

Penn tenta de garder son calme.

« J'étais justement sur le point de laisser tomber ce boulot, pour me *sortir* de cette situation. J'avais annoncé mon départ hier à Mr. Ostrander et prévenu sa femme un jour plus tôt.

— Vous admettez donc la réalité des faits. »

Les policiers, au nombre de quatre à présent, le dévisageaient d'un air franchement soupçonneux.

« Mrs. Ostrander devait être sous le choc, dit Penn. Elle ne savait sûrement plus ce qu'elle disait. Laissez-moi lui parler, je vous en prie. Immédiatement.

— Vous la verrez lorsqu'elle arrivera dit l'officier en s'asseyant et en saisissant un stylo. Je suis obligé de vous garder à vue comme suspect, Knowlton. Désolé. »

Ils l'interrogèrent jusqu'à 13 heures, puis lui apportèrent un hamburger et un gobelet en carton contenant un café infect. Ils reprirent ensuite leur interrogatoire, lui demandant pour la millième fois s'il y avait un fusil au chalet (non, il n'y en avait pas) ou s'il n'avait pas transporté le corps de David jusqu'au lac, avant de l'y jeter, en même temps que l'arme du crime.

« Nous avons pratiquement fait le tour du lac ce matin, dit Penn. Avez-vous remarqué la moindre empreinte ? »

Il leur avait précédemment parlé de son rêve, en leur suggérant que David Ostrander s'en était peut-être inspiré, mais cette hypothèse ne souleva que quelques sourires incrédules. Il leur avait ensuite exposé la nature exacte de ses sentiments à l'égard de Ginnie, ainsi que la décision qu'il avait prise à son sujet — c'est-à-dire de se retirer et de tout laisser tomber. Mais il ne leur révéla pas que Ginnie avait également prétendu être amoureuse de lui. Vu la manière dont elle avait parlé de lui aux policiers, il ne se sentait pas le courage de le leur avouer.

Ils lui posèrent également des questions sur son passé. Non, il n'avait pas de casier judiciaire. Il était né à Raleigh, en Virginie. Après avoir obtenu sa licence dans l'université de cet État, il s'était lancé dans le journalisme et avait travaillé un an durant pour un quotidien de Baltimore. Puis il avait passé quatre ans chez les garde-côtes. Personne n'avait jamais rien eu à lui reprocher durant toutes ces années, ce que les policiers semblaient d'ailleurs enclins à croire. Seule la nature de ses relations avec les Ostrander leur paraissait suspecte. Il était amoureux de Mrs. Ostrander et s'apprêtait néanmoins à quitter son emploi ? Avait-il des projets à l'endroit de Mrs. Ostrander ?

« Posez-lui donc la question, dit Penn avec lassitude.

— Nous n'y manquerons pas, l'assura l'officier, qui répondait au nom de Mac.

— Elle est également au courant de ce rêve que j'avais fait et de l'intérêt que son mari avait manifesté à son sujet, dit Penn. Interrogez-la séparément, si vous ne me croyez pas.

— Écoutez, Knowlton, dit Mac. Nous n'allons pas perdre notre temps avec des rêves. Ce que nous voulons, ce sont des faits. »

Ginnie arriva peu après 15 heures. En l'apercevant à travers les barreaux de la cellule où on l'avait enfermé, Penn poussa un soupir de soulagement. La jeune femme semblait calme et parfaitement maître de soi. Les policiers l'emmenèrent dans une autre pièce, où ils demeurèrent avec elle une dizaine de minutes ; puis ils revinrent et déverrouillèrent la cellule de Penn. Celui-ci s'avança aussitôt vers Ginnie, mais la jeune femme lui lança un regard chargé d'une telle hostilité qu'il demeura cloué sur place et ravala les paroles qu'il s'apprêtait à prononcer.

« Pouvez-vous répéter en sa présence ce que cet homme vous a déclaré avant-hier, Mrs. Ostrander ? dit Mac.

— Oui. Il m'a affirmé qu'il serait enchanté si David disparaissait de la même façon que dans son rêve. Qu'ainsi, il serait débarrassé de lui et se retrouverait enfin seul avec moi. »

Penn la dévisagea, estomaqué.

« Ginnie… C'est *toi* qui as dit ça !

— Maintenant, Knowlton, il ne nous reste plus

qu'à savoir ce que vous avez fait de son mari, dit Mac.

— Ginnie, lança Penn avec désespoir, je ne comprends pas pourquoi tu racontes des choses pareilles. Je pourrais rapporter mot pour mot la conversation que nous avons eue, cet après-midi-là. J'avais commencé par te dire que je m'apprêtais à quitter David. J'espère au moins que tu ne me contrediras pas sur ce point ?

— Mais c'est mon mari qui l'a *renvoyé* ! Parce qu'il n'arrêtait pas de me courir après ! » s'écria Ginnie en fixant à tour de rôle Penn et les policiers qui l'entouraient.

Penn sentit la panique l'envahir, en même temps qu'un début de nausée. Ginnie avait l'air hagard, comme une épouse convaincue de se trouver en face du meurtrier de son mari. Il songea brusquement au calme extraordinaire dont elle avait fait preuve, un jour où il venait de l'embrasser et où David, par un malencontreux hasard, avait fait irruption dans la pièce. Ginnie n'avait même pas cillé. De toute évidence, c'était une actrice-née et elle était actuellement en train de jouer un rôle.

« C'est un mensonge et tu le sais fort bien, dit-il.

— Et ce que vous lui avez déclaré, au sujet de votre désir de voir son mari disparaître ? intervint Mac. C'était un mensonge, ça aussi ?

— C'est Mrs. Ostrander qui a dit cela, pas moi, lança Penn, les jambes brusquement flageolantes. C'est la raison pour laquelle je m'apprêtais à partir. Je ne tenais pas à briser un ménage qui... »

Les policiers échangèrent des sourires complices.

« Nous nous entendions très bien, mon mari et moi », dit Ginnie.

Elle baissa la tête, de l'air le plus innocent du monde, et fondit brusquement en larmes. Penn se tourna vers l'inspecteur.

« Très bien, dit-il. Bouclez-moi. Je resterai ici de mon plein gré jusqu'à ce que David Ostrander réapparaisse — car il n'est certainement pas mort, j'en mettrais ma tête à couper. »

Penn appuya ses paumes contre les parois glaciales de la cellule. Il réalisait que Ginnie avait quitté le commissariat, mais c'était bien la seule chose dont il avait conscience.

Drôle de fille, cette Ginnie... Elle était plus attachée à David qu'il ne l'aurait cru, finalement. Elle devait lui vouer une sorte de culte, à cause de son talent, de sa discipline de fer, de toutes les qualités dont elle était elle-même dépourvue — mais aussi à cause de l'affection que le romancier lui portait. Qu'était-elle, après tout ? Une fille plutôt mignonne qui avait échoué dans sa carrière d'actrice — excepté tout à l'heure — et qui, comme on dit, ne disposait pas des ressources intérieures nécessaires pour s'occuper pendant que son mari abattait ses douze heures de labeur quotidien. Et qui, pour tuer le temps, s'était mise à flirter avec son secrétaire. Penn se rappela soudain une conversation au cours de laquelle Ginnie lui avait appris que le chauffeur les avait quittés, cinq mois auparavant. Ils n'en avaient pas embauché d'autre. Il se demanda si cet homme n'était pas parti pour les mêmes raisons que lui... À moins que David ne l'ait renvoyé ? Penn était désormais enclin à mettre en doute tout ce que Ginnie avait pu lui raconter précédemment.

Une pensée plus angoissante lui traversa l'esprit : et si Ginnie détestait vraiment David, était passée au chalet en rentrant de Croydon, y avait trouvé David et l'avait assassiné ? Ou l'avait découvert inanimé quelque part dans les bois, l'avait achevé et abandonné là, en attendant qu'on le découvre — et que l'accusation retombe sur lui ? De la sorte, elle se libérerait du même coup de David et de lui. Y avait-il un fusil à Stonebridge ? Que Ginnie aurait pu emporter ?

La jeune femme aimait-elle ou haïssait-elle David ? De la réponse à cette invraisemblable question dépendait tout son avenir à lui, car si c'était Ginnie la meurtrière... Mais cela n'expliquait pas la disparition volontaire du romancier, la nuit dernière...

Penn entendit des pas et se releva. Mac s'arrêta devant sa cellule.

« Nous avez-vous raconté la vérité, Knowlton ? lui demanda le policier d'un air dubitatif.

— Oui.

— Dans ce cas, le pire qui puisse vous arriver, c'est de passer deux jours enfermé ici, le temps qu'Ostrander réapparaisse.

— J'espère que vous vous êtes lancés à sa recherche.

— Bien sûr. Nous fouillerons tout l'État, et au-delà si nécessaire. (Mac s'apprêtait à partir, mais fit brusquement demi-tour.) Je vais vous amener une ampoule plus puissante, ainsi qu'un ou deux bouquins, ajouta-t-il. Si toutefois vous vous sentez d'humeur à lire. »

Il n'y avait aucun élément nouveau le lendemain matin.

Enfin, vers 16 heures, un policier vint ouvrir la cellule de Penn.

« Que se passe-t-il ? demanda ce dernier.

— Ostrander a réintégré sa demeure de Stonebridge », dit l'homme avec une ombre de sourire.

Penn sourit légèrement, lui aussi, et suivit l'homme jusqu'au bureau où Mac l'accueillit avec un petit hochement de tête.

« Nous venons d'appeler la propriété de Mr. Ostrander, dit-il. Il est rentré voici une demi-heure. Il nous a déclaré s'être absenté afin de réfléchir un peu et ne pas comprendre le remue-ménage que cela a provoqué. »

La main de Penn tremblait légèrement lorsqu'il signa sa feuille de libération. Il appréhendait de devoir repasser au chalet ainsi qu'à la propriété de Stonebridge, afin de récupérer ses affaires.

La décapotable de David était toujours garée dans le virage, à l'endroit où Penn l'avait laissée la veille. Il se glissa à l'intérieur et roula jusqu'au chalet. Là, il rassembla d'abord ses effets dans sa valise et ramena celle-ci à la voiture, ainsi que le magnétophone. Mais après quelques instants de réflexion, il décida de laisser l'appareil. Après tout, il n'était pas censé savoir ce que David voulait faire de son matériel.

Alors qu'il roulait vers le sud, en direction de Stonebridge, Penn réalisa qu'il ne savait pas très bien quels sentiments l'agitaient, ni de quelle manière il allait devoir se comporter une fois arrivé là-bas. Pour ce qui était de Ginnie, il valait sans doute mieux éviter de lui adresser la parole, que ce soit pour manifester sa rancœur ou pour lui demander des explications. Quant à David, il allait être difficile de résister à l'envie de lui dire : « Eh bien, j'espère que tu es content de ta plaisanterie ? Comptes-tu mettre cette histoire à profit dans l'un de tes prochains romans ? »

Penn écrasa rageusement l'accélérateur, mais releva aussitôt le pied. Garde ton calme, se dit-il. Contente-toi de récupérer tes affaires et de ficher le camp.

Les lumières étaient allumées derrière les fenêtres du salon, au rez-de-chaussée, ainsi que dans la chambre de Ginnie, au premier étage. Il était près de 21 heures. Les Ostrander devaient déjà avoir dîné ; ils s'attardaient parfois au salon pour prendre le café, mais la plupart du temps, David allait s'enfermer dans son bureau pour travailler. La fenêtre de cette dernière pièce était invisible de l'endroit où se tenait Penn. Il alla sonner à l'entrée. Ce fut Hanna qui lui ouvrit la porte.

« Monsieur Knowlton ! s'exclama-t-elle. Je vous croyais parti pour de bon !

— C'est bien le cas, dit Penn. Je passe juste pour prendre mes affaires.

— Entrez donc ! Madame et Monsieur sont au salon. Je vais les prévenir de votre arrivée. »

Elle se précipita avant qu'il ait eu le temps de l'arrêter. Penn suivit l'employée de maison dans le grand hall d'entrée. Il tenait à apercevoir David, ne fût-ce qu'un instant, et s'immobilisa devant le seuil du salon, légèrement en retrait. David et Ginnie étaient assis face à lui sur le canapé, serrés l'un contre l'autre. Tandis qu'Hanna les informait de son arrivée, David ramena son bras, qui était posé sur le dossier, afin de prendre Ginnie par la taille. La jeune femme ne manifesta pas la moindre réaction et se contenta de tirer une bouffée de sa cigarette.

« Entre donc, Penn ! lança David en souriant. Tu es devenu bien timide, tout à coup... »

Penn s'immobilisa dans l'encadrement de la porte.

« Je suis venu récupérer mes affaires, dit-il. Si vous n'y voyez pas d'inconvénient.

— D'inconvénient ? ironisa David. Bien sûr que non, Penn ! »

Il se leva, tenant Ginnie par la main, comme s'il tenait absolument à afficher la sérénité retrouvée de leurs sentiments.

« Dis-lui de faire ses valises et de s'en aller », dit Ginnie en écrasant sa cigarette.

Il n'y avait pas de colère dans sa voix, elle avait même parlé sur un ton attendri. Mais visiblement, elle avait un peu bu.

David s'avança vers Penn. Un sourire éclairait son visage émacié et sillonné de rides.

« Je vais t'accompagner pour te donner un coup de main », dit-il.

Penn se retourna et se dirigea à grands pas vers sa chambre, qui était située au fond du couloir, à l'arrière de la maison. Il ouvrit la porte, entra, extirpa sa grande valise entreposée dans une armoire et se mit à l'ouvrage, en commençant par le tiroir où étaient rangés ses chaussettes et ses pyjamas. Il avait conscience que David l'observait d'un air amusé et sentait le regard du romancier planté dans son dos, comme les griffes d'un fauve.

« Où t'étais-tu caché l'autre soir, David ? demanda-t-il.

— Caché ? Mais nulle part ! gloussa David. J'ai simplement décampé, sans répondre à tes appels. J'étais curieux de savoir ce qui se passerait. Ou plus exactement, je *savais* ce qui allait se passer. Tout s'est déroulé comme je l'avais prévu.

— Que veux-tu dire ? »

Les mains de Penn se mirent à trembler, tandis qu'il ouvrait le tiroir du haut.

« À propos de Ginnie, reprit David. Je savais qu'elle se retournerait contre toi et se rangerait de mon côté. C'est déjà arrivé, vois-tu. Tu as été bien bête de croire qu'il suffisait d'attendre un peu pour qu'elle divorce et se précipite dans tes bras. Quelle naïveté ! »

Penn fit volte-face, les bras chargés de chemises pliées avec soin.

« Écoute, David... Je n'attendais rien de Ginnie. J'étais sur le point de foutre le camp et...

— Épargne-moi tes balivernes ! Petit salopard ! Comploter ainsi dans le dos de son employeur ! »

Penn déposa les chemises dans la valise.

« Tu as dit que c'était déjà arrivé. Qu'entends-tu par là ? demanda-t-il.

— Il s'est passé la même chose avec notre dernier chauffeur. Ainsi d'ailleurs qu'avec mon précédent secrétaire. J'engagerais bien une femme, mais Ginnie adore ces petits drames, tu comprends. Cela chasse son ennui et resserre les liens qui nous unissent. Ton rêve m'a donné une idée magnifique, cette fois-ci. Tu as vu comme Ginnie est tendre avec moi, maintenant ? Désormais, elle te considère comme un enfoiré de première... »

David éclata de rire et porta sa cigarette à ses lèvres. Une seconde plus tard, le poing de Penn s'écrasa sur son menton, avec une violence dont le jeune homme ne se serait pas cru capable. David fut littéralement soulevé du sol et son crâne alla heurter le mur, deux mètres plus loin.

Penn fourra le reste de ses affaires dans sa valise et referma le couvercle avec autant de rage que s'il luttait encore avec David. Puis il souleva son bagage et fit demi-tour en direction de la porte. Ginnie se tenait sur le seuil et lui barrait le chemin.

« Qu'est-ce que tu lui as *fait* ? s'écria-t-elle.

— Bien peu de chose, en comparaison de la correction que j'aurais aimé lui infliger. »

Ginnie se précipita vers son mari et Penn franchit la porte de la chambre. Il aperçut Hanna qui arrivait en courant dans le couloir.

« Que se passe-t-il, Mr. Knowlton ?

— Rien de grave, dit Penn en essayant de maîtriser le tremblement de sa voix. Au revoir, Hanna. Et merci, ajouta-t-il en se dirigeant vers la porte d'entrée.

— Il est *mort* ! » murmura plaintivement Ginnie.

Hanna se précipita dans la chambre. Penn hésita, mais repartit finalement vers l'entrée. La sale menteuse ! Prête à tout pour obtenir son petit effet dramatique !

« *Arrêtez-le* ! hurla Ginnie. Hanna, il est en train de s'échapper ! »

Penn déposa sa valise dans l'entrée et revint sur ses pas. Il allait relever David et lui plonger la tête sous l'eau.

« Il n'est pas mort », dit-il en pénétrant dans la chambre.

Le visage bouleversé, Hanna se tenait à côté de David, prête à fondre en larmes.

« Si, Mr. Knowlton... Il est mort. »

Penn se pencha pour relever David, mais suspendit son geste avant même de l'avoir touché. Un objet brillant était planté dans la gorge du romancier ; il reconnut immédiatement son propre coupe-papier, qu'il avait oublié d'emporter.

Dans son dos, Ginnie éclata brusquement d'un rire hystérique — ou d'un long et douloureux sanglot.

« Espèce de *monstre* ! s'écria-t-elle. Je suppose que

tu as pris la peine d'effacer tes empreintes! Mais tu t'es donné bien du mal pour rien, Penn! Hanna, appelez immédiatement la police et dites-leur qu'il y a un meurtrier dans nos murs!»

Hanna dévisageait sa maîtresse avec horreur.

«Je vais les appeler, Madame. Mais c'est vous qui avez effacé vos empreintes. Je vous ai vue essuyer la poignée avec votre jupe lorsque je suis entrée.»

Penn posa les yeux sur Ginnie. Ils n'en avaient décidément pas fini l'un avec l'autre...

LA BABY-SITTER

C'était la première fois qu'Evelyn Ward décrochait un vrai travail. Elle avait déjà fait du baby-sitting par le passé, mais uniquement dans son quartier. Le problème, c'est qu'il n'y avait guère de demande dans les environs ; de plus, Evelyn se trouvait en concurrence avec une demi-douzaine d'autres adolescentes qui cherchaient elles aussi à garder des enfants pour gagner un peu d'argent de poche. Aussi Evelyn — elle vivait à Pendleton, dans le New Jersey — s'était-elle rendue dans une agence d'intérim, Emplois and Co., qui lui avait proposé une place pour le soir même à l'autre bout de la ville, dans un quartier du nom de West Hills, célèbre pour ses résidences cossues et ses habitants fortunés.

« Et ils doivent envoyer quelqu'un pour m'escorter en fin de soirée, déclara Evelyn à sa mère, au cours du souper.

— T'escorter ? Comment cela ? demanda sa mère.

— Une sorte de taxi. Mais je n'aurai rien à débourser. L'agence Emplois and Co. demandera au chauffeur de me raccompagner jusqu'à la maison.

— Les gens chez qui tu vas ne peuvent donc pas te ramener, lorsqu'ils seront rentrés ? » dit sa mère en tendant une assiette de poulet rôti à son père.

Evelyn poussa un soupir. Elle trouvait parfois que sa mère ne prêtait pas attention à ce qu'elle lui disait

— bien qu'elle n'arrêtât pas de répéter à Evelyn que c'était *elle* qui ne l'écoutait pas.

« Maman... Je t'ai déjà expliqué que la dame, Mrs. Vanderhurst, va à l'aéroport de New York chercher son mari qui vient d'être opéré du cœur à Houston. L'avion arrive vers 22 heures. Une fois de retour, elle ne pourra pas repartir ; quant à son mari, il ne peut évidemment pas conduire, à cause de... Enfin, j'imagine qu'il ne se sent pas encore très vaillant, puisqu'il sort à peine de l'hôpital.

— Je vois. Cet emploi est donc très occasionnel. Mais c'est aussi bien ainsi : je n'aime pas trop que tu ailles faire du baby-sitting aussi loin de chez nous.

— Moi non plus, intervint son père.

— Tu n'as que quinze ans, après tout, ajouta sa mère.

— Pourtant il y a des filles de douze ans qui gardent des enfants, rétorqua Evelyn.

— Les agences n'emploient sûrement pas des collaboratrices aussi jeunes, dit le père d'Evelyn. Sinon, on les accuserait d'exploiter les enfants », ajouta-t-il avec un petit gloussement.

Evelyn savait qu'il la faisait marcher, aussi préféra-t-elle ne pas répliquer. Après tout, comme il devait la déposer chez les Vanderhurst à 20 heures, son père allait manquer son émission de télé préférée. Il valait donc mieux se montrer gentille envers lui.

Elle monta dans sa chambre et prit deux livres, ainsi que la barre de chocolat qu'elle avait achetée dans l'après-midi. Elle comptait bien explorer de fond en comble la maison des Vanderhurst, malgré les recommandations de sa mère qui lui cassait toujours les pieds en lui disant de ne pas convoiter le bien d'autrui — pas même du *regard*.

« J'espère que tu seras sage, dit son père lorsqu'ils atteignirent *Les Saules*, à West Hills, et que tu n'allumeras pas la télé, sauf si on t'y autorise. Tu serais fichue de détraquer le poste et ce serait encore à moi de payer la facture…

— Oh, papa… »

Son père ne plaisantait qu'à moitié. Il accompagna Evelyn jusqu'au perron de la maison et sonna lui-même à la porte. Une assez jolie femme vint leur ouvrir.

« Je suis la baby-sitter, annonça Evelyn. Je m'appelle Evelyn Ward.

— Oui, bien sûr. Entrez.

— Je vais vous laisser, dit Fred Ward. Je suis son père — enfin, je devrais plutôt dire son chauffeur… »

Evelyn l'aurait volontiers étranglé.

Mrs. Vanderhurst conduisit Evelyn au salon, qui était immense, puis la précéda dans un petit escalier menant à la chambre des enfants. Une petite fille d'environ quatre ans s'amusait par terre avec ses jouets ; un garçon un peu plus âgé lisait, allongé sur son lit. Ils étaient tous les deux en pyjama.

« Simon, Beth, je vous présente Evelyn. C'est elle qui restera à la maison durant mon absence. Dites-lui bonsoir.

— Bonsoir, Evelyn, dit le garçon en levant les yeux avec un sourire.

— B'soir, dit Beth, d'un air plus intimidé.

— Bonsoir, répondit Evelyn.

— Maintenant, vous allez tous les deux vous coucher. Je veux vous voir au lit avant mon départ, c'est-à-dire dans dix minutes, exactement. Papa va rentrer ce soir et j'aimerais bien pouvoir lui dire que vous avez été sages.

— D'accord, m'man, dit le garçon en refermant son livre à contrecœur.

— Vous avez sans doute envie d'aller regarder la télévision en bas, dit Mrs. Vanderhurst à Evelyn. De la sorte… (Elle lui lança un coup d'œil pour lui faire comprendre qu'elle allait essayer de coucher les enfants.) Vous vous êtes lavé les dents, tous les deux ? »

Les enfants acquiescèrent.

Mrs. Vanderhurst les installa dans leurs lits. Par l'entrebâillement d'une porte, Evelyn aperçut le lavabo d'une salle de bains. La chambre était remplie de jouets, les étagères débordaient de livres ; il y avait même un cheval à bascule.

Une fois redescendue, Mrs. Vanderhurst montra la cuisine à Evelyn. Elle ouvrit la porte du réfrigérateur.

« Il y a du Coca-Cola, si cela vous dit. Et du lait. Faites comme chez vous. Ah, il y a aussi du gâteau — une génoise à l'ananas, ajouta Mrs. Vanderhurst en soulevant le couvercle d'une boîte en plastique.

— Ouah ! Génial ! Euh... je veux dire... (Evelyn s'interrompit, brusquement gênée.) C'est très gentil de votre part. Je vous remercie.

— Je serai de retour vers minuit — du moins je l'espère —, à moins que l'avion n'ait du retard. Je vous ai laissé un numéro, à côté du téléphone, dit-elle en montrant l'appareil à Evelyn. C'est celui de mes voisins. Ils se couchent toujours très tard. Au cas où il arrive quelque chose, ou si vous aviez peur. Mais je fermerai les portes à clef, devant comme derrière. Le quartier est très calme. Je ne pense pas que vous ayez le moindre souci à vous faire, conclut-elle en souriant.

— J'espère que votre mari va mieux. On m'a dit à l'agence qu'il sortait à peine de l'hôpital.

— Oui. Oh, je suis sûr qu'il est rétabli, Dieu merci, sans quoi on l'aurait gardé là-bas. Ah, j'oubliais... Voulez-vous que je branche la télé maintenant ? À moins que vous ne préfériez lire ?

— Je veux bien que vous l'allumiez, s'il vous plaît. Mon père m'a recommandé de ne toucher à rien, pour éviter de casser quelque chose. »

La femme se mit à rire.

« Il n'y a pas le moindre risque. Et d'ailleurs, vous me faites l'effet d'être une jeune fille très soigneuse. »

Mrs. Vanderhurst alluma la télévision et montra à Evelyn comment changer de chaîne.

« Allez jeter un coup d'œil en haut d'ici une demi-heure, pour voir si les enfants se sont bien endormis. Il vaudrait mieux utiliser cette lampe de poche, de manière à ne pas les réveiller. »

Elle tendit à Evelyn une minuscule lampe de poche, à peine plus grosse qu'un paquet de cigarettes.

Puis elle s'en alla. Par la fenêtre, Evelyn la regarda monter dans une grosse voiture verte, sortir de l'allée en marche arrière et s'engager dans la rue. Elle était vraiment charmante.

Et quelle maison merveilleuse ! Dans le silence — car elle avait momentanément coupé le son de la télévision —, Evelyn entendit brusquement le tic-tac d'une horloge et partit à sa recherche. Elle la trouva dans la salle à manger ; c'était un vieux modèle d'autrefois, en bois sombre et parfaitement ciré. Il y avait aussi une grande table ovale entourée de six chaises, avec des bougies rouges disposées dans deux chandeliers en argent. Evelyn retourna au salon. Sur la table du téléphone, elle remarqua un coupe-papier en argent à la poignée ornée de turquoises. Elle admira également le piano — un Steinway, d'après l'inscription qu'il portait —, et l'immense canapé recouvert d'un tissu rouge et vert qui ressemblait à une tapisserie. Evelyn poussa un soupir. Habiterait-elle un jour dans une maison pareille ? Elle l'espérait.

En attendant, ce soir elle pouvait toujours imaginer que c'était elle, la propriétaire des lieux, et se prendre pour Mrs… Machin, lorsqu'on sonnerait à la porte. Sauf qu'évidemment, ce soir, personne ne sonnerait.

Evelyn se rendit jusqu'à la porte d'entrée et inspecta la triple rangée de verrous complétée, de surcroît, par une chaîne de sécurité qui n'était pas tirée. Elle la mit en place en glissant l'extrémité plate dans son encoche.

Puis elle se contempla dans le miroir oblong placé à côté de la porte. Depuis cet été, elle portait une queue de cheval ; ce soir, elle avait noué ses cheveux à l'aide d'un mince ruban noir. Cette nouvelle coiffure d'une simplicité extrême mettait en valeur son front haut et bombé. Evelyn avait les yeux noisette et un teint qu'elle estimait satisfaisant. Jusqu'ici, elle avait été épargnée par l'acné, contrairement à tant de ses copines. Quant aux garçons, n'en parlons pas ! On avait l'impression qu'ils ne se nourrissaient que de beignets et de sucreries, ce qui d'ailleurs était peut-être le cas.

Ces pensées lui donnèrent brusquement faim. Allait-elle se contenter de sa barre de chocolat ou attaquer la génoise à l'ananas ? Elle décida de commencer par sa friandise et de réserver le gâteau pour plus tard. Tout en grignotant sa barre, elle s'installa devant la télévision après en avoir légèrement augmenté le son. Elle avait choisi le programme : un concours de danse amateur auquel participaient également trois ou quatre chanteurs. Elle aimait bien écouter les interviews de ses vedettes préférées.

« Bon sang ! Les enfants ! » s'exclama-t-elle soudain à voix haute.

S'emparant de la lampe de poche, elle monta silencieusement l'escalier. Mrs. Vanderhurst avait laissé la lumière allumée dans le couloir. Evelyn entrouvrit doucement la porte de la chambre en dirigeant tout d'abord le rai de la lampe vers le plancher. Son regard s'accoutuma progressivement à la semi-pénombre. Les enfants paraissaient profondément endormis, mais elle attendit tout de même quelques secondes pour s'en assurer. S'ils faisaient semblant de dormir, l'un d'eux finirait forcément par éclater de rire. Mais les deux bambins restaient silencieux. Parfait ! Dire qu'elle touchait cinq dollars de l'heure pour un boulot pareil ! C'était beaucoup mieux que les deux dollars dont elle avait dû se contenter jusqu'ici, même si elle devait bien sûr en déduire vingt pour cent. Mrs. Vanderhurst enverrait un chèque à l'agence, qui prélèverait sa commission et verserait le reste à Evelyn. On aurait dit une véritable transaction commerciale, et cela enchantait Evelyn. Elle était également ravie par le fait qu'Emplois and Co. la payait mieux que lorsqu'elle trouvait du travail par ses propres moyens, en gardant des enfants du quartier.

Grâce à la télévision, à la génoise à l'ananas et à deux verres de Coca-Cola, le temps passa vite. Bientôt minuit sonna. Evelyn avait laissé la télévision allumée mais elle gardait l'oreille aux aguets afin d'entendre la voiture lorsque celle-ci s'engagerait dans l'allée. Mr. Vanderhurst arriverait-il en civière ? Bien sûr que non, songea-t-elle, sinon il serait rentré en ambulance.

Afin de ne rien laisser au hasard, Evelyn alla jeter un nouveau coup d'œil dans la chambre des enfants. Le spectacle était le même que tout à l'heure : les gamins respiraient régulièrement et dormaient à poings fermés. Evelyn avait eu l'occasion de travailler chez des gens dont les enfants semblaient prendre un malin plaisir à se réveiller à tout bout de champ pour réclamer un verre d'eau ou de lait, du chocolat ou Dieu sait quoi — tout cela, évidemment, dans le seul but d'embêter le monde. Mais ici, c'était le rêve ; et si Mrs. Vanderhurst ne rentrait qu'à une heure, Evelyn empocherait trente dollars, moins les vingt pour cent de commission, soit vingt-quatre dollars — une véritable fortune !

Vrrr-rroum !

Il y eut un bruit de moteur, puis le silence retomba brusquement. Sans doute Mrs. Vanderhurst qui arrivait avec son mari.

Evelyn se trouvait alors au salon, devant le poste de télévision. Quelques minutes auparavant, elle avait lavé son verre, ainsi que l'assiette qui lui avait servi pour le gâteau. Elle attendit que les Vanderhurst fassent leur entrée.

Ils pénétrèrent dans la maison par la porte de derrière. Un bref instant, Evelyn fut prise d'une étrange frayeur : et si ce n'était *pas* les Vanderhurst, mais un inconnu qui venait de fracturer la porte ?

Ses craintes se révélèrent infondées. Mrs Vanderhurst présenta son mari à Evelyn. Il était plutôt bel homme, avec ses cheveux bruns, mais il paraissait un peu pâlichon, sans doute à cause de l'opération qu'il venait de subir.

« Tout va bien ? demanda Mrs. Vanderhurst.

— Je pense, répondit Evelyn. Je suis allée voir les enfants il y a quelques minutes à peine. »

Mrs. Vanderhurst se dirigea ensuite vers le téléphone pour appeler Emplois and Co., afin qu'ils leur envoient « l'escorte » d'Evelyn.

Mr. Vanderhurst s'était assis sur le canapé du salon.

« La voiture sera ici dans dix minutes, dit Mrs. Vanderhurst à Evelyn. Vous devez tomber de sommeil. Il est presque une heure du matin.

— Non, ça va », répondit Evelyn.

Elle n'allait pas lui avouer qu'elle avait dormi un bon quart d'heure devant la télévision !

Il n'était pas tout à fait une heure, mais Mrs. Vanderhurst n'allait pas chipoter à dix minutes près et lui paierait ses cinq heures, c'était évident.

Un véhicule s'arrêta à l'extérieur. C'était une voiture blanche, dont la portière portait une inscription — sans doute le sigle d'Emplois and Co., se dit Evelyn. Elle souhaita bonne nuit à Mr. et Mrs. Vanderhurst. Celle-ci lui déclara qu'elle appellerait l'agence le lendemain et leur enverrait un chèque au plus tôt.

« Bonne nuit. Et merci », ajouta-t-elle.

Le chauffeur avait ouvert la portière avant et Evelyn s'assit à ses côtés.

« Bonsoir, dit-elle. Vous vous appelez Charley, c'est bien ça ?

— Ouais, dit le type. Charley. »

La voiture démarra.

« J'habite au 157, Milbrook Drive. C'est à l'autre bout de la ville, j'en ai peur.

— Pas de problème. »

Le chauffeur paraissait assez jeune — une vingtaine d'années à peine. Il avait des cheveux blonds ondulés et mâchouillait un cure-dent. Il conduisait légèrement penché sur le volant.

Ils prirent un boulevard de ceinture qui longeait le club d'équitation. Ce n'était pas à proprement parler le trajet le plus court.

« Vous auriez pu aller tout droit et traverser la ville, observa Evelyn.

— J'préfère éviter tous ces feux », dit le jeune homme.

Evelyn ne se donna pas la peine de lui faire remarquer qu'après minuit les feux ne marchaient plus, en dehors des clignotants jaunes signalant qu'il fallait ralentir.

« Il y a longtemps que vous travaillez pour Emplois and Co. ? » demanda-t-elle.

Elle n'aimait pas trop la façon dont il la regardait en coin et éprouvait le besoin de parler, de dire *quelque chose,* tout simplement.

« Oh, six bons mois, répondit-il.

« Et vous ne faites que ça ? Raccompagner les gens, je veux dire ? »

Il se mit à rire.

« J'les dépose, aussi. Il faut parfois les conduire... à leur boulot... quand ils vont repeindre une maison, ou s'occuper du jardin... Des trucs comme ça. »

Ils roulaient entre deux rangées d'arbres sombres. En fait, Evelyn n'avait pas la moindre idée de l'endroit où ils se trouvaient.

« Vous êtes sûr que nous allons dans la bonne direction ? reprit-elle. Nous aurions dû traverser Hampstead Avenue en passant par ici, vous ne croyez pas ?

— Je sais. (Il la dévisagea sans cesser de mâchouiller son cure-dent en bois.) Ça vous dirait d'aller faire un p'tit tour dans les bois ? Juste pour causer cinq minutes ?

— Euh... non. Je veux rentrer chez moi. (Un frisson d'angoisse parcourut Evelyn et sa voix se mit à trembler.) Il est beaucoup trop tard pour traîner davantage. Je veux rentrer.

— Allez... Juste cinq minutes... »

Il bifurqua brusquement sur la droite et la voiture s'engagea en cahotant sur un sentier. Evelyn se trouva projetée contre l'épaule du jeune homme.

« Qu'est-ce que vous *faites* ?

— Je m'arrête un instant. On a quand même bien l'temps d'échanger un petit baiser... »

Il se pencha vers Evelyn en l'enlaçant par la taille afin de l'attirer contre lui.

« Écoutez... Si vous croyez... Lâchez-moi ! hurla Evelyn. Je le dirai à votre patron ! Vous allez le regretter ! »

Elle avait prononcé ces mots sans même réfléchir à ce qu'elle disait, tant elle était effrayée.

L'autre l'empoigna par les cheveux et l'embrassa violemment. Elle n'apprécia guère ce contact.

« Vous feriez mieux de me lâcher ! » cria-t-elle en ouvrant la portière.

Evelyn perdit pied et s'étala sur le sol accidenté. Les phares de la voiture étaient éteints, mais comme elle avait ouvert la portière la lumière intérieure était allumée. Sans même réaliser ce qu'elle faisait, Evelyn se releva et se mit à courir. Elle franchit quelques mètres dans l'obscurité avant de perdre à nouveau l'équilibre. Par chance, la sacoche qu'elle portait en bandoulière amortit sa chute. Puisqu'elle était hors de vue — du moins l'espérait-elle —, le mieux était encore de rester allongée et de reprendre son souffle en attendant que le type se décide à ficher le camp.

Elle aperçut soudain le rai d'une lampe de poche, beaucoup plus puissante que celle des Vanderhurst.

« Evelyn ! Où êtes-vous ? lança l'autre. *Comment allez-vous rentrer chez vous si je ne vous raccompagne pas ?* »

Evelyn ne bougea pas d'un pouce. Elle sentait encore le contact râpeux de la joue du type et l'odeur du chewing-gum qui imprégnait son haleine, lorsqu'il l'avait embrassée. Brrr... S'ils devaient en venir aux mains, elle n'avait pas la moindre chance de l'emporter. Il valait mille fois mieux rentrer chez elle à pied que remonter dans la voiture de ce... *Charley*. Ah, il allait entendre parler d'elle !

« Ohé ! Evelyn ! » lança-t-il à nouveau.

Mais cette fois, il s'était apparemment enfoncé dans les bois et criait dans la direction opposée. Evelyn l'entendit jurer. Elle perçut également un craquement de branches, comme s'il était tombé. Parfait ! Si au moins il pouvait croire qu'elle s'était enfuie et qu'il était inutile de la rechercher davantage...

Mais il y eut soudain un craquement de brindilles tout près d'elle. Le rai d'une lampe effleura le sommet de son crâne puis s'immobilisa sur son visage.

« Ah, vous êtes là !

— Ne me touchez pas ! »

Elle se redressa et se mit à courir. Puis elle poussa un cri terrorisé, dans le vague espoir que quelqu'un l'entende et lui vienne en aide. Un peu plus loin, des lumières brillaient au premier étage d'une maison dont les fenêtres se découpaient, à cent mètres de là. Mais Evelyn trébucha et tomba une nouvelle fois.

Elle attendit une bonne minute, le temps de reprendre son souffle. Cette fois-ci, se dit-elle, elle avait dû le semer et il ne la retrouverait pas.

Elle avait vu juste. Elle l'entendit une fois de plus jurer à voix basse, mais le rai de la lampe de poche ne se rapprocha pas. Un chien s'était mis à aboyer dans la maison voisine et cela, ajouté à ses cris, avait dû effrayer le type. Lorsque Evelyn releva la tête, elle distingua la lumière de la lampe qui s'éloignait et ne fut bientôt plus qu'un minuscule point dans le lointain. Puis la voiture redémarra.

Evelyn prit une profonde inspiration et attendit. Oui, la voiture partait en marche arrière et faisait demi-tour. Quand le bruit du moteur s'estompa, elle se remit debout. Elle devait se trouver à trois kilomètres au moins de chez elle... Une distance impossible à couvrir au beau milieu des ténèbres. La seule solution, c'était de dénicher un téléphone et d'appeler sa famille. Il y aurait bien quelqu'un pour *comprendre* sa situation. Evelyn se mit à regarder les fenêtres éclairées à l'étage de la maison voisine, comme s'il s'agissait de son propre foyer.

Elle traversa un champ à pas lents, en s'efforçant de ne pas trébucher, et se dirigea directement vers l'habitation.

Elle se trouvait à peine à dix mètres de la porte lorsque le chien se remit à aboyer. À en juger par la violence de ses aboiements, l'animal devait être de taille ; peut-être s'agissait-il d'un berger allemand ? L'une des fenêtres du rez-de-chaussée était ouverte. Le chien ne risquait-il pas d'en jaillir et de se jeter sur elle ?

Evelyn tourna brusquement les talons et se mit à courir jusqu'à ce qu'elle ait enfin rejoint un sentier qu'elle distinguait tout juste dans l'obscurité. C'était un simple chemin de terre qui rejoignait la route principale — une artère à double voie plongée dans les ténèbres. Evelyn bifurqua sur la gauche, dans la direction de Pendleton. Elle distinguait bien çà et là quelques lumières, sur sa gauche, mais qui brillaient très loin, à plus d'un kilomètre au moins — et de toute façon il s'agissait de bâtiments commerciaux, non de résidences privées. Elle réalisa soudain que son angoisse ne l'avait pas quittée.

Oooouuu — ooouuu — oouu — ou !

Il y avait un hibou dans les parages. Evelyn songea que si jamais une voiture passait, elle n'oserait même pas lui faire signe, car elle aurait bien trop peur d'y monter ! Cette impression était horrible. Et si jamais ce Charley revenait ? S'il l'apercevait en train de marcher le long de la route ?

Soudain, une nouvelle maison apparut sur la gauche. De la lumière brillait à l'intérieur. Evelyn décida de retenter sa chance.

Une pelouse bordée d'une double haie s'étendait devant la façade. Il devait être au moins 2 heures, songea Evelyn. Ses parents avaient probablement déjà appelé les Vanderhurst.

Elle souleva le heurtoir de la porte et le laissa retomber. Après avoir attendu un bon moment, elle s'apprêtait à frapper à nouveau lorsqu'une voix masculine demanda :

« Qui est là ? »

Evelyn sursauta.

« Je... je m'appelle Evelyn, dit-elle. Evelyn Ward. Pourrais-je utiliser votre téléphone, s'il vous plaît ? »

L'homme entrouvrit la porte d'un air méfiant.

« Vous êtes seule ?

— Oui !

— Entrez. Que se passe-t-il ? Vous avez eu un accident ? »

L'homme avait remarqué la nervosité d'Evelyn. Vêtu d'un pyjama et d'une robe de chambre, il devait avoir une cinquantaine d'années.

« Non, je... j'étais avec quelqu'un... Je veux simplement appeler mes parents. Ils habitent à Pendleton. J'étais allée garder des enfants, ajouta Evelyn.

— Allez-y. Le téléphone est là », dit l'homme en lui indiquant le couloir.

Evelyn se dirigea vers l'appareil posé sur une table et composa le numéro de ses parents. Son père décrocha immédiatement.

« Mais oui, je vais bien, dit Evelyn. Je... je ne sais pas où je me trouve. »

L'homme s'approcha :

« Sur Westbourne, au n° 400. Je m'appelle Schroeder », lui glissa-t-il.

Une femme venait d'émerger de l'escalier, en robe de chambre elle aussi, et se tenait à ses côtés. Evelyn communiqua l'adresse à son père.

« Je serai là dans un instant, affirma-t-il.

— Elle est visiblement en état de choc, dit l'homme à sa femme. Prépare-lui donc du thé, ma chérie. Ou plutôt du chocolat chaud. C'est encore une enfant ! »

La femme conduisit Evelyn à la cuisine.

« Asseyez-vous, lui dit-elle. Un bon chocolat chaud vous remettra d'aplomb. »

Evelyn entendit l'homme repousser le verrou de la porte d'entrée. Quelle vie ! Et quelle soirée ! Trouvant brusquement toute cette histoire comique, elle éclata de rire.

« Je suis si heureuse d'être ici ! dit-elle en regardant la femme verser du lait dans une casserole et allumer la cuisinière.

— Tout ira bien maintenant. Vous étiez toute pâle il y a cinq minutes. »

Elle attendait visiblement qu'Evelyn lui explique ce qui s'était passé mais la jeune fille n'avait pas envie d'en parler. Cette aventure était tellement ridicule !

Avant qu'elle ait fini de boire son chocolat, on frappa à la porte. L'homme alla ouvrir. Evelyn l'entendit demander qui était là et reconnut ensuite la voix de son père.

La porte s'ouvrit. Les deux hommes échangèrent encore quelques mots en traversant le couloir. Puis son père entra dans la cuisine et s'exclama :

« Evelyn ! Que... que diable s'est-il passé ?

— Euh... c'est à cause de ce type qui devait me ramener... »

Elle aurait préféré garder l'histoire pour elle, même si la vérité devait forcément finir par éclater. Il était difficile de prétendre qu'elle avait décidé de rentrer chez elle à pied, au beau milieu de la nuit.

« Le type de l'agence, ajouta-t-elle.

— Eh bien ? reprit son père. Qu'est-il arrivé ? Tu n'es pas blessée, au moins ? Tu t'es battue avec lui ? »

Son père la dévisageait avec anxiété. Quant aux Schroeder, ils se contentaient d'écouter en silence. Mais Evelyn s'en moquait. Leur présence avait même quelque chose de rassurant.

« Non, nous ne nous sommes pas battus. Il s'est

juste montré un peu... entreprenant, et j'ai dû sauter hors de la voiture. Nous étions au beau milieu des bois. Je... j'ai essayé de courir et je suis tombée deux ou trois fois. (Son pantalon bleu ciel était déchiré au genou.) Mais je ne veux plus parler de tout ça !

— Je vais la ramener à la maison et la mettre au lit, dit Fred Ward en s'adressant aux Schroeder. Je vous remercie beaucoup d'avoir pris soin d'elle et de lui avoir permis de me téléphoner.

— Oh, c'était la moindre des choses, dit la femme.

— Elle était allée faire du baby-sitting à West Hills, poursuivit le père d'Evelyn. C'est une agence de Pendleton qui lui avait procuré ce travail.

— Papa... À quoi bon raconter tout ça ? »

Evelyn avait brusquement honte d'elle-même, de la naïveté dont elle avait fait preuve. Avait-elle vraiment agi comme il fallait ? N'aurait-il pas été possible d'affronter autrement la situation ? Elle eut soudain terriblement sommeil et dut lutter pour ne pas glisser de sa chaise. Son père la prit par la main.

« Allez, viens, lui dit-il. Il est grand temps d'aller dormir ! »

Ils regagnèrent tous ensemble la porte d'entrée. Evelyn entendit Mrs. Schroeder glisser à son père qu'il devrait porter plainte, à quoi ce dernier répondit qu'il s'en occuperait le lendemain.

À la maison, la mère d'Evelyn attendait leur arrivée mais son père coupa court à toute conversation.

C'étaient les vacances scolaires et Evelyn put dormir jusqu'à 10 heures. Sa mère vint lui parler pendant qu'elle prenait son petit déjeuner.

« Maman, on ne va pas faire tout un plat de cette histoire. Ce type a tenté sa chance, si tu vois ce que je veux dire. C'est tout.

— Mais il travaille pour cette agence. Il faut le dénoncer. Imagine que la même histoire se reproduise avec une autre jeune fille ? Crois-tu qu'elle trouverait cela agréable ? »

Non, certainement pas, songea Evelyn.

« Il s'appelle donc Charley, reprit sa mère. À quoi ressemble-t-il ?

— Il est blond. Une vingtaine d'années, environ. La peau un peu rugueuse, comme s'il avait... je ne sais pas... des boutons... »

Sa mère se mit à rire, l'air amusé. Evelyn sourit à son tour. Elle se sentait mieux.

« Je crois que je vais appeler l'agence au lieu d'aller les voir, dit sa mère. Je verrai bien ce qu'ils me répondront. Ne te tracasse plus pour cette histoire, ma chérie. Mais je ne sais pas si je te laisserai prendre ce genre de travail à l'avenir. »

Tout en débarrassant la table du petit déjeuner, Evelyn ne put s'empêcher d'écouter la conversation de sa mère avec la secrétaire d'Emplois and Co.

« Oui, je suis la mère d'Evelyn Ward. Je vous appelle parce qu'il s'est produit un curieux incident, hier soir. Un jeune homme du nom de Charley devait aller chercher ma fille à West Hills. Vous voyez de qui il s'agit ?... Ah, bon ? Vous le croyez sérieux, vraiment ? Un blondinet aux cheveux ondulés ? Ah... Non, je vous assure que celui-là était blond et je vous appelle parce qu'il ne s'est pas conduit de manière très courtoise envers ma fille, c'est le moins qu'on puisse dire. Elle a dû sauter hors de la voiture et s'enfuir à travers bois, une expérience qui n'a rien de particulièrement agréable... Je vois. Puisque vous me dites que Charley est un charmant jeune homme et qu'il a les cheveux bruns, peut-être pourrait-il nous apprendre qui était le blondinet ? Ma fille est certaine que le nom de votre agence figurait bien sur la portière de la voiture... (Il y eut un long silence.) Je vous remercie beaucoup. Et si vous souhaitez plus de précisions, je passerai volontiers vous voir avec ma fille. Je suis sûre qu'elle reconnaîtra ce type. »

Evelyn fit la grimace. Elle n'avait absolument pas envie de revoir le blondinet.

« Oui, je resterai chez moi toute la matinée. Merci. Au revoir, dit sa mère avant de raccrocher.

— Finalement je crois comprendre ce qui s'est passé, reprit-elle lorsqu'elle eut regagné la cuisine. Le véritable Charley est brun. Il a dû prêter la voiture au blondinet, hier soir — ce qu'il n'aurait évidemment pas dû faire. D'après l'agence, ce Charley travaille chez eux depuis près d'un an et il est tout à fait digne de confiance.

— Mais pourquoi aurait-il prêté sa voiture à l'autre ? »

Sa mère haussa les épaules en souriant.

« Il y a tout un tas d'explications possibles, ma chérie. Charley avait peut-être un rendez-vous hier soir, et il tenait absolument à y aller. Il a probablement estimé que le blondinet s'acquitterait de sa mission — d'ailleurs, il a lui-même ramené la voiture, la nuit dernière. Personne n'a vu le blondinet, à l'agence ; ils pensent donc que c'est Charley qui a ramené le véhicule. Du reste, ils sont absolument désolés — il faut dire qu'il y a de quoi ! »

Le téléphone se mit à sonner.

« C'est peut-être l'agence, dit la mère d'Evelyn en allant décrocher. Ah, oui... Un instant, Phil... Je vous la passe. »

Evelyn se précipita et saisit l'écouteur.

« Salut, Phil ! » s'exclama-t-elle.

Elle se sentait brusquement radieuse, et soulagée. Phil prit de ses nouvelles et lui demanda si elle était libre ce soir, car il y avait un bon film qui passait au drive-in. Phil avait dix-sept ans, et son permis de conduire.

« Oui, je suis libre, dit Evelyn. On se retrouve à quelle heure ? »

Ils convinrent d'un rendez-vous.

Evelyn avait beaucoup pensé à Phil la nuit dernière. Le jeune homme était solidement bâti et aurait sûrement fichu une raclée au blondinet s'il s'était trouvé là.

« Je sors avec Phil ce soir, annonça Evelyn à sa mère.

— Oui, c'est ce que j'avais cru comprendre, répondit sa mère qui était en train de nourrir les chats, à la cuisine. Lui, au moins, c'est un garçon charmant. Invite-le donc à boire un Coca et à manger un morceau lorsque vous rentrerez ce soir, si tu veux. Ton père compte faire des grillades sur le barbecue et il en fait toujours dix fois trop. »

Le téléphone se remit à sonner. Cette fois, c'était Emplois and Co. Evelyn entendit sa mère qui disait :

« Très bien... Oui, si vous l'estimez nécessaire... D'ici une demi-heure, parfait... »

Elle se tourna vers Evelyn :

« Ils aimeraient que nous passions les voir ce matin.

— Maman... Je ne veux pas faire de scandale !

— Il n'y en aura pas, je te le jure. Nous nous contenterons de donner un avertissement à ce Charley, ou au blondinet. À moins que l'agence ne s'en charge elle-même. Ce blondinet ne travaille même pas chez eux. Mais Charley aura sûrement droit à un savon. »

Evelyn n'avait guère envie d'y aller ; elle suivit néanmoins sa mère et monta à côté d'elle dans sa petite Fiat. En arrivant devant Emplois and Co., elles remarquèrent une troupe d'adolescentes qui patientaient à la porte de l'agence dans l'espoir d'obtenir une place, comme Evelyn deux jours plus tôt. Sa mère se présenta à la réception.

« Oh, Mrs. Ward ! Bonjour. Nous sommes absolument désolés pour ce qui s'est passé hier soir. Permettez-moi d'ailleurs de vous présenter le véritable Charley — Charles Barclay. »

Elle leur désigna un jeune homme brun qui se leva de sa chaise et vint les saluer.

« Tout est de ma faute, leur dit-il. Je pensais pouvoir faire confiance à mon copain Dave. C'est un excellent conducteur et je croyais que cela suffirait. (Il se tourna vers Evelyn.) Je suis sincèrement navré.

Je ne commettrai plus jamais une erreur pareille. D'ailleurs, cela risque de me coûter mon emploi. »

Derrière le comptoir, la réceptionniste était occupée avec quelqu'un d'autre et ne les écoutait plus.

« Ma foi, puisque c'est votre boulot de ramener les gens chez eux la nuit, il aurait peut-être mieux valu ne pas passer la voiture à un copain, vous ne croyez pas ? dit Mrs. Ward.

— Maman... ne t'énerve pas », dit Evelyn.

Elle éprouvait brusquement de la sympathie pour Charley, qui semblait sincèrement navré de toute cette affaire.

« Je ne recommencerai plus. De toute façon je ne pense pas que j'en aurai l'occasion, reprit le jeune homme en baissant les yeux un instant avant de les fixer à nouveau sur la mère d'Evelyn. Je me suis vraiment comporté comme un idiot, ajouta-t-il.

— Nous n'avons évidemment pas l'intention de porter plainte. L'affaire n'est pas suffisamment sérieuse. Mais nous avons estimé préférable de prévenir votre employeur, au cas où vous auriez eu l'intention de redemander à votre ami Dave de faire le chauffeur à votre place.

— Cela ne risque pas de se reproduire, croyez-moi, dit Charley. Je l'ai rayé de la liste de mes amis. J'aurais dû me méfier davantage ! Au revoir, madame. »

Charley se dirigea vers la porte. Lorsque la réceptionniste en eut terminé, la mère d'Evelyn lui demanda si elle pouvait parler au directeur.

Le directeur était une directrice. Evelyn resta à l'écart, peu soucieuse d'écouter leur conversation. Quelle histoire ! Sa mère la rejoignit au bout de quelques minutes, le sourire aux lèvres.

« Ne t'inquiète pas, lui dit-elle. Je ne crois pas qu'ils renverront Charley. Ils ont simplement estimé que la menace d'une mise à pied le pousserait peut-être à réfléchir et l'empêcherait de commettre la même erreur à l'avenir. Allons, n'y pensons plus ! »

Evelyn ne demandait pas mieux. Après tout, elle

s'en tirait sans dommage. Sa mère lui recommanda de faire attention, la prochaine fois. Les chauffeurs travaillant pour une compagnie portaient toujours un badge d'identification ; il fallait exiger de le voir, s'ils ne le montraient pas spontanément.

« Si Charley avait passé son badge à son copain Dave, je crois qu'on l'aurait *vraiment* viré, ajouta la mère d'Evelyn quand elles eurent regagné la voiture. La directrice m'a dit que ces badges comportent toujours la photo de leur propriétaire, mais en pleine nuit, tu ne l'aurais peut-être pas regardé très attentivement... N'est-ce pas, Evelyn ? »

C'était probable. Evelyn se mit à siffloter. *D'accord*, elle ferait attention, la prochaine fois. Mais pour l'instant, la journée s'annonçait splendide. Et Phil l'appellerait ce soir, à 8 heures moins le quart.

LA DEUXIÈME CIGARETTE

Un samedi matin, en entrant dans sa cuisine, George Leister, conseiller fiscal âgé de cinquante et un ans, fut passablement surpris d'apercevoir une cigarette à peine entamée se consumer dans un cendrier. Il contempla celle qu'il tenait à la main — il venait juste de l'allumer — et pesta intérieurement contre sa distraction. Il s'était juré dernièrement de ne pas en fumer plus de dix par jour, sans réussir toutefois à descendre en dessous de quinze. Il récupéra la cigarette dans le cendrier, l'éteignit et la mit de côté — il les comptait *vraiment* —, avant de saisir la cafetière. Il s'apprêtait à se resservir lorsqu'il réalisa qu'une silhouette se découpait dans l'encadrement de la porte de la cuisine, qu'il venait lui-même de franchir quelques instants auparavant. Surpris, George sursauta, renversant une bonne partie de son café sur le carrelage.

L'individu qui se tenait à l'entrée de la cuisine était en tout point semblable à lui, comme si un miroir s'était dressé à l'emplacement de la porte — à ceci près qu'il arborait un petit air amusé, tandis que George ne souriait pas.

« Je fume, moi aussi », dit l'inconnu d'une voix douce, quoique empreinte d'une légère ironie.

Les mains tremblantes, George lui tourna le dos et se servit du café aussi calmement qu'il le pouvait.

Apparemment, l'hallucination dont il était victime était tout autant visuelle qu'auditive. Était-il brusquement devenu fou ? Mais pourquoi ? Il avait paisiblement passé la soirée chez lui, la veille, sans boire ni manger plus que de coutume. Serrant les dents et fronçant les sourcils, il se retourna et dévisagea à nouveau l'apparition.

L'inconnu lui retourna tranquillement son regard. Il portait la même robe de chambre rouge que lui ; ses cheveux jadis bruns grisonnaient et son visage était sillonné de rides — tout comme les siens, il fallait bien l'admettre. Or George était fils unique et n'avait jamais eu de cousin qui lui ressemblât à ce point. Il n'aurait eu que deux pas à faire pour toucher l'inconnu, mais il n'arrivait pas à bouger. Comme l'autre continuait de lui sourire, il remarqua avec dégoût que l'une de ses canines était toute jaunie. Répugnant ! Telle était donc l'image qu'il offrait au monde ! Ce visage fripé, presque maladif et à la limite de la propreté !

« On n'a pas l'air bien fier de soi, pas vrai ? »

L'inconnu ramassa le mégot de cigarette, prit la boîte d'allumettes qui traînait sur la table de la cuisine et le ralluma.

« Ça doit faire la quatrième, depuis ce matin, reprit-il. Je parie que tu ne les comptes même plus. »

George s'apprêtait à jurer que si, mais une idée lui traversa brusquement l'esprit.

« Si tu es ma conscience... marmonna-t-il en haussant les épaules pour se donner une contenance mais en détournant les yeux. Et puis non, je ne tomberai pas dans ce piège. J'ai déjà entendu parler de ce genre de phénomène. Il doit s'agir d'une vision. »

Il se sentit tout à coup ridicule, parce qu'il s'était exprimé à voix haute. N'était-ce pas aussi grotesque que de se parler à soi-même ?

« Ou à un *autre* soi, grommela-t-il. Mais assez de bêtises !

— Non, pas à un autre soi. À *toi-même* », répliqua l'apparition, imperturbable.

La présence de cette silhouette à la carrure massive — affligée même d'un léger embonpoint — donnait la chair de poule à George, mais il décida de se comporter comme si elle n'existait pas et de retourner lire son journal au salon. Il s'avança en brandissant sa tasse comme une lance dont il s'apprêtait à pourfendre l'apparition, si celle-ci ne s'écartait pas de son chemin.

L'inconnu recula dans le couloir et s'effaça poliment devant lui.

George se serait senti plus rassuré s'il avait pu passer au travers de la silhouette, car il aurait ainsi eu la preuve qu'il s'agissait d'une créature imaginaire. Il ramassa le *Times*, s'y agrippa comme à une bouée de sauvetage et se plongea dans la lecture des pages financières. Ça, au moins, c'était du solide, du concret. *Le dollar poursuit sa chute par rapport au mark et au yen*. George se mit à lire avec autant d'avidité que de concentration.

Il se rendit brusquement compte que l'inconnu en robe de chambre s'était faufilé dans le salon.

« Non, pas bien fier de soi..., lança-t-il. Tu as vu Liz récemment ? »

George leva les yeux d'un air las et fut ravi de constater que les contours de la silhouette étaient moins nets à présent, à la lueur d'un rayon de soleil. Parfait ! Mais il s'aperçut également que le gland fixé à l'extrémité de la ceinture de la robe de chambre se balançait de manière étrangement réelle, bien que l'inconnu se fût immobilisé.

« Liz n'a pas envie de me voir, dit-il de ce ton ferme et poli dont il se servait au bureau pour dresser un constat irrécusable.

— Évidemment. Elle aimerait sans doute que vos rapports soient un peu plus amicaux. Contrairement aux apparences, ce n'est pas elle qui souffre le plus de la situation. C'est toi. Parce que tu as honte de toi. »

Encore cette fichue conscience... Je devrais aller prendre une douche froide, pensa George, et oublier cette apparition.

« Je doute que tu puisses aussi facilement te débarrasser de moi », dit l'autre.

George distinguait à présent une partie des rayonnages de la bibliothèque à travers le torse de la créature. C'était plutôt encourageant.

« Parce que je suis *toi*, et non ton double », poursuivit l'autre avec un petit gloussement.

George reconnut sa manière de glousser. Il avait déjà, bien sûr, identifié sa propre voix. Je ne t'aime pas, songea-t-il brusquement. Ce gloussement lui avait déplu parce qu'il sonnait de manière vaguement hypocrite. Pourtant, il ne pensait pas être foncièrement retors. Il faut bien se résoudre à mentir un peu de temps en temps, sinon la société et le monde des affaires ne tourneraient pas. Si on lui avait demandé quel jugement il portait sur lui-même, George aurait répondu qu'il s'estimait aussi honnête, voire un peu plus honnête que la plupart des gens. Mais depuis qu'il avait entendu ce gloussement... Que pouvait-on bien penser de lui ?

« Pour en revenir à Liz..., reprit l'apparition comme si elle s'apprêtait à entamer une nouvelle discussion.

— Je crois qu'elle est heureuse avec son nouveau mari, murmura George en reprenant son journal.

— On ne peut pas en dire autant de toi, n'est-ce pas ? Tu as fait une erreur, George ? Une très grosse erreur. »

De quoi voulait-il parler ? D'Harrietta ? George sentit le rouge lui monter au visage. Était-ce dû à la honte ? À la colère ? Deux ans durant, George avait eu une liaison avec Harrietta. Liz avait fini par découvrir le pot-aux-roses à cause d'une secrétaire à la langue trop bien pendue, qu'il avait d'ailleurs virée par la suite sous un autre prétexte. À la même époque, Harrietta lui avait demandé s'il se déciderait un jour à divorcer pour l'épouser. Et il avait accepté. Après tout, ils s'entendaient à merveille au lit et ailleurs, et Harrietta n'était pas une écervelée. George et Liz n'avaient qu'un fils, qu'ils avaient depuis longtemps fini d'élever, et qui les avait quittés après s'être marié pour aller vivre en Californie. Lorsque Liz avait découvert la vérité au sujet d'Harrietta, elle avait voulu savoir si George comptait divorcer, et il avait répondu par l'affirmative. L'ironie de l'histoire, c'est qu'au bout du compte Harrietta n'avait plus du tout eu envie de se marier. Quant à Liz, au bout de trois ou quatre mois à peine elle avait rencontré un homme récemment divorcé, plus ou moins directeur d'une société qui importait de la mélasse, et elle l'avait épousé. George avait rencontré Ed Tuttle, le nouveau mari de Liz, à deux ou trois reprises. C'était quelqu'un de parfaitement honorable, plein de bonne volonté, et empreint de cette courtoisie un peu surannée dont George avait été surpris de découvrir encore un exemple. Oui, Liz s'en était bien tirée. Blessé par l'attitude d'Harrietta, George avait rompu avec cette dernière. La jeune femme tenait à son indépendance ; elle n'avait pas besoin de l'aide financière qu'il aurait pu lui apporter et adorait son travail — elle était attachée de presse chez United Artists. Quant à Liz et Ed, ils auraient souhaité conserver des rapports amicaux avec lui mais George préférait garder ses distances. Le couple vivait dans une petite localité bien desservie par les transports, au nord de New York.

« Tu es incapable de les affronter, dit l'apparition en interrompant les réflexions de George. C'est toi qui as perdu la partie et qui te retrouves seul dans la vie... Finis, les petits dîners aux chandelles clandestins avec Harrietta... »

La voix s'éteignit. George sentit dans la poitrine un élancement qui persista et finit par devenir douloureux. Oui, il avait perdu. Il y avait certes quelques compensations dans le fait de vivre seul, mais bien peu. Il détestait devoir se préparer à manger, ou même dîner seul au restaurant ; et le dimanche, la solitude lui pesait tout particulièrement. Liz et lui avaient l'habitude de se rendre au musée ou au cinéma, ce jour-là, puis d'aller boire un thé quelque part, avant de passer une soirée paisible à la maison et aller se coucher. C'était bien agréable. Quant à leurs ébats nocturnes... George aurait aussi bien pu dormir avec sa sœur ou son frère, pendant les dix dernières années de son mariage. Le fait d'y repenser le mettait presque mal à l'aise.

« Prends donc une autre cigarette. »

George regarda le petit coffret en argent posé sur la table du salon, persuadé que s'il en prenait une l'apparition allait sûrement le lui reprocher. Il ouvrit pourtant le couvercle, hésita, et décida finalement de s'abstenir.

« Eh bien moi, je me sers. »

George avait-il rêvé ? Il vit une main translucide saisir une cigarette dans le coffret, puis se tendre vers le briquet dont il entendit peu après le cliquetis.

« Je ne suis pas ta conscience, reprit doucement la voix. Je suis simplement toi. Tu penses peut-être que j'incarne le bon côté de ta personnalité — mais en as-tu vraiment un ? Enfin... Nous avons quand même connu de bons moments au cours de cette longue existence, non ? Tu te souviens de Maggie ? »

George n'était pas d'humeur à en supporter davantage. Il se leva, finit d'un trait sa tasse de café et se dirigea sur sa droite — la silhouette se trouvait du côté opposé — afin de rejoindre le couloir qui menait à la salle de bains. Il prit une douche froide, les muscles crispés et les dents serrées car il détestait ça. Puis il se frictionna vigoureusement avec une serviette. Autant aller se balader, ça lui ferait du bien. Dieu merci, il était déjà allé au supermarché la veille, en sortant du travail. Il ne se serait pas senti le courage de s'infliger une telle corvée aujourd'hui. Il se passa un coup de rasoir électrique sur le menton et s'habilla à la hâte parce qu'il lui semblait que sa récente tendance à rêvasser et à vivre au ralenti pouvait fort bien être à l'origine de cette apparition. George était convaincu qu'il s'agissait d'une vision. Sinon, quelle autre explication envisager ? Il ne croyait ni aux fantômes ni au surnaturel, et lorsqu'il lui arrivait de tomber sur un article traitant des perceptions extrasensorielles, il le lisait avec le plus grand scepticisme — et sans le moindre désir de prêter foi à ce genre de croyances.

La silhouette fantomatique ne se manifesta pas tandis que George se dirigeait vers la porte d'entrée, et il ne se donna pas la peine de la chercher davantage.

Une fois dehors, sous la lumière du soleil, il se sentit plus en sécurité. Les coups de klaxon des taxis avaient quelque chose de rassurant, d'agréable même. La vue d'un minuscule caniche noir en train de déféquer dans le caniveau, sagement tenu en laisse par sa jeune maîtresse, lui parut l'exemple même de la normalité. Il inspira profondément et se sentit brusquement en excellente forme physique. N'avait-il pas perdu deux bons kilos, depuis le départ de Liz ? Mais si. Bien sûr, à son âge il aurait été ridicule de se bercer d'illusions à propos des femmes. Ridicule n'était peut-être pas le terme approprié, mais enfin il ne pouvait plus se comporter comme s'il avait trente ans. Évidemment, si l'un de ses amis ou de ses associés lui présentait une créature intéressante et de surcroît disponible, c'était une autre affaire. Disponible, qui sait, pour une liaison, voire pour un éventuel mariage. Cela n'avait rien d'incongru, après tout.

« Ah oui ? »

Sa propre voix venait de résonner à ses oreilles. Enfin, celle de la vision, presque aussi nette que lorsqu'il était à la maison. George accéléra le pas, puis ralentit l'allure et se remit à marcher comme précédemment. Il était bien décidé à ne pas regarder pardessus son épaule. Il rit presque à l'idée de ce type —

lui-même — déambulant sur la 5ᵉ Avenue en robe de chambre et en pyjama ! Encore qu'il pouvait fort bien avoir changé de tenue et porter les mêmes vêtements que George en ce moment : un costume en laine beige et un polo bleu à col roulé. George se mit à penser à autre chose. La journée de lundi allait être infernale, avec cette conférence sur la société Polyfax qui devait débuter à 10 heures et se prolonger dans l'après-midi. Polyfax fabriquait des ustensiles en plastique de toutes formes et de toutes tailles ; l'entreprise avait une filiale au Canada, sous un autre nom. Lequel, déjà ? Ses dirigeants avaient trafiqué leurs déclarations d'impôts en mélangeant les revenus des deux sociétés — dans leur intérêt, évidemment. Freer, Foreman et lui avaient dû passer au crible les comptes relatifs aux trois dernières années.

« Polyfax, Polyfax », chantonna d'un air moqueur la propre voix de George à son oreille.

George n'y prêta pas attention. Il vaudrait mieux réexaminer les photocopies du dossier ce soir et y jeter un dernier coup d'œil dimanche s'il voulait parfaitement maîtriser le sujet lorsque Freer aborderait la question, lundi matin. « Nous devons tout mettre en œuvre pour satisfaire nos clients — dans les limites de la loi », ainsi que le disait souvent le vieil Henry Tubman Freer sans nécessité apparente, comme s'il se parlait à lui-même. George aurait préféré sortir, ce soir. Il se souvint qu'il avait décliné l'invitation de Ralph Foreman, leur plus jeune associé, qui lui proposait de venir dîner chez lui pour faire la connaissance d'un jeune homme qui souhaitait rentrer dans leur cabinet. Mais les dés étaient jetés. George tourna les talons et reprit la direction de son domicile.

La vision ne se remanifesta pas ce soir-là, contrairement aux craintes de George. Il s'était dit que la nuit était sans doute plus propice aux fantômes, supposition aussi ridicule qu'infantile.

L'apparition ne se montra pas davantage le

dimanche matin. George commençait à se sentir mieux. À midi, il ressortit le poulet froid qu'il avait commencé de grignoter au petit déjeuner. Une fois son repas terminé, il appela son fils, George Jr. Il lui téléphonait toujours rituellement le dimanche, entre 14 heures et 15 heures.

« Ggg... gaa ! » lança une voix de bébé à l'autre bout du fil.

George entendit son fils éclater de rire avant de reprendre l'appareil.

« Georgie essaie d'apprendre à dire Papy, expliqua-t-il. Il y arrive parfois, mais je crois qu'il est intimidé par le téléphone. Tu veux dire un mot à Mary ? »

George acquiesça, évidemment. Mary avait l'air aussi énergique et enjouée que d'habitude. Elle lui apprit que le soleil brillait, qu'ils comptaient installer les arceaux du croquet sur la pelouse en fin de matinée, que Georgie n'allait plus tarder à avoir une nouvelle dent...

Lorsque George raccrocha, il ressentit presque physiquement l'épais silence qui l'entourait, comme si on l'avait brutalement tiré d'un rêve — à grand bruit. Le bruit du silence, cela existait, après tout... Durant quelques minutes, il avait cru voir le soleil de la Californie, entendre le cliquetis des cuillères et des fourchettes sur les assiettes du petit déjeuner, les gazouillis du bébé qui venait d'avoir un an, le rire de son propre fils... Il était heureux en ménage, lui.

Il voulut allumer une cigarette — la neuvième de la journée ? — mais finit par y renoncer. Il craignait de provoquer ainsi le retour de l'apparition. Et *Maggie*... Pourquoi ce... — comment l'appeler ? — ce spectre avait-il précisément ressorti cette histoire, entre tous ses souvenirs ? Cela remontait bien à trente ans en arrière, trente-trois très exactement. George avait alors dix-huit ans. Il avait pris la décision qui s'imposait. Parfaitement. Avec l'aide — enfin, avec l'argent de son père, bien sûr, mais bon, il n'avait pas eu le choix. Maggie et lui étaient amoureux l'un de l'autre, aucun doute là-dessus. Et puis elle était tombée enceinte, malgré toutes les précautions qu'ils avaient prises. Il ne pouvait pas l'épouser. Elle n'allait pas laisser tomber la fac et les quatre années d'études qu'elle avait encore devant elle pour ses beaux yeux. Pourtant... Mais non, Maggie était, n'avait été qu'une toquade, une simple erreur de jeunesse.

Brasser ces vieux souvenirs l'avait mis mal à l'aise. George se leva et songea de nouveau à allumer une cigarette, mais il repoussa une fois de plus cette idée. Un bon café, voilà ce dont il avait besoin. Après quoi, il se replongerait dans le dossier Polyfax. Il fallait faire preuve de volonté, que diable. George se rendit à la cuisine pour rebrancher la cafetière.

Son double l'attendait, appuyé contre l'évier. Il portait exactement les mêmes vêtements que lui : un pantalon gris foncé, un pull en cachemire bleu, des pantoufles...

« Faire preuve de volonté ! lança l'apparition. Laisse-moi rire ! Décidément, tu es toujours le même ! »

Une cigarette était plantée au coin de ses lèvres, ce que George remarqua avec autant de honte que d'envie.

« Fiche-moi le camp ! » s'exclama George en brandissant le poing et en portant au fantôme un coup qui l'aurait atteint à la tête, s'il avait eu la moindre consistance.

L'apparition esquiva le coup et éclata d'un rire enfantin. George avait-il vraiment effleuré quelque chose, si légèrement que ce soit ? Il n'en était pas sûr.

« Je vois que tu es d'une humeur exécrable, reprit la réplique de George. Bonne journée quand même ! »

Et elle se glissa hors de la cuisine. Les bras tendus en avant, dans la posture d'un vigile du métro poussant un ultime voyageur dans une rame bondée, George s'avança d'un air menaçant vers la silhouette qui s'éloignait. Mais ses mains ne rencontrèrent que le vide, et après avoir cligné des yeux il ne distingua plus rien.

La vision ne réapparut pas ce jour-là. À 22 heures, George se sentait mieux et avait presque retrouvé sa bonne humeur. Il avait étudié l'ensemble du dossier Polyfax, regardé un moment la télé, écouté un concerto de Beethoven tout en nettoyant son frigidaire après l'avoir dégivré. Cette copie de lui-même n'était qu'une *illusion* ! George était à présent étendu sur son canapé, plongé dans ses pensées — ou dans ses rêveries. Il lui vint tout à coup à l'idée que la vie elle-même, dans son ensemble, était une illusion — illusion de progrès, de réussite — sournoisement dissimulée derrière l'agitation incohérente et continuelle des hommes. Tous ces rendez-vous, ces délais, cette stupide activité à laquelle l'humanité donnait le nom de « travail »... George avait réussi — mais à quoi ? À se bâtir une solide réputation dans le monde des affaires et à rassembler un petit capital — en liquide et en actions — que Liz avait refusé de partager avec lui lorsqu'ils avaient divorcé. Au début elle avait accepté qu'il lui verse une pension, mais au bout du compte elle lui avait demandé d'arrêter lorsqu'elle s'était remariée, l'an dernier. Ils avaient jadis acheté une petite villa à Montauk Point, où ils se rendaient d'ailleurs rarement ; Liz avait déclaré qu'ils n'avaient qu'à continuer à la « partager », que cela ne posait pas de problème et qu'ils l'utiliseraient à tour de rôle, lorsqu'ils le désireraient. George n'y était allé qu'une fois depuis leur divorce, essentiellement pour récupérer quelques livres, des disques et certains effets personnels. Il avait de l'argent, bien sûr — mais pour quoi faire ? Son fils se débrouillait fort bien et n'avait pas besoin de son aide. Il était dans les finances, lui aussi. En allant se coucher, George se sentait dans un état vaguement dépressif. Mais au moins, la vision ne s'était pas remanifestée, pas même lorsqu'il avait fumé sa douzième cigarette, étendu dans son lit.

Le lendemain matin, George trouva dans son courrier une enveloppe portant l'écriture de Liz. Il l'ouvrit en attendant le bus qui devait l'emmener jusqu'à la 5e Avenue. Liz l'invitait à dîner le soir même et lui donnait le numéro de téléphone du bureau d'Ed — George l'avait déjà noté quelque part — afin qu'ils conviennent d'un rendez-vous en fin d'après-midi.

... Je sais que tu n'aimes pas prendre des décisions à la va-vite et j'ai pensé qu'il valait mieux t'écrire de manière que tu aies ma lettre samedi, ou lundi matin au plus tard. Je t'en prie, essaie de venir. Willie, le fils d'Ed, est venu passer quelques jours à la maison pour se reposer; il s'est fracturé le genou en jouant au basket. Il a dix-huit ans maintenant. Je crois que tu as déjà eu l'occasion de le rencontrer...

George chassa ces pensées de son esprit, en partie du moins. Aujourd'hui, il fallait qu'il se concentre sur l'affaire Polyfax. Il avait d'abord songé à appeler Ed vers 15 heures afin de décliner poliment l'invitation, mais l'idée que son double, que cette satanée apparition allait venir lui reprocher sa couardise ne cessa de le hanter durant toute la conférence de la matinée. Si le spectre se montrait à nouveau, n'allait-il pas se moquer de George en lui disant qu'il n'avait ni le courage ni même la politesse d'accepter une invitation à dîner de son ancienne épouse et du nouveau mari de celle-ci, qui faisaient simplement preuve d'amabilité à son égard, sans pour autant l'accabler de leur gentillesse ?

George appela Ed à 14 h 45 et lui affirma qu'il viendrait avec plaisir.

« Parfait ! Liz sera enchantée, dit Ed sur le ton jovial qui lui était coutumier. Pouvez-vous me rejoindre à mon garage, sur la 49e Rue ? L'établissement est au nom d'un certain Kammer. »

George acquiesça. Il avait déjà eu l'occasion de retrouver Ed à son garage. Après avoir quitté son bureau, il prit la direction du nord et s'arrêta deux blocs plus loin afin d'acheter un bouquet de fleurs à une vieille femme qui installait généralement sa charrette au carrefour, lorsque le temps le permettait.

«Ça va, monsieur?» lui dit la vieille, enveloppée comme à l'accoutumée dans une cape et plusieurs épaisseurs de lainages.

George lui donna le double de la somme qu'elle lui indiquait. Plus d'une fois, il lui avait acheté des fleurs avant d'aller retrouver Harrietta — et après avoir téléphoné à Liz pour l'informer qu'il resterait au bureau un peu plus tard que de coutume.

À 19 heures, son bouquet à la main, George franchit le perron des Tuttle en compagnie d'Ed; la demeure possédait quatre pignons et de sa cheminée s'échappait une colonne de fumée bien visible sur le ciel déjà sombre. Ed et George avaient agréablement conversé durant les trente-cinq minutes qu'avait duré le trajet. Willie, le fils unique d'Ed, faisait actuellement ses études à Columbia et s'en tirait plutôt bien; mais d'après son père, il était quelque peu téméraire, d'où cet accident dont il avait été victime au cours d'une partie de basket.

«Bonsoir, George! Je suis si heureuse que tu aies pu venir! Ed m'a téléphoné pour me l'annoncer. (Liz embrassa George sur la joue en lui pressant la main.) Oh, merci! Elles sont absolument superbes», ajouta-t-elle en prenant le bouquet.

Elle portait une robe de satin qui la moulait étroitement et mettait en relief son opulente poitrine. Ses cheveux bruns volumineux brillaient comme si elle sortait à peine de chez le coiffeur. Elle irradiait le bonheur. Une main tendue derrière elle, sans chercher néanmoins à prendre vraiment celle de George, elle le précéda au salon.

«Tu te souviens de Willie, n'est-ce pas George?»

George acquiesça. Willie était assis dans un fauteuil, sa jambe plâtrée tendue vers la cheminée.

«Bonsoir, monsieur, dit-il d'une voix polie. Je n'arrive pas très bien à me lever à cause de cette jambe, mais je vais essayer. »

Il tenta de se redresser en prenant appui sur les accoudoirs du fauteuil aux motifs brodés.

« Ne te donne donc pas cette peine, Willie ! Comment vas-tu... à part ça ? s'enquit George avec un bon sourire, tout en forçant le jeune homme à se rasseoir.

— Assez bien, monsieur. Merci. »

Liz leur servit l'apéritif — des Manhattan pour Ed et elle, un whisky à l'eau pour George. Celui-ci alluma une cigarette. La conversation allait bon train, parsemée d'éclats de rire. Du coin de l'œil, George examinait le mobilier massif et quelque peu rustique des Tuttle ; il devait déjà être là avant l'arrivée de Liz. Par contre, c'était probablement elle qui avait installé ces épais rideaux jaunes aux fenêtres. George se pencha pour reprendre son verre, mais son regard se figea brusquement sur Liz, alors en train de parler. Juste derrière son épaule se tenait le spectre — *lui-même* —, un sourire moqueur au coin des lèvres, hochant la tête comme pour lui dire : « Pauvre crétin, tu t'imagines sans doute que la soirée va être agréable ? »

George renversa une partie de son verre sur la table cirée du salon et sortit aussitôt son mouchoir pour l'essuyer. Son geste tira Ed de sa béatitude.

« Oh, ce n'est rien, George », lança-t-il.

George jeta un coup d'œil à Liz, puis par-dessus son épaule, et constata que la vision avait disparu. D'ailleurs il n'avait pas réellement *entendu* la voix, il s'était seulement imaginé la repartie que le spectre lui avait lancée. Il en était absolument certain. Ce phénomène provenait sûrement d'un trouble cérébral sans gravité, comme lorsqu'on a les oreilles qui bourdonnent.

« Ça ne va pas, George ? demanda Liz.

— Si, si, répondit-il. Mais la journée a été un peu fatigante.

— Beaucoup de travail, j'imagine, reprit Liz en lui

tendant la perche pour l'amener à parler de son métier.

— Je refuse d'aborder la question, dit George en souriant. Nous sommes en mai. Parlons d'un sujet plus agréable. Des vacances, par exemple. »

Il se tourna vers Willie. Les étudiants s'intéressent toujours aux vacances.

La conversation s'orienta donc sur ce sujet. Liz et Ed, qui comptaient passer la troisième semaine de juin dans la villa de Montauk, demandèrent à George s'il n'y voyait pas d'inconvénient. Il leur affirma qu'il n'avait pas l'intention de s'y rendre durant cette période. Puis on passa à Venise : Liz, Ed et Willie avaient un projet de croisière à partir de Naples, avec un détour par la Sicile...

George n'écoutait qu'à moitié. Durant tout le dîner, il redouta que la vision ne réapparaisse ; Liz, qui le connaissait si bien, avait-elle conscience qu'il était un peu bizarre, ce soir ? Ils regagnèrent ensuite le salon, pour le café et les digestifs. Willie se déplaçait sur des béquilles. Au dessert, on avait servi un gâteau au chocolat recouvert de crème fraîche préparé par les soins de Liz.

« Tu as l'air très en forme, George, lui dit Liz tandis qu'il prenait congé. J'espère que nous aurons bientôt le plaisir de te revoir. »

Ed l'accompagna jusqu'à l'arrêt de bus. Il avait proposé de le ramener à Manhattan mais George avait décliné l'offre.

Liz avait-elle voulu le réconforter ? George songea qu'il ne devait pas avoir trop mauvaise mine, même s'il savait intérieurement ne pas être au mieux de sa forme.

Une heure plus tard à peine, il se retrouvait chez lui, seul. Était-il vraiment seul, pourtant ? En apparence, oui, mais combien de temps cela durerait-il ?

Cela dura pratiquement une semaine. George n'avait pas agi de manière particulière pour tenir le spectre à l'écart, et d'ailleurs il aurait été bien en peine de savoir quelle décision prendre. Le samedi suivant, vers midi, alors qu'il regagnait son domicile en poussant un chariot bourré de provisions — de quoi tenir le siège une semaine, espérait-il —, il aperçut son double appuyé cette fois encore contre l'évier et vêtu du pantalon de velours vert, de la veste en tweed et des bottines qu'il portait lui-même ce jour-là. George se raidit mais se mit à déballer ses affaires comme si de rien n'était. En allant ranger son stock de café au fond d'une étagère, il frôla presque la silhouette, qui n'avait pas fait un geste et se tenait toujours debout.

« Alors, on ne dit pas bonjour ? »

George eut *l'impression* d'avoir entendu la réplique. Il ne répondit pas. Apercevant une bouteille de whisky inentamée sur une étagère, il la saisit et dévissa le bouchon. Son irritation était telle qu'il s'exclama à voix haute :

« J'imagine que tu vas me... me reprocher de boire un verre aussi tôt.

— Mais non. Cela m'est arrivé plus d'une fois, à moi aussi. »

George se servit. La bouteille qui tremblait dans sa main heurta deux fois le bord du verre. Il n'était pas suffisamment dérangé pour proposer au spectre de boire en sa compagnie, mais n'aurait pas été surpris outre mesure de voir un verre émerger du placard et la bouteille se déplacer toute seule. Toutefois, cela ne se produisit pas.

« Aaah... » lança le spectre d'un air triste.

George sortit de la cuisine, son verre à la main. *Aaah*... Ne s'était-il pas souvent moqué de lui-même en poussant un soupir de ce genre ? Lorsqu'il s'autorisait un verre à midi, par exemple, alors qu'il s'était juré d'attendre 18 heures ? Et d'ailleurs, pourquoi en faire tout un drame ? Ni Liz ni son médecin n'avaient jamais insinué qu'il buvait trop. N'avait-il donc pas d'autres sujets d'inquiétude ?

Son verre à moitié vide à la main, George jeta un

coup d'œil vers la porte de la cuisine, mais rien n'en émergea. Il avait *bel et bien* d'autres sujets d'inquiétude.

Cet après-midi-là, George appela son médecin, le Dr Pallantz. Au troisième appel, il réussit à l'avoir en personne et lui demanda s'il pouvait lui donner l'adresse d'un psychiatre compétent. Le Dr Pallantz lui en indiqua deux, lui recommandant plus particulièrement le premier, puis l'interrogea sur ce qui se passait.

« Je ne sais pas au juste... Je suis plutôt en forme, physiquement, dit George en lorgnant du côté de la cuisine. Je crois que cela me ferait du bien de converser une petite heure avec un psychiatre. Je sais que les séances ne durent jamais plus longtemps », ajouta-t-il avec un petit gloussement qu'il se reprocha aussitôt.

Un peu plus tard dans l'après-midi, il parvint à obtenir un rendez-vous pour une séance d'une demi-heure le lundi suivant, à 18 h 30, avec le Dr Kublick. George avait cité le nom du Dr Pallantz, ce qui avait grandement facilité les choses. Il fut soulagé de constater que le spectre ne se manifesta plus de tout le week-end. Cela le renforça dans sa conviction que ses ennuis provenaient d'un simple manque de confiance en soi. C'était d'ailleurs la seule explication logique. Le fait même d'avoir pris rendez-vous avec un psychiatre portait peut-être déjà ses fruits.

Le lundi, à 18 h 30, George déballa tout. C'est ahurissant, tout ce qu'un individu peut raconter en à peine dix minutes. Il parla de son enfance à Chicago — ses parents tenaient une quincaillerie et s'étaient saignés à blanc pour qu'il aille dans une bonne école et connaisse une meilleure existence qu'eux —, de son mariage puis de sa rupture avec Liz. Évidemment, il avait commencé par mentionner les étranges visions qui avaient débuté deux semaines auparavant — la dernière en date remontant au samedi précédent, à midi — et qui l'avaient décidé à consulter un psychiatre.

« Je me demande si je ne suis pas atteint d'une forme de schizophrénie », ajouta-t-il.

Le menton appuyé sur sa main, le médecin paraissait plongé dans ses réflexions, malgré l'expression amicale, voire enjouée qui se peignait sur son visage.

Le Dr Kublick devait avoir dans les quarante-cinq ans. Relativement grand, il portait un complet marron sans un faux pli. Ses yeux attentifs étudiaient George, derrière les lunettes à montures noires. Il ne prenait pas de notes.

« La schizophrénie... dit-il enfin. C'est un peu l'auberge espagnole... Dormez-vous bien, ces derniers temps ?

— D'une traite. J'ai toujours eu un excellent sommeil.

— Pas de vertiges le matin ? Pas de lassitude particulière ? »

Voyant que George hochait négativement la tête, il reprit :

« Buvez-vous beaucoup ?

— Trois ou quatre verres par jour. Du whisky, allongé d'un peu d'eau. Honnêtement, je ne pense pas que la cause soit à chercher de ce côté. »

Au fur et à mesure que la demi-heure s'écoulait, George comprit qu'il lui fallait se hâter s'il voulait obtenir une réponse — ou simplement un peu d'aide — de la part du médecin.

« Il se dégageait de cette robe de chambre rouge une telle impression de réalité, répéta-t-il. J'aurais pratiquement pu la *toucher*. En tout cas, c'est ce qu'il m'a semblé.

— Pourtant, vous m'avez dit que lorsque vous avez heurté le... la chose de la main, vous n'avez rien ressenti, observa le médecin sur un ton à la fois amical et rassurant.

— C'est du moins ce que j'ai cru. Mais j'ai bien vu la chose qui se penchait pour m'éviter. »

Et la *voix*...

« Sans parler de la voix, reprit George. C'était exactement la mienne. Je suis certain de l'avoir entendue. Ou du moins, d'avoir eu *l'impression* de l'entendre. Je sais bien qu'il s'agit d'une illusion — et pourtant, je ne suis pas du genre à avoir des visions. »

George s'était exprimé avec une grande conviction et, curieusement, le son de sa propre voix renforça encore à ses yeux le caractère réel de l'apparition. Le toubib le croyait-il ? Il disait la vérité, tout de même ! Le médecin reprit d'une voix calme :

« Tout ceci pourrait provenir d'un simple surmenage. Avez-vous eu un emploi du temps particulièrement chargé ces temps-ci, dans votre travail ? »

Polyfax... Certes, c'était un gros dossier, mais sans caractère impératif et sans motif de tension particulier.

« Non, dit George.

— Vous sentez-vous coupable ? Pour une raison ou pour une autre ? »

Le compteur sauta encore de cinq minutes sur l'horloge murale du Dr Kublick. Quel mauvais goût, se dit George, que d'installer une pendule qui chronométrait ainsi la durée des séances dans une pièce où le temps et l'argent étaient à ce point imbriqués... Mais les songes, les pensées, les rêves ne dépendaient assurément pas de l'argent — et peut-être même pas du temps... À moins que le Dr Kublick ne considérât cette horloge comme un repère auquel ses patients pouvaient se raccrocher ? Un objet qui les ramène d'une manière ou d'une autre à la réalité ? Le médecin venait de lui poser une question grave à laquelle il était impossible de répondre en quelques mots. Tout le monde ne se sent-il pas plus ou moins coupable, pour une raison ou pour une autre ? N'est-ce pas le contraire qui serait anormal ?

« Je ne pense pas avoir plus ni moins de remords que tout un chacun, dit-il. Je ne les qualifierais pas de sérieux, ni d'obsessionnels.

— À quels propos, par exemple ? »

Il ne lui restait plus que deux minutes. George se mit à réfléchir désespérément. Il eut brusquement sous les yeux l'image d'une femme en train de fouiller dans une trousse à couture, à la recherche d'un fil d'une couleur bien précise.

« Deux années durant, pendant mon mariage, j'ai eu une liaison, comme je vous l'ai dit. Mais cela ne m'empêchait pas de m'entendre avec mon épouse. »

Il n'allait tout de même pas lui parler de Maggie... Ce n'était qu'une erreur de jeunesse. D'ailleurs, il n'y pensait jamais. Pas plus qu'à Harrietta, du reste. Ils s'étaient quittés en bons termes, reconnaissant l'un et l'autre qu'ils n'éprouvaient plus le désir de se revoir. D'une certaine façon, le fait qu'Harrietta lui ait demandé de l'épouser et qu'il ait accepté avait éteint le feu de leur passion.

« Je ne pense vraiment pas que mes remords soient à l'origine de ces... hallucinations. »

Ding !

On se serait cru à la fin d'un round, lors d'un match de boxe. Le médecin se leva, ainsi que George qui lui demanda aussitôt combien il lui devait. Le docteur répondit que sa secrétaire allait se charger de régler cette question et George comprit qu'il devait libérer la pièce afin de céder la place au patient suivant.

« Quelque chose vous tourmente, ajouta le médecin en lui montrant la porte de son cabinet. À vous de trouver de quoi il s'agit, si c'est en votre pouvoir. Et si vous souhaitez me revoir... »

George rédigea un chèque de cinquante dollars. Il ne demanda pas d'autre rendez-vous, se disant qu'il pourrait toujours le faire par la suite, s'il l'estimait nécessaire.

Il se sentait plus dérouté que réellement éclairé. Au bout du compte, que lui avait appris le Dr Kublick ? George se sentait encore plus seul, à présent qu'il avait déversé ses problèmes dans le giron du psychiatre. Mais de quels crimes était-il donc coupable, en y réfléchissant bien ? Ou plutôt, comment s'était-il débrouillé, tout au long de sa vie, pour en arriver à recevoir la visite régulière d'un spectre dont la mission — George n'arrivait pas à se débarrasser de cette idée — était apparemment de le mettre en accusation ?

Était-il sérieusement dérangé, pour que cette vision de lui-même lui soit apparue ? L'avait-il vue pour de bon ? Autrement dit, existait-elle vraiment ? (Après tout, il y a bien des gens qui croient aux fantômes...) Et avait-elle une signification irréfutable, en regard de sa vie ? Y a-t-il quelque part un juge abstrait qui tiendrait le compte régulier de nos actes ? Dans l'esprit de George, ce juge n'était pas Dieu mais une sorte de baromètre dont même les plus grands philosophes n'avaient pas encore répertorié les degrés. Il revenait donc à chacun de se battre et de s'en sortir seul. George avait le sentiment de n'avoir même pas commencé la lutte et de ne pas se situer plus haut, sur le plan moral, qu'un paysan illettré ou un quadrupède quelconque — mais sans bénéficier toutefois de l'innocence propre aux animaux.

Peut-être cette vision ne reviendrait-elle jamais, se dit-il en préparant son repas, ce soir-là. Il tentait de s'encourager ; après tout, il était allé voir un psychiatre et lui avait rapporté l'ensemble des faits. Que pouvait-il faire de mieux ?

Tout en mangeant, George songea qu'il pouvait tout de même prendre une autre décision : téléphoner à Ralph Foreman pour lui annoncer qu'il serait ravi de rencontrer ce jeune homme qui souhaitait faire partie de leur cabinet. Puisqu'il s'agissait d'une démarche plus amicale que professionnelle, il décida d'appeler Ralph le soir même, bien qu'il dût le revoir au bureau lundi matin.

Ce fut Nancy, son épouse, qui lui répondit d'une voix chaleureuse avant de lui passer Ralph. George déclara qu'il regrettait de ne pas avoir été libre pour ce dîner, la dernière fois ; serait-il possible d'en organiser un autre ? Ils se décidèrent pour la fin de la semaine.

« J'aimerais que tu fasses également la connaissance d'Edna Carnstairs, dit Ralph. Je vais lui demander si elle serait disponible vendredi. Je suis sûr que Pete pourra se libérer. »

Pete était le jeune homme en question. Mais George n'avait pas souvenir que Ralph lui eût également parlé d'une Edna Carnstairs.

Il se sentit mieux, comme s'il était enfin venu à bout de quelque chose, ou comme s'il était reparti du bon pied, dans le droit chemin. Durant toute la semaine, il parvint à ne pas fumer plus de douze cigarettes par jour. Il les comptait soigneusement. Il fallait bien faire preuve d'un peu de volonté. Il ne découvrit pas de « deuxième » cigarette, que ce soit dans le cendrier de la cuisine ou ailleurs. Lentement mais sûrement, il réussirait à se débarrasser de cette apparition — ou de cette illusion — dont un jour ou l'autre le souvenir finirait par le faire sourire.

Le vendredi, en sortant du travail, George passa chez lui pour changer de chemise avant de se rendre chez les Foreman. Il se noua également autour du cou une nouvelle cravate. Tandis qu'il réenfilait sa veste, il se sentit soudain étrangement déprimé, comme s'il était à bout de forces ou venait d'apprendre une mauvaise nouvelle. Il lutta pour reprendre le dessus, adressa même un sourire à son reflet dans le miroir. Mais cela n'eut pas le moindre effet. Il se serait volontiers effondré sur son lit pour ne plus se relever de toute la soirée. Se dirigeant à grandes enjambées vers la porte de son appartement, il se dit qu'un peu d'exercice le tirerait sûrement de sa léthargie. Au passage, il jeta un regard mauvais en direction de la cuisine avant d'y pénétrer pour se prouver qu'elle était bien vide.

Sur la table, dans le cendrier blanc, une cigarette allumée finissait de se consumer. Était-il passé par la cuisine, en arrivant ? Il n'en avait pas le souvenir. Il jeta un coup d'œil vers l'évier, mais ne vit rien.

« Aaaah... »

Le soupir doux-amer avait résonné dans son dos. George se retourna.

Durant une fraction de seconde, il distingua sa propre image dans le couloir qui menait au salon, de l'autre côté de la porte. Puis la vision s'évanouit.

Le soupir et l'apparition étaient bien sûr imaginaires, se dit George. Mais la cigarette ? Ma foi, il avait dû en allumer une lorsqu'il était rentré, en pensant à autre chose, et l'oublier là sans l'intégrer dans son décompte. Le temps qu'il change de chemise, elle s'était à moitié consumée. Était-il proche de la victoire, puisque la vision avait disparu rapidement et que le soupir était nettement moins audible que les fois précédentes ? George se campa fièrement sur le seuil du salon, comme s'il mettait la chose au défi de réapparaître. Mais il ne se sentait pas d'humeur particulièrement conquérante. Ce sentiment dépressif lui collait toujours à la peau ; il sentit ses sourcils se froncer et ses lèvres s'affaisser en une moue de détresse.

« Va donc au diable ! » s'exclama-t-il.

Il eut soudain l'impression que sa séance d'une demi-heure chez le psychiatre n'avait strictement servi à rien. Se redressant, il bomba le torse et tenta de sourire pour effacer sa moue. Il fallait qu'il soit de bonne humeur ce soir, il n'avait pas le choix, puisque c'était lui l'invité. Il prit un taxi jusqu'à la 84e Rue.

« George ! Bienvenue... au bout du compte ! s'exclama Ralph en lui tapotant l'épaule. Entre donc... Je te présente Edna Carnstairs. »

Une superbe créature vêtue d'une robe du soir en lamé noir et or était assise sur le canapé.

« Enchantée, dit-elle à George en souriant.

— Et voici Peter Buckler, de New York. »

Un jeune rouquin au sourire rayonnant se leva et tendit la main à George.

« Enchanté, monsieur. En fait, je suis originaire de Troy, au nord de l'État.

— Et titulaire d'une maîtrise en droit de Cornell », ajouta Ralph à l'intention de George.

Il lui servit un verre de whisky-soda relativement tassé. Nancy avait accueilli George avant de s'éclipser pour retourner à ses fourneaux. La dénommée Edna avait de splendides yeux bruns sous ses paupières qui semblaient se recourber à leurs extrémités, ce qui était probablement dû à son maquillage ; en tout cas, l'effet était réussi. Pour cette raison, George s'abstint de la regarder trop souvent. Du reste, elle ne parlait guère et ne riait qu'aux moments opportuns. À ce qu'il comprit, elle dirigeait le service littéraire d'une maison d'édition. Ralph aiguillait la conversation de manière à mettre en valeur les qualités de Peter Buckler : ce dernier venait d'obtenir une promotion dans une société où il ne se sentait pas à sa place, pour des motifs compréhensibles, de l'avis de Ralph. George l'écoutait tout en se sentant étrangement hypnotisé par les rideaux rouges nuancés de bleu tendus devant la baie vitrée du salon, juste en face de lui, et qui n'avaient pas été tirés. La fenêtre donnait-elle sur la rue ou sur une cour intérieure ? Était-ce d'ailleurs d'une grande importance ? Non. Qu'est-ce que cela pouvait bien lui faire, ce qui se trouvait ou non derrière ces rideaux ? Était-ce leur couleur, ce rouge sombre, qui lui rappelait sa robe de chambre ?

« Nous devrions en toucher un mot au vieux Tub, tu ne crois pas, George ? Lui présenter Peter. Il a toujours une bonne raison pour dire non, mais je pense qu'un peu de sang neuf serait bienvenu chez nous... Tu me soutiendras, George ? demanda Ralph.

— Oui, bien sûr », répondit George.

Il ne voyait pas pourquoi il aurait refusé. Le jeune Peter Buckler lui semblait compétent et plein d'avenir. Au même instant, les rideaux rouge et bleu se mirent à tourbillonner derrière Ralph comme dans un kaléidoscope et dessinèrent peu à peu une silhouette, plus vague que toutes les précédentes, où George ne tarda pas à se reconnaître, vêtu de sa robe de chambre rouge et d'une ébauche de pyjama. Il cligna des yeux et se mit à fixer son verre. Ce soir, il était déterminé à ne pas donner prise à la vision et même à ignorer délibérément sa présence. Nancy entra à cet instant dans la pièce pour leur annoncer que le dîner était prêt et George fut le premier à se lever. Il avait l'impression d'avoir remporté cette manche. La vision était beaucoup plus pâle, cette fois. À sa prochaine apparition, songea-t-il un peu follement, il devrait peut-être tenter de la saisir, de l'étreindre — enfin, de la toucher d'une manière ou d'une autre afin de vérifier une fois pour toutes son manque de consistance. Si jamais elle devait se manifester à nouveau.

Le renfoncement qui tenait lieu de salle à manger, juste à côté de la cuisine, dégageait une ambiance fort différente et George résolut de se montrer brillant, alerte, enjoué. Les visages joviaux qui l'entouraient lui faisaient chaud au cœur. Et le vin rouge était délicieux. Devait-il inviter Edna Carnstairs quelque part ? Au restaurant ? Au théâtre ? Il lui donnait environ trente-huit ans. Pourquoi était-elle encore célibataire ? Que lui était-il arrivé ? Mais après tout, il vivait seul, lui aussi... Était-ce donc une telle disgrâce ?

Edna fut la première à prendre congé. George se dit que Ralph avait sans doute envie de discuter en tête à tête avec Peter et il se leva à son tour — ils avaient déjà pris le café au salon — en proposant à Edna de la déposer en taxi quelque part.

« L'angle de la 49e Rue et de la 8e Avenue, ça vous va ? demanda Edna, comme si elle n'était pas sûre que cela convienne à George. Mais vous n'êtes vraiment pas obligé, vous savez.

— Ce sera un plaisir », l'assura George avant de remercier les Foreman pour cette soirée.

Dans le taxi, il lança la conversation sur le théâtre.

Edna adorait ça, lui dit-elle, hormis bien sûr ces stupides comédies de boulevard. En réponse à la question de George, elle répondit qu'elle était libre le mardi soir de la semaine prochaine ; George lui promit qu'il essaierait d'avoir des places pour l'une des deux pièces qu'elle avait mentionnées. Elle lui tendit sa carte de visite, où figuraient son adresse personnelle et celle de la maison d'édition de Long Island où elle travaillait. George lui dit qu'il passerait la prendre vers 19 heures et qu'il l'appellerait mardi pour confirmer leur rendez-vous. Il l'accompagna jusqu'à la porte de son immeuble pendant que le taxi attendait. Il se sentait heureux.

Sa bonne humeur dura tout le week-end. Le mardi, Ralph et lui apprirent que Peter Buckler avait eu une entrevue avec Tub, mais George ne chercha pas à savoir ce qui en était sorti.

Le soir même, George rentra chez lui avant 18 heures, prit une douche et sortit un costume propre de son armoire. Il se sentait optimiste, sûr de lui, un peu excité même par son premier rendez-vous avec Edna. Non qu'il ait la moindre visée à son endroit. Elle allait sans doute simplement le traiter en ami, selon l'expression consacrée, mais cette manière de victoire — voire sa simple perspective — le flattait intérieurement. Edna était *vraiment* belle. C'était le genre de femme qu'il aurait été fier d'accompagner n'importe où. Il s'apprêtait à quitter sa chambre lorsqu'il aperçut son horrible double, debout sur sa droite devant la baie vitrée, vêtu du même costume et de la même cravate bleu nuit que lui. Le choc qu'il ressentit se mua aussitôt en colère ; il fallait en finir une fois pour toutes avec cette vision. Il se dirigea vers la porte.

« Tu m'as l'air bien optimiste », lança la vision d'un air cynique.

George s'arrêta net.

« J'ai bien envie de te tordre le cou ! » grommela-t-il en marchant vers elle, les bras tendus en avant. Ou bien le spectre disparaîtrait lorsqu'il l'aurait rejoint, se disait-il, ou bien... Ou bien quoi ? Allait-il se fondre dans son propre corps ? « Qu'ai-je donc fait pour mériter ça ? reprit George. Et tu as l'air tellement... tellement *flou* !

— Ah, la vie est souvent bien floue, se moqua la vision en reculant de quelques pas, les bras tendus, elle aussi. Qu'as-tu fait pour mériter ça ? Bonne question, mais c'est plutôt à toi d'y répondre, tu ne crois pas ?

— Je vais te tordre le cou, répéta George. Cette comédie a assez duré ! »

Il aurait aussi bien pu parler tout seul, mais en cet instant précis il se sentait prêt à tout. En s'approchant de la silhouette à moitié matérialisée, il sentit une légère résistance, comme s'il se heurtait enfin à une forme. Il voulait étreindre la chose, la serrer dans ses bras, s'en débarrasser enfin de la sorte.

La vision semblait frétiller sous ses doigts. George eut soudain l'impression d'avoir plusieurs bras. Sa colère augmentait de seconde en seconde. De la main gauche, il ouvrit le battant de la porte-fenêtre. Elle donnait sur une petite corniche, trop étroite pour qu'on puisse y prendre pied et protégée par une rambarde qui lui arrivait à la taille.

« Si tu ne veux pas sauter, je vais t'aider ! » s'écria George.

Il avait bel et bien l'intention d'en arriver là si la vision refusait de se fondre en lui. Il leva la jambe, mais son genou ne rencontra rien. Qui poussait qui ? De la main droite, il agrippa son double par le col de la veste tout en glissant son autre main sous le bras droit du spectre.

« Je vais me débarrasser de toi », grommela-t-il entre ses dents.

Il tira la chose jusqu'à la fenêtre, la souleva. Il avait à peine conscience de porter une charge, et pourtant, il y avait bien *quelque chose* — de suffisamment lourd en tout cas pour que George perde soudain l'équilibre. Le poids de son propre torse suffit à le faire basculer par-dessus la rambarde.

George sentit le vide le happer et éprouva une brève bouffée de soulagement. Puis, durant un trop court instant, la terreur l'envahit et il comprit qu'il venait de commettre une épouvantable erreur.

LA DÉRIVE DU *EMMA C*

Sam, le plus jeune membre de l'équipage — il avait dix-neuf ans —, se tenait à la barre lorsqu'il aperçut une tache blanche sur l'eau bleue, à un demi-mile environ du navire. Sans doute une mouette solitaire venue jouer à la surface de la mer, se dit-il. Le *Emma C* quittait la baie de Cape Cod et faisait route vers le nord ; les groupes de maisons blanches formés par les bourgades qui parsemaient la côte étaient encore bien visibles, sur la droite. La pêche n'avait pas été fameuse, ce matin, et ils n'avaient ramené dans leurs filets qu'une infime quantité de maquereaux. Aussi le capitaine Bif Haskins avait-il décidé qu'ils iraient tenter leur chance ailleurs avant de regagner le port. Bif et les autres membres de l'équipage étaient en train de prendre une seconde collation composée de beignets et de café dans la cuisine du navire.

Lorsque Sam regarda une nouvelle fois le volatile, celui-ci lui parut étrangement rond ; on aurait dit un ballon de plage. Ce n'était pas une mouette. Sam avait une très bonne vue ; il plissa les yeux, concentrant son regard sur l'apparition. C'était un *nageur* ! En pleine mer, à deux miles au moins du rivage ! Peut-être le type était-il déjà mort et flottait-il simplement à la surface ?

« Hé ! cria Sam, tout en orientant la barre pour

faire virer le *Emma C* en direction du point blanc. Hé, Louey ! Johnny ! »

Des pas résonnèrent lourdement sur le pont, puis Chuck apparut à la porte de la cabine de pilotage.

« Que se passe-t-il ?

— Il y a un type qui flotte à la surface ! Regarde ! »

Au bout de quelques instants, l'équipage au grand complet se trouva réuni pour contempler la scène. Bif prit une paire de jumelles dans un petit coffre, derrière la barre. Il déclara que le visage coiffé d'un bonnet blanc était celui d'une femme.

« Une *femme* ? »

Les jumelles passèrent de main en main.

« Je vois ses yeux !

— Elle ne bouge pas. D'ailleurs, même si elle était morte elle aurait les yeux ouverts !

— Elle a un maillot de bain bleu ! » annonça Chuck.

D'une main, Sam prit à son tour les jumelles et jeta un coup d'œil.

« C'est une nageuse à la dérive. Elle doit être à bout de forces. Préparez une couverture ! »

Sur les ordres du capitaine Bif, Louey — un marin trapu, à moitié portugais — descendit l'échelle de coupée dont l'extrémité plongea bientôt dans la mer. Ils n'étaient plus très loin, à présent. Le corps de la fille ballottait à la surface, les membres inertes, comme si elle était trop épuisée pour risquer le moindre geste. Mais ses paupières étaient légèrement ouvertes. Louey descendit l'échelle le premier. Sam avait éteint le moteur. Johnny, un grand échalas à peine plus âgé que Sam, emboîta le pas à Louey.

À tâtons, immergé dans l'eau jusqu'aux cuisses, Louey agrippa la fille par l'épaule et le bras droits. Ils l'entendirent tous pousser un faible grognement. Aucun doute, elle était bien vivante, mais dans un tel état d'épuisement que sa tête retomba tandis que Louey, secondé par Johnny, la tirait par les bras. Des mains serviables les aidèrent à hisser la fille à bord — la saisissant par les poignets, la taille ou les chevilles —, puis à l'étendre doucement sur la couverture vert olive étalée en hâte sur le pont.

La fille était livide ; seuls ses bras et ses épaules gardaient encore un peu de couleur. Pas très grande, elle était néanmoins dotée d'une poitrine généreuse et d'une taille de guêpe que soulignaient des hanches rebondies, semblables à celles d'une sirène. Pourtant ce n'était pas une sirène : elle avait des pieds menus, des mollets gracieux, des jambes — et tout le reste...

« Amenez-lui du thé ! Du thé chaud ! ordonna le capitaine Bif. Ensuite nous préviendrons la terre par radio.

— Il vaut mieux lui donner du café, ça prendra moins de temps », dit Chuck qui partit en chercher.

Sam ôta délicatement le bonnet de bain blanc de la fille, de manière à ne pas lui tirer les cheveux. Elle était blonde. Ses lèvres pâles avaient pris une teinte presque violacée, et le bout de sa langue, d'un rose vif, pointait entre ses dents blanches.

« Elle est sacrément *belle* ! murmura quelqu'un sur un ton admiratif.

— Un peu de café, miss ? »

Chuck porta la grosse tasse blanche aux lèvres de la jeune fille. Il s'agenouilla, tout comme Louey qui soutenait son corps enveloppé dans la couverture.

« Hmm... marmonna-t-elle en avalant une petite gorgée.

— D'où venez-vous ?... Vous avez froid ?... Comment êtes-vous arrivée jusqu'ici ?... »

Les questions fusaient de toutes parts. Les yeux bleus de la fille étaient à peine entrouverts.

« Un pari..., grommela-t-elle.

— Jusqu'où comptiez-vous nager comme ça ?

— Fichez-lui la paix, vous tous ! s'écria Sam comme si c'était lui le capitaine. Elle a besoin de se reposer. Je peux lui prêter ma couchette. Louey, donne-moi un coup de main ! »

Sam s'apprêtait à la soulever, toujours enveloppée dans sa couverture.

« Installons-la plutôt sur *ma* couchette, dit Chuck. J'ai justement mis un *drap* ce matin. »

Chacun voulait lui offrir son lit — il y avait quatre couchettes à bord, installées dans une cabine sous le pont avant —, mais pour finir ce fut Chuck qui l'emporta, à cause du drap. Fier comme Artaban, il suivit Louey et Sam qui portaient la fille jusqu'à la cabine. Il se retourna et lança un regard entendu aux trois autres membres de l'équipage — dont le capitaine —, l'air de dire : « N'approchez pas ! »

La cabine au plafond bas abritait deux paires de couchettes superposées, de part et d'autre d'un étroit couloir. Les membres de l'équipage dormaient à tour de rôle, mais restaient rarement de veille toute la nuit. De temps en temps, en plus des couvertures, l'un ou l'autre s'offraient le luxe d'un drap, ramené de chez lui. C'était justement le cas de Chuck ce jour-là, et le marin se félicitait de ce heureux hasard. Il installa délicatement la jeune fille sur sa couchette, en s'assurant que ses épaules étaient bien couvertes, car elle avait le corps glacé.

« On dirait la Belle au bois dormant, dit-il à voix basse. Vous ne trouvez pas ?

— Ne vaudrait-il pas mieux lui retirer son maillot ? » demanda Sam.

Chuck fronça les sourcils et réfléchit un instant.

« Hum... Si, mais elle s'en chargera elle-même dans un petit moment. C'est préférable. Vous êtes un peu réchauffée, miss ? »

La fille rouvrit les yeux. Ses lèvres s'écartèrent légèrement, mais elle ne répondit pas.

Sam disparut et revint bientôt avec une bouteille soigneusement bouchée qu'il enveloppa dans une serviette.

« J'ai pris de l'eau bouillante à la chaudière », expliqua-t-il à Chuck en installant délicatement la bouteille aux pieds de la fille, entre la couverture et le drap.

Appelé par Bif, Louey était remonté. Filip, un jeune

homme de vingt ans aussi laid que timide, se pencha par-dessus l'écoutille et regarda d'un air intrigué la jeune fille étendue sur la couchette inférieure.

« Laissons-la se reposer un moment », dit Chuck.

Sam se tenait juste à côté de lui et Chuck lui donna un coup de coude dans les côtes, si violent que le jeune homme vacilla.

« Et surtout, ne tente rien, mon pote, ajouta Chuck. Fiche-lui la paix. »

Sam dévisagea son collègue plus âgé.

« *Moi* ? dit-il. Que veux-tu que je tente ? »

Le *Emma C* poursuivit sa route vers le nord dans la baie du Massachusetts, mais à une allure plus réduite, presque irréelle. On aurait dit que la présence de la jeune fille avait jeté un sort non seulement aux six membres de l'équipage, mais aussi au bateau lui-même. Le capitaine Bif était à la barre, mâchouillant nerveusement un cigare depuis longtemps éteint, les yeux fixés sur l'eau familière qui s'étendait à perte de vue, tandis que le cap disparaissait peu à peu sur sa droite. Il avait contacté Provincetown par radio et leur avait décrit la fille — une blonde d'une vingtaine d'années —, ajoutant qu'elle était encore trop épuisée pour parler mais qu'elle ne paraissait pas blessée et serait vraisemblablement bientôt sur pied. D'après ce qu'on lui avait dit à Provincetown, personne n'avait signalé la disparition d'une telle jeune fille. Où se dirigeaient-ils ? Ils avaient le droit d'aller tenter leur chance n'importe où vers le nord, à condition de ne pas trop s'éloigner de la côte. Avec un peu de chance, ils auraient bientôt rempli la cale et pourraient regagner Wellfleet, leur port d'origine. Mais Bif se rendait bien compte qu'il lui était complètement égal d'attraper ou non davantage de poissons, aujourd'hui. Et il savait que l'équipage était dans le même état d'esprit que lui. D'où venait cette fille ? Comment s'appelait-elle ? Elle était fichtrement belle ! C'était incroyable, d'avoir fait une prise pareille ! On aurait dit un de ces contes de fée, une de ces légendes que l'on écoute avec plaisir, mais sans y croire le moins du monde. Ses hommes et lui la traiteraient correctement. C'était le moment ou jamais de se conduire en gentlemen.

« Oui, en gentlemen », murmura le capitaine Bif, non sans une certaine satisfaction ; et il y veillerait.

« Eh, Sam ! » lança-t-il brusquement par-dessus son épaule.

Sam était en train d'installer des filets sur le pont arrière. Il laissa son travail en plan et rejoignit la cabine de pilotage.

« Garde le cap, lui dit Bif. Et laisse filer.

— Oui, capitaine. »

Sam saisit la barre. Au bout d'une minute, il réduisit légèrement l'allure. Ce n'était pas une journée ordinaire. Sam n'avait aucune envie de contempler un nouveau monceau de poissons morts, ou agonisants. Il avait passé deux ans à l'université, dont six mois à bord d'un navire d'entraînement, le *Westward*, basé à Woods Hole, dans le Massachusetts ; c'était là qu'il avait gagné ses premiers galons de marin. Sam comptait devenir océanographe. Il avait été engagé pour un mois sur le *Emma C*, durant les congés universitaires. À bord du *Westward*, il avait longé les côtes des Caraïbes et de la Floride ; il avait aperçu, la nuit, des méduses phosphorescentes, des bandes de marsouins, mais il n'avait jamais rien vu d'aussi beau, d'aussi étrange et d'aussi surprenant que cette fille calmement surgie du néant, à la surface des flots.

Chuck se trouvait à côté de l'écoutille de la cabine lorsque Bif s'approcha, visiblement désireux d'aller jeter un coup d'œil à l'intérieur.

« Elle va bien, Bif, dit-il. Elle dort, à présent.

— Bon. Je crois que je vais aller me raser, ça me fera du bien. Demande donc à Filip de m'amener une bassine d'eau chaude. »

Généralement, Bif se souciait fort peu de se raser lorsqu'ils étaient en mer. Chuck entrouvrit l'écoutille, constata que la fille dormait toujours et posa un index sur ses lèvres, pour faire comprendre à Bif qu'il ne fallait pas faire de bruit. Puis il regarda autour de lui, à la recherche de Filip ; celui-ci était en train de ramasser et d'empiler les poissons morts qui traînaient sur le pont arrière. Chuck lui transmit l'ordre de Bif et lui recommanda de faire attention à ne pas réveiller la fille lorsqu'il descendrait dans la cabine. Après avoir réfléchi, il décida de porter lui-même la bassine lorsque Filip la lui amènerait. Ce dernier s'éloigna, un sourire aux lèvres. Il y avait effectivement un miroir au mur, entre les deux rangées de couchettes, mais Bif aurait tout de même pu se raser ailleurs.

« Va te faire voir, Filip ! » lança soudain une voix.

Il y eut un bruit sourd, suivi d'un léger heurt, et Chuck aperçut Filip qui émergeait de la cuisine et s'effondrait sur le pont tandis que son crâne heurtait la rambarde. Louey se pencha au-dessus de lui en brandissant le poing, puis il ramassa la bassine et regagna la cuisine. Filip s'assit ; le sang qui ruisselait de son crâne inonda bientôt le dos de sa vareuse.

Chuck prit le jeune homme par le bras et l'aida à se relever.

Sam jeta un coup d'œil par la porte de la cabine de pilotage et comprit ce qui s'était passé. Il avait en partie entendu la dispute des deux hommes, qui voulaient l'un et l'autre apporter à Bif la bassine d'eau chaude. En souriant, Sam vira légèrement sur tribord, en direction de la haute mer. Ils étaient en train de dépasser Race Point et l'extrémité de Cape Cod.

Louey descendit la bassine d'eau chaude et une fois en bas il garda les yeux rivés sur la fille, jusqu'à ce que Bif lui ait ordonné de quitter la pièce. Chuck vint ensuite raconter au capitaine ce qui était arrivé à Filip, dont la blessure à la tête nécessitait quelques points de suture. Bif jura entre ses dents.

« Je vais m'en occuper, dit-il, sachant qu'il était le plus compétent pour cette tâche, ayant déjà pansé d'innombrables blessures au cours de sa carrière. Dis à Filip de s'étendre quelque part — ailleurs qu'ici — jusqu'à ce que j'ai terminé de me raser. »

Chuck aida Filip à s'allonger sur le pont en s'assurant que sa tête n'était pas exposée aux rayons du soleil. La plaie mesurait bien sept centimètres de long. Le capitaine arriva bientôt, muni d'une flasque de whisky, d'une bouteille d'alcool à quatre-vingt-dix degrés et de sa trousse chirurgicale, qui contenait de la gaze, du ruban adhésif, des aiguilles et une paire de ciseaux. Il fit boire à Filip une gorgée de whisky afin de lui remonter le moral, car le jeune homme était au bord des larmes ; puis, profitant de ce que personne ne le regardait, il en avala lui-même une rasade. Bif était relativement strict quant à la consommation d'alcool à bord : il autorisait un peu de bière ou de vin à ses hommes mais leur interdisait toute boisson plus corsée, quel que soit le temps.

La fille se réveilla peu après et il y eut un long conciliabule à la cuisine pour savoir ce qu'on allait lui donner à manger.

« De la soupe », proposa Johnny.

Il restait effectivement une bonne ration de soupe de légumes, datant de la veille. Mais quelqu'un fit remarquer que Johnny, en bon péquenot qu'il était, y avait ajouté des filets de poisson, et qu'à présent même un chien refuserait d'y toucher.

« Si ma cuisine ne te plaît pas... » commença Johnny en levant le poing vers Chuck, qui l'avait traité de péquenot.

C'était une plaisanterie courante au sein de l'équipage. Personne ne voulait se charger de la cuisine, à bord du *Emma C* ; aussi le premier qui critiquait la nourriture était-il désigné sur-le-champ comme nouveau cuistot. À son tour, Chuck serra les poings.

« Ce que je voulais dire, c'est que ce n'est pas une soupe de poisson qu'il lui faut ! Des œufs brouillés seraient plus appropriés ! »

Là-dessus, comme mû par un ressort, le poing droit

de Chuck partit en avant et frappa Johnny au creux du thorax.

Johnny poussa un cri, puis balança à son tour un crochet du droit dans la mâchoire de Chuck. Sous le choc, celui-ci vacilla et perdit l'équilibre — ce qui était un moindre mal, car il s'étala sur le pont au lieu de basculer par-dessus le bastingage et de tomber à la mer. Chuck secoua la tête, se releva, écarta Bif et frappa une nouvelle fois Johnny juste sous les côtes avant de décocher un direct du droit qui l'atteignit en pleine mâchoire et l'étendit net sur le pont. Les deux hommes étaient costauds et de taille sensiblement égale. Johnny ne se releva pas.

« Ça suffit ! s'écria Bif. Vous allez immédiatement arrêter ce cirque, vous m'entendez ? C'est moi qui donne les ordres, ici... Nous avons des steaks surgelés à bord, non ? Eh bien, va donc en préparer un, Chuck. À moins que ce combat ne t'ait trop affaibli... »

Chuck bomba le torse ; sa lèvre s'était mise à saigner.

« Je me sens en pleine forme, capitaine ! »

Il se dirigea vers la cuisine, enjambant le corps de Johnny comme s'il s'agissait d'un vulgaire paquet de cordages.

Filip grimaça tandis que Bif, à l'aide du ruban adhésif, fixait un pansement sur son crâne grossièrement rasé. Filip savait bien qu'il ne faisait pas le poids, à bord du *Emma C* ; il n'était qu'un gringalet, de constitution trop frêle pour impressionner quiconque. Pourtant Louey n'était guère plus grand que lui, même s'il était plus baraqué, et Filip jura intérieurement de se venger.

À titre de punition, le capitaine ordonna à Louey de nettoyer le plancher de la cuisine à mains nues et à genoux. Louey se mit à l'ouvrage. Mais il n'arrêtait pas de penser à la fille. Avait-elle ôté son maillot ? Que pouvait-il faire pour lui rendre service ? Voyant que Chuck, après avoir servi des pommes de terre sautées à côté du steak, venait de déposer un verre de lait sur le plateau, il lui lança :

« Si tu veux, je peux lui apporter ça, Chuck. »

Ce dernier se mit à rire.

« Je sais que tu en meurs d'envie, mon pote ! Mais je m'en chargerai moi-même. Finis plutôt ton travail. »

Il plongea la moitié d'une serviette dans la casserole d'eau chaude qui trônait sur la cuisinière et s'essuya les lèvres, puis les mains, avant de soulever le plateau.

« Chaud devant ! » cria-t-il en s'avançant sur le pont.

L'écoutille de la cabine était fermée. Il frappa du bout de son pied.

« Ohé, miss ! Puis-je entrer ? »

Il fit signe à Johnny, qui venait de se relever mais se massait encore la joue comme si elle le faisait souffrir. Johnny s'approcha, prêt à ouvrir les panneaux coulissants de l'écoutille.

« Hmmm... Quoi ? » fit une voix à l'intérieur.

Johnny libéra les panneaux sur un signe de Chuck qui descendit les marches, son plateau à la main.

La fille était assise sur le lit, enveloppée dans le drap qui lui arrivait presque aux épaules. Chuck se rendit immédiatement compte qu'elle avait ôté son maillot de bain. D'ailleurs, celui-ci traînait par terre, au pied de la couchette.

« Excusez moi, miss. Je vous apporte de quoi manger. Vous vous sentez mieux ? »

La fille lui sourit.

« Oui, dit-elle. Je ne pense pas être blessée. »

Chuck la dévisagea, se souvenant de la pâleur et de la douceur de son corps.

« Vous n'aviez pas une égratignure, d'après ce que j'ai pu constater. Pouvez-vous prendre ça ? »

Il s'apprêtait à poser le plateau sur ses genoux quand il réalisa que le drap allait forcément glisser de ses épaules. Soudain une idée lui vint.

« Tenez ça un instant ! »

Il lui tendit le plateau, puis s'agenouilla et se mit à fouiller dans un tiroir situé sous la couchette, où il rangeait ses vêtements. Il lui restait au moins une chemise propre, en plus de ses chaussettes en laine, de ses tee-shirts et de ses divers sous-vêtements. Il dénicha finalement la chemise en flanelle rouge et blanche à laquelle il pensait.

« Tenez, dit-il. Elle est épaisse. Il ne faut pas que vous preniez froid. »

La fille tendit le bras. Chuck lui passa la chemise et se détourna aussitôt — ce qui lui permit d'apercevoir Johnny qui, en compagnie de Bif, observait la scène depuis le pont, à travers l'écoutille.

« Eh bien ! Ne restez donc pas là comme des empotés ! » s'écria Chuck en s'avançant jusqu'en bas des marches pour les empêcher de voir. Louey lui-même passait la tête entre Bif et Johnny pour profiter du spectacle !

« A-t-elle besoin d'autre chose ? demanda Johnny. D'un peu de ketchup ? »

Chuck leur tourna le dos sans se donner la peine de répondre. La fille achevait de boutonner la chemise, trop grande pour elle. Puis elle saisit la fourchette et le couteau et attaqua son steak. Après avoir avalé la première bouchée, elle sourit à Chuck, en mâchant avec appétit.

« Tout va bien, miss ? Vous voulez du sel ? »

Chuck avait déjà salé la viande.

« Non, merci. C'est excellent, vraiment. »

Quand il leva les yeux, Chuck n'aperçut que Louey, qui s'éclipsa aussitôt. Il remonta les marches et ferma d'un coup sec les panneaux de l'écoutille.

« Eh bien, reprit-il, comment vous appelez-vous ?

— Natalie. »

Natalie. Dans l'esprit de Chuck, ce nom évoquait des corps sous-marins, semblables à des perles ou des bancs de corail rose et rouge. Il réalisa qu'il ne tenait pas à savoir où elle habitait. C'était tellement plus fantastique d'imaginer qu'elle allait toujours demeurer ainsi, à lui sourire, assise sur sa couchette, tandis qu'il attendait ses ordres.

« Vos joues ont repris un peu de couleur », dit-il.

Elle acquiesça et but une gorgée de lait.

« Cela ne vous dérange pas si je me rase ici, Natalie ? Il n'y a pas d'autre miroir à bord et j'en ai vraiment besoin. »

La fille déclara qu'elle n'y voyait aucun inconvénient. Chuck ouvrit l'écoutille et s'écria :

« Cuistot ! »

Filip fut le premier à arriver, la tête bandée.

« J'ai besoin d'une bassine d'eau chaude pour me raser, Filip. Peux-tu m'en ramener une ? »

Filip posa les yeux sur la fille, derrière Chuck.

« Bien sûr », dit-il avant de s'éclipser.

Chuck sortit son rasoir du tiroir et l'aiguisa sur la lanière de cuir suspendue près du miroir. Il entendit soudain quelqu'un pousser un cri sur le pont ; puis il y eut un grognement de colère et enfin la voix de Bif, qui rugissait d'un air ulcéré :

« *Bon Dieu !*

— Ce fils de pute n'a pas à me dire ce que je dois faire ! »

Chuck escalada une partie des marches, ouvrit les panneaux de l'écoutille et regarda ce qui se passait. Louey était étendu sur le pont, devant la porte de la cuisine. Bif lui prenait le pouls. Filip se tenait à côté, les jambes écartées, un cabillot à la main.

Louey était mort. Chuck l'aurait parié, rien qu'à voir la tête que faisait Bif lorsqu'il se releva en se frottant le menton. Chuck repoussa doucement les panneaux de l'écoutille. Louey avait dû demander à Filip de le laisser descendre la bassine. Ou quelque chose de ce genre. Et Filip, qui n'avait pas digéré l'agression de Louey, lui avait rendu la monnaie de sa pièce. La mer allait sous peu accueillir un nouveau cadavre...

La fille avait refermé les yeux. Elle avait de longs cils dorés. Quel âge pouvait-elle avoir ? Vingt ans ?

Moins peut-être ? Ses mains fines aux poignets délicats reposaient sur les couvertures, de part et d'autre du plateau. Elle avait pratiquement fini son steak.

Une minute plus tard, Filip arriva en tremblant avec la bassine d'eau bouillante. Sans poser de question, Chuck prit la bassine, la déposa sur une marche et referma aussitôt les panneaux de l'écoutille.

À la barre du *Emma C*, Sam Wicker avait composé un poème. Il en avait rédigé trois versions successives, utilisant le papier millimétré entreposé sur une étagère, à côté de la barre. Le tout lui avait pris un certain temps.

Je guettais les poissons frétillants
Dans le tumulte des vagues, prêt à donner l'ordre
De manœuvre — qu'on lâche les filets,
Qu'on déroule les treuils, et que la mort
Fasse son œuvre.
Au lieu de ça, flottait paisible
À la surface des eaux bleues
Une plus inestimable prise.
Nous la hissâmes doucement
Comme un corail fragile
Dans un respectueux silence :
Bien vivante, parfaite, une superbe jeune fille
Était née de la mer !
Devons-nous, dois-je chercher ailleurs ?
Notre prise est à bord et tandis qu'elle s'endort
Règne une paix paradisiaque.

Sam venait à peine de recopier le dernier vers lorsque le cri d'agonie de Louey rompit le silence. Sam était lui-même sur le point de crier pour qu'on vienne le remplacer à la barre. Stupéfait, il se pencha et observa la scène qui se déroulait sur le pont. Le corps de Louey avait été recouvert d'une bâche. Était-ce Filip qui avait fait ça ? Sam n'ignorait pas qu'il avait le cerveau un peu fêlé.

« Johnny ! » appela-t-il.

Lorsque Johnny apparut, les sourcils froncés, Sam lui montra la barre.

« Prends la relève, dit-il. Il y a un moment que je suis ici. »

Sans dire un mot, Johnny pénétra lentement dans la cabine de pilotage.

Le *Emma C* poursuivait sa route vers le nord-est à petite allure. En temps normal, le capitaine Bif désignait le pilote ou tenait lui-même la barre, mais ce n'était décidément pas une journée ordinaire. Sam demeura silencieux et contempla ce qui se passait. Le visage bouffi mais rasé de près, Chuck discutait sur le pont avec le capitaine. Près d'eux, Filip était adossé contre un treuil ; le pansement qui lui enserrait la tête paraissait encore plus blanc, en plein soleil. Filip était un enfant des rues, songea Sam. Comme Louey. Mais ce dernier valait légèrement mieux — sa famille était de Truro alors que Filip sortait vraiment du ruisseau. Difficile de l'imaginer dans le box des accusés, au cours d'un procès pour meurtre... Et c'était précisément ce dont Chuck et le capitaine Bif étaient en train de parler.

« ... un simple accident, disait Bif. On dira qu'il a glissé et s'est fracassé le crâne, tu comprends ? De toute façon, c'est bien un choc qui l'a tué — ce coup de cabillot... »

Bif aperçut brusquement Sam et lui fit signe de s'approcher.

Ils se rendirent à la cuisine. Bif ouvrit un placard, en sortit une bouteille de whisky et leur servit à tous un verre plein à ras-bord. Sam fit la grimace, mais avala le sien.

« Tu n'ouvriras pas la bouche, Sam, dit Bif. Sauf si on te pose des questions. Et dans ce cas, tu raconteras que Louey s'est pris les pieds dans les cordages et s'est fracassé le crâne en tombant. Compris ?

— Rentrons-nous à Wellfleet ce soir ? demanda Sam.

— Ce soir ? Ce soir... » répéta Bif d'un air songeur,

en fronçant les sourcils et en se versant une nouvelle rasade de whisky.

Sam tripota la feuille où il avait recopié son poème, et qu'il avait fourrée dans la poche arrière de sa salopette.

« La fille va bien ? » demanda-t-il en s'adressant aussi bien à Bif qu'à Chuck.

Ce dernier lui lança un regard de défi.

« Bien sûr, qu'elle va bien. Pourquoi en irait-il autrement ? »

Il était plus de 15 heures et ils avaient tous oublié de déjeuner. Bif proposa un autre verre à Sam, mais celui-ci refusa d'un hochement de tête et regagna le pont. Il sortit la feuille de sa poche, la déplia, relut son poème ; puis il se dirigea vers la cabine et frappa si doucement contre les panneaux de l'écoutille que cela n'aurait sans doute pas réveillé la fille, si elle avait été endormie.

« Oui ? répondit-elle. Entrez. »

Brusquement soulagé, Sam sourit et ouvrit les panneaux. Le soleil qui tombait juste sur la tête de la fille illuminait ses cheveux blonds ; on aurait dit qu'elle avait une auréole. Ses lèvres et ses joues avaient retrouvé leur couleur naturelle.

« Je suis venu prendre de vos nouvelles, dit Sam. Et vous demander si vous auriez besoin de mes services.

— Merci. Je me sens beaucoup mieux. Je...

— Qu'est-ce que tu fiches ici ? »

Surgissant dans son dos, Chuck saisit Sam par le bras.

« Lâche-moi, Chuck !

— Tu ferais mieux de remonter, mon pote ! »

Chuck bouscula Sam et descendit deux ou trois marches.

« C'est moi qui ai aperçu cette fille ! dit Sam. J'ai un poème à lui donner.

— Un poème ! »

Chuck ricana et fit signe à Sam de dégager. Celui-ci serra les poings, prêt à se défendre. Chuck avait un regard dément.

« Chuck, je ne comprends vraiment pas pourquoi... »

Chuck bondit soudain sur le pont et lui envoya dans les côtes un direct qui lui coupa le souffle. Il tenta de répliquer, mais l'impact fit à peine vaciller Chuck, beaucoup plus costaud que lui. Puis Chuck lui balança un coup de pied et Sam s'effondra sur le pont.

La fille voulut protester, mais Chuck l'interrompit en disant :

« Je ne veux pas que ces singes viennent vous tourner autour ! »

Sam se releva, un peu essoufflé et passablement en colère. Ces *singes* ? Qu'est-ce que Chuck avait derrière la tête ?

« Si tu tentes quoi que ce soit... avec cette fille... » commença-t-il.

Mais Chuck lui ferma les panneaux de l'écoutille au nez. En tremblant, Sam replia son poème et le remit dans sa poche. Il alla trouver le capitaine Bif, qui buvait toujours à la cuisine, assis devant la table. Lorsqu'il se mit à parler, sa voix était si rauque qu'il la reconnut à peine.

« Je crois que Chuck est en train de manigancer quelque chose dans la cabine, capitaine. Vous feriez mieux d'aller jeter un coup d'œil.

— Qu... quoi ? dit Bif d'un air incrédule, sans bouger de son siège.

— Je ne peux rien faire. Il est au-dessus de moi. »

Sam entendait par là que Chuck avait un grade plus élevé que lui, étant le second maître à bord après Bif.

Le capitaine sortit, longeant le corps enveloppé de Louey. Sam resta sur le pont, planté à quelques mètres de la cabine pour contempler la suite. Bif cogna contre l'écoutille en criant. Chuck entrouvrit l'un des panneaux.

« Tout se passe bien, Chuck ? » lui dit Bif.

Chuck marmonna une phrase où il était plus ou moins question « … de protéger cette fille… ».

La colère de Sam monta encore d'un cran. Chuck disait-il la vérité ? C'était un malabar d'une trentaine d'années ; une cicatrice lui barrait l'arcade sourcilière et il avait une femme nue tatouée sur le bras droit. Chuck aurait-il été capable d'écrire un poème ? Avec amertume, Sam cracha par-dessus bord et regarda à nouveau la cabine. Bif avait dû donner un ordre à Chuck, car celui-ci émergea de l'escalier et prit pied sur le pont. Sans lui adresser un regard, Sam se dirigea vers la proue, sortit un stylo de sa poche et écrivit sous son poème, en lettres minuscules :

C'est moi qui vous ai aperçue, à la surface de l'eau. J'ai écrit ceci pour vous. Avec tout mon amour. Sam.

Des larmes de rage lui montaient aux yeux. Il jeta un coup d'œil autour de lui et ne vit personne, à l'exception de Bif, qui avait repris la barre. La cabine était toute proche. Sam frappa rapidement contre l'écoutille et dit :

« Excusez-moi, miss. Je voudrais vous donner quelque chose. »

Il perçut une réponse étouffée, dont il ne comprit pas la teneur, mais il n'y avait pas de temps à perdre : il ouvrit l'écoutille, descendit les marches quatre à quatre et tendit sa feuille à la fille, toujours allongée sur la couchette du bas.

« Prenez ceci, je vous prie ! »

Il lui glissa la feuille dans la main. Mais en remontant l'escalier, il aperçut Chuck qui arrivait à l'autre bout du pont.

« Dis donc ! Espèce de *voyeur* ! » lança Chuck en se précipitant vers l'écoutille, comme si Sam venait d'étrangler la fille ou de lui causer un tort irréparable.

Tendu, Sam attendit pour voir si ce salopard de Chuck allait exiger que la fille lui donne le poème.

« Ce n'est qu'un bout de papier ! entendit-il la fille s'exclamer. Je veux le lire ! »

Sam poussa un soupir et sourit avec satisfaction, comme s'il venait d'envoyer Chuck au tapis ! Il se dirigea à pas lents vers l'arrière du bateau. Il se sentait heureux. Johnny puisait des seaux d'eau dans la mer, par-dessus le bastingage, afin de se laver. Il méprisait apparemment le confort des toilettes du navire... Sam voulut rire mais ne parvint qu'à grimacer en grinçant des dents. La fille avait-elle aimé son poème ? Où se dirigeaient-ils à présent ? Et dans quel but ? À la barre, le capitaine mâchouillait toujours son vieux cigare éteint. Sa femme l'attendait à Wellfleet, Sam le savait. Mais à quoi Bif pouvait-il songer, en cet instant précis ? Il avait dit à Sam qu'il avait prévenu Provincetown par radio, au sujet de la fille. Et celle-ci allait sûrement leur dire comment elle s'appelait, où elle habitait. En avait-elle déjà parlé à Chuck ?

Sam réalisa brusquement qu'il mourait de faim. Il pénétra dans la cuisine, enjambant Filip, qui lessivait toujours péniblement le sol, et se coupa un bon morceau de fromage qu'il mangea debout. Le vieux linoléum de la cuisine n'avait jamais paru aussi propre. Une auréole de sang tachait le pansement blanc de Filip. Tandis que Sam l'observait, Filip lâcha sa brosse à récurer et s'effondra brusquement, pris d'un léger malaise. Sam l'aida à se relever et enroula une serviette d'eau froide autour de son front. Le visage de Filip était livide.

« Ce n'est rien, dit Sam. Arrête-toi donc. Tu as bien travaillé. »

Dans la cabine, Chuck venait enfin d'apprendre le nom de famille de la fille : elle s'appelait Anderson et vivait à Cambridge. Son père était professeur d'histoire. Elle faisait du camping avec des amis et était partie se baigner vers 9 heures, ce matin. Au départ, elle voulait rejoindre à la nage un petit promontoire — Chuck croyait savoir de quel endroit elle parlait —

mais elle s'était ensuite délibérément dirigée vers le grand large en se fixant un autre but, et elle n'avait pas tardé à se sentir complètement épuisée.

« Je m'étais disputée... avec quelqu'un. Et puis j'avais fait un pari, avec une autre fille. »

Chuck crut comprendre ce qu'elle voulait dire. Elle s'était probablement querellée au sujet d'un garçon — un quelconque morveux dénué d'intérêt. Cette hypothèse irritait Chuck et il ne tenait pas à entrer dans les détails. Il refusait d'admettre qu'elle ait pu être attirée par quelqu'un d'autre.

« Vous êtes beaucoup trop... (Il hésita un instant.) Beaucoup trop précieuse pour risquer votre vie sur un coup de tête. »

Amusée, la fille se mit à rire.

« Puis-je me lever ? dit-elle. Je me sens beaucoup mieux, maintenant.

— Vous pouvez faire *tout* ce que vous voulez, Natalie. »

Chuck se leva — il s'était assis en face d'elle, sur la couchette opposée — et ouvrit à nouveau le tiroir où il rangeait ses affaires. Il en sortit une vareuse et un pantalon de marin raisonnablement propres.

« Permettez-moi de vous offrir ce costume, miss. Je vais attendre dehors pendant que vous l'enfilez. »

Chuck remonta sur le pont. Au même instant, le capitaine Bif poussa un cri — son traditionnel « Hé ! » — qui pouvait signifier n'importe quoi. Chuck ne répondit pas. Il y avait d'autres hommes à bord.

Sam laissa Filip pour aller voir ce qui se passait. Le capitaine désirait parler à Chuck. Sam partit à sa recherche et l'aperçut sur le pont, à côté de la cabine. Il lui transmit le message.

« Bif n'a qu'à se déplacer », rétorqua Chuck.

Sam rapporta ces paroles au capitaine.

L'air excédé, Bif demanda à Sam de le relayer à la barre.

« Alors, elle t'a dit comment elle s'appelait ? demanda-t-il à Chuck.

— Oui, capitaine. Natalie Anderson.

— Et où habite-t-elle ?

— À Cambridge.

— Hum... Je ferais mieux d'appeler le port et de leur annoncer tout ça.

— Elle s'en fiche, Bif. Enfin, ce que je veux dire c'est qu'elle n'est pas pressée.

— Ah bon ? Tu lui as posé la question ? »

Chuck n'avait rien demandé de tel à la fille. Il ne répondit pas.

Bif regagna la cabine de pilotage où il avait laissé Sam. Il voulut utiliser la radio mais s'aperçut qu'elle ne marchait pas.

« Que se passe-t-il, Sam ?

— Quoi donc, capitaine ?

— La radio ne fonctionne plus. »

Bif examina l'arrière du poste. L'antenne était en place mais quelqu'un avait arraché une pièce essentielle, avant de la fourrer dans sa poche ou de la balancer par-dessus bord.

« As-tu vu quelqu'un toucher à ce poste ?

— Non, capitaine, répondit Sam qui soupçonnait fortement Johnny.

— Fichu contretemps », marmonna Bif.

Il sortit et se dirigea vers la cabine. Chuck l'aperçut et lui lança :

« Elle est en train de s'habiller, Bif. »

Bif poussa un juron.

« Eh bien, demande-lui si elle a terminé ! »

Chuck frappa contre le panneau.

« Avez-vous fini de vous habiller, miss ? demanda-t-il à travers les parois de l'écoutille.

— Oui, vous pouvez descendre. »

La fille était pieds nus. Elle avait remonté les manches de la vareuse de Chuck, trop longues pour elle. D'une main, elle retenait le haut de son pantalon.

« J'ai une ceinture quelque part, dit Chuck en fouillant à nouveau dans son tiroir. Tenez, Natalie :

essayez ça. (Il lui tendit une ceinture de cuir marron.) Le mieux serait peut-être de faire un nœud.

— La radio ne marche plus», dit Bif à l'intention de Chuck.

La nouvelle ne parut pas surprendre ce dernier, ni d'ailleurs l'intéresser outre mesure.

«J'avais prévenu le port que nous avions recueilli et sauvé une jeune fille, reprit le capitaine en se tournant vers Natalie, mais nous ignorions alors votre nom. Votre famille ne risque-t-elle pas de s'inquiéter ?»

La fille lui adressa un sourire qui rehaussa l'éclat de ses yeux bleus.

«Ma famille? Ils savent que je suis allée camper. Et puisque vous avez dit que vous m'aviez *sauvée*... où est le problème ?»

Bif hocha la tête. Il songea que d'ici peu les garde-côtes allaient partir à la recherche du *Emma C*, qui poursuivait sa route à l'opposé de son port d'attache.

Fasciné, Chuck observait la fille qui enfilait sa ceinture dans les boucles de son pantalon, puis la nouait en laissant pendre les deux extrémités sur le côté. Il espérait qu'elle ne changerait pas d'avis, qu'elle déciderait même de ne plus retourner à terre et de rester au moins... une semaine avec eux — peut-être davantage, qui sait... Chuck imaginait le *Emma C* faisant escale çà et là, dans des ports retirés, pour s'approvisionner en nourriture et en eau potable tandis que Natalie resterait enfermée dans la cabine, afin que personne ne la voie.

«Je ne suis pas pressée de rentrer», dit-elle finalement.

Le visage de Chuck s'illumina. Exactement ce qu'il avait affirmé à Bif!

«J'aimerais bien visiter le reste du bateau», ajouta-t-elle.

Bif acquiesça, l'air ahuri.

«Très bien, Natalie.

— Voici des chaussettes!»

Chuck, qui venait une fois encore de plonger dans

son tiroir, brandissait une paire d'épaisses chaussettes blanches, ornées d'un fin liseré rouge.

La fille les enfila rapidement.

« Merveilleux ! » s'exclama-t-elle.

Ils remontèrent tous les trois sur le pont. La fille leva les yeux vers le ciel et sourit. Elle regarda une mouette qui volait au-dessus de sa tête puis fixa l'horizon. Elle s'approcha ensuite de Johnny qui la dévisageait, bouche bée.

Sam l'aperçut à son tour et ses mains se crispèrent autour de la barre, sous l'effet de la surprise. La fille se dirigeait à présent vers la proue. Sam la suivit des yeux, en se demandant si elle avait glissé son poème dans l'une des poches de son pantalon. Elle aurait fait une splendide figure de proue, penchée de la sorte, ses cheveux blonds ébouriffés par le vent... Sauf qu'elle aurait été digne d'un navire un peu plus reluisant que le *Emma C*. À quoi Bif pensait-il donc, tout à l'heure, lorsqu'il était à la barre ? Ils poursuivaient cap au nord et quittaient à présent la baie du Massachusetts pour pénétrer dans l'océan Atlantique. Même s'ils rebroussaient chemin maintenant, il leur faudrait bien toute la nuit pour regagner Wellfleet.

La fille se retourna et s'adossa de nouveau à la proue. Son regard se planta dans celui de Sam, dont le cœur se mit à battre violemment.

Il leva la main droite, lui fit un signe qui pouvait passer pour un vague salut et lui adressa brusquement un sourire radieux.

Johnny pénétra dans la cabine de pilotage. Sans lui laisser le temps de dire un mot, Sam lui abandonna la barre et Johnny fut bien obligé de prendre la relève. Sam se dirigea droit vers la fille. Le soleil était en train de se coucher.

« Vous vous sentez mieux ? lui demanda-t-il.

— Oh oui, beaucoup mieux ! »

Sam ne s'était pas approché de trop près, en partie par politesse mais aussi parce qu'il distinguait mieux de la sorte l'ensemble de sa silhouette.

« Est-ce que vous..., reprit-il. C'est moi qui...
— Quoi ?
— C'est moi qui ai écrit ce poème ridicule. Vous l'avez lu ?
— Je ne l'ai pas trouvé ridicule. »
Sam poussa un soupir plaintif.
« Pouvez-vous me faire visiter le bateau ?
— Bien sûr ! »
Ils traversèrent le pont et se dirigèrent tout d'abord vers l'arrière. Sam sentit aussitôt les effluves de poisson qui montaient de la cale. Il songea aux monceaux de maquereaux qui gisaient sous leurs pieds, dans la glace et le sel. Ils seraient sûrement obligés de les jeter. Et pourquoi personne n'avait-il pensé à descendre le corps de Louey dans la soute ?
« Voici la cuisine, dit Sam avec un geste de la main. Je dois vous avouer qu'elle est beaucoup plus propre que d'habitude. Ce doit être en votre honneur. »
Il aperçut Filip, toujours étendu sur le linoléum usagé.
« Il y a quelqu'un qui dort, ici ? demanda Natalie.
— Euh... oui », répondit Sam qui venait d'entendre des pas résonner dans son dos.
Chuck apparut soudain derrière eux, le visage déformé par un sourire qui n'avait rien d'engageant.
« Eh bien, Sam... lança-t-il.
— Chuck... Veux-tu te joindre à nous ? Nous faisons le tour du navire », expliqua Sam qui avait réussi à garder son sang-froid.
Chuck les suivit, comme une ombre hideuse et menaçante. Sam lança un coup d'œil à la fille, dans l'espoir qu'elle le soutiendrait, mais elle avait légèrement levé les yeux et regardait droit devant elle, sans paraître remarquer l'attitude de Chuck. Ses pieds enveloppés dans les épaisses chaussettes blanches ne faisaient aucun bruit sur le pont et Sam avait presque l'impression qu'elle n'existait pas — sauf lorsqu'il la dévisageait : le seul fait d'accrocher un instant son regard le replongeait brusquement dans

la réalité. Sam entendit Bif donner l'ordre à Johnny de virer de bord. Les lumières venaient d'être allumées, à bâbord comme à tribord. Le sang de Filip était bien visible sur le pont, mais la fille ne baissa pas les yeux.

Elle s'arrêta toutefois en apercevant la bâche qui enveloppait le cadavre de Louey. La corde qui l'enserrait formait un cercle plus étroit au niveau des chevilles. Impossible de se méprendre : il s'agissait indubitablement d'un corps humain.

« Et ça ? Qu'est-ce que c'est ? » demanda-t-elle en écarquillant les yeux et en se tournant vers Sam, puis vers Chuck.

Chuck se racla la gorge :

« Des sacs... Des sacs de toile supplémentaires, pour garder le poisson au sec. »

Sam poursuivit lentement son chemin aux côtés de la fille. Il regrettait de ne pas avoir trouvé ça lui-même.

Ils arrivèrent devant l'écoutille de la cabine. Chuck s'immobilisa. Mais la fille ne voulait pas redescendre. Elle leur déclara qu'elle se sentait parfaitement rétablie, à présent, et qu'elle préférait rester dehors. Le capitaine Bif vint chercher Sam, et l'accompagna à la cuisine où Filip était maintenant assis sur un banc. Il fallait qu'ils songent à préparer le dîner ; et autant prévoir un copieux repas, puisqu'ils n'avaient pratiquement rien mangé à midi. Le capitaine sortit même du vin rouge — une piquette locale produite par des Portugais établis dans la région. Le vin n'avait rien d'extraordinaire, mais enfin, il se laissait boire.

Sam se glissa hors de la cuisine, sur bâbord, et descendit à la cabine. Il fouilla dans le tiroir qu'il partageait avec Johnny pour en sortir une veste orange, imperméable et confortablement doublée. Il remonta l'escalier, ferma l'écoutille et apporta la veste à la fille.

« Tenez, lui dit-il. Il commence à faire frisquet.

— Merci, Sam, répondit-elle en enfilant la veste. C'est exactement ce qu'il me fallait ! »

Sam sourit et retourna à ses fourneaux sans un regard pour les autres membres de l'équipage. Il faisait nuit, à présent. Le projecteur fixé en haut du mât diffusait une lumière blanche, presque aussi douce que celle de la lune. Celle-ci ne tarderait d'ailleurs pas à se lever. Quelqu'un — Johnny, sans doute — avait branché un transistor d'où montait un air de guitare. D'ordinaire, le capitaine interdisait l'usage de la radio, sauf au moment des informations. Mais ce soir-là, Bif était de bonne humeur. Sam percevait des éclats de rire, et de temps à autre la voix douce de la fille — car les autres se taisaient dès qu'elle prenait la parole.

« Hé ! le poisson commence à *chlinguer* ! » s'écria Chuck.

Tout le monde, y compris Natalie, éclata de rire. Puis Sam entendit qu'on tirait sur le pont les panneaux de la cale. Les caisses de maquereaux — auxquels se mêlaient çà et là quelques sardines — furent jetées à la mer, par-dessus le bastingage.

« Dommage que les mouettes roupillent ! » lança quelqu'un.

Sam plongea les brocolis surgelés dans l'eau bouillante et but une gorgée de vin. Il entendit le capitaine s'esclaffer — chose d'autant plus surprenante qu'on venait de balancer une demi-cale de poisson par-dessus bord... La lune était levée lorsque Sam annonça qu'on pouvait passer à table. Il entrevit la silhouette de la fille, gracieusement appuyée contre le treuil, un verre de vin à la main — l'unique verre à pied du navire — et durant quelques instants, il eut l'impression qu'elle le regardait fixement.

Johnny avait bloqué la barre. Il n'y avait aucun navire en vue et les lumières du cap devaient briller quelque part au-delà, invisibles depuis leur position. Trois des membres de l'équipage prirent place autour de la table, en compagnie de Natalie à qui l'on avait donné un coussin, vu la dureté du banc. Sam était content de faire le service ; toujours aussi jovial, le capitaine Bif resta également debout, allant de temps en temps jeter un coup d'œil à l'extérieur pour s'assurer qu'aucun bateau ne se montrait dans les parages.

« Natalie… Natalie… »

Aucun des hommes ne semblait toutefois désireux de connaître son nom de famille ni de savoir où elle habitait. Ils lui posaient uniquement des questions du style : « Quelle est votre couleur préférée ? », « Quelle est votre pointure ? » Ces idiots avaient-ils l'intention de lui offrir des chaussures ? se demanda Sam. Il nota pourtant mentalement qu'elle chaussait du 36, parfois du 36 et demi. Personne ne lui demanda son adresse. Tout le monde riait de bon cœur pour un oui ou pour un non. Ce soir-là, il y avait des côtelettes d'agneau au menu — c'était ce qu'on avait trouvé de mieux dans le congélateur. Natalie déclara qu'elle trouvait le repas délicieux. Sam avait ouvert une boîte de gelée à la menthe pour accompagner les côtelettes. Puis on mangea de la glace. Et on but un peu plus de vin.

Johnny était légèrement ivre. Il se mit à chanter *Moon River* à l'intention de Natalie, mais en s'adressant aussi un peu ironiquement à Chuck, avec qui il s'était bagarré le matin même.

… Où que tu aï – aï – ailles
J'irai avec toi – oua – oua…

Chuck lui adressa un sourire méprisant et lui ordonna de la boucler.

Après le repas, ils se rendirent sur le pont et continuèrent à déverser leur cargaison par-dessus bord, à la lueur du clair de lune. La fille refusa la cigarette que lui proposait Johnny. Elle se trouvait sur le pont en compagnie de deux ou trois marins lorsque la lune se mit à briller de tout son éclat. Oublierai-je jamais son visage, songea Sam tandis qu'elle s'adossait au treuil, les mains derrière le dos, enveloppée dans la veste orange qu'il lui avait passée ? Et la courbe de sa joue, dont la pâleur semblait faire écho à celle de la lune ? Sam aurait bien voulu qu'un nouveau poème germe à l'instant dans son esprit : ainsi aurait-il pu l'écrire et le lui offrir sur-le-champ.

Il y eut de nouveaux éclats de rire lorsque Johnny perdit l'équilibre et tomba dans la cale puante. Chuck et Bif l'aidèrent à remonter et il leur annonça que la cale était vide. Sam retourna à la cuisine pour aider Filip, qui débarrassait la table. Ensemble, ils firent la vaisselle.

Sur le pont, la fille se mit à bâiller comme un enfant. Voyant cela, Chuck et le capitaine Bif lui déclarèrent qu'elle avait sommeil et que la journée avait été rude.

« Vous dormirez seule dans la cabine, annonça Chuck. Je monterai la garde. »

Chuck titubait un peu sous l'effet conjugué de la fatigue et de l'alcool. La blessure de sa lèvre enflée s'était rouverte et recommençait à saigner.

« Et moi, j'irai vous dire bonsoir... » dit Johnny en accompagnant sa déclaration d'une incertaine tentative de révérence.

Natalie se mit à rire et s'écarta légèrement de Johnny. Au même instant, Chuck balança un direct qui atteignit le garçon en pleine poitrine. Projeté en arrière, il heurta le bastingage et bascula par-dessus bord — tandis que Chuck s'affalait sur le pont, les quatre fers en l'air.

« Qu'est-ce qui se passe encore sur ce fichu bateau ? hurla Bif. Où sont les *cordes*, nom de Dieu ? »

La première, Natalie aperçut l'extrémité d'une corde — celle qui entourait les pieds de Louey. Elle la saisit pendant que Bif hurlait par-dessus bord :

« Un homme à la mer ! Demi-tour, toute ! »

Sam se précipita sur la barre. Une minute plus tard, Johnny parvint à attraper la corde qu'on lui tendait et il fut hissé à bord, toussant et suffoquant. Il resta étendu sur le pont, marmonnant encore qu'il voulait dire bonsoir à Natalie. Les chaussures de Louey étaient maintenant bien visibles et la fille aperçut sans l'ombre d'un doute le contenu de la bâche. Chuck la saisit fermement par la main et la conduisit jusqu'à la cabine. La lumière était allumée. Il prit une couverture sur l'une des couchettes, en plus de celle qu'elle avait déjà, et l'étendit sur ses pieds.

« Vous serez aussi en sécurité que... qu'une punaise dans un lit », lui dit-il.

Puis il saisit les couvertures des deux autres couchettes et remonta sur le pont, annonçant à la cantonade que Natalie dormirait seule dans la cabine, cette nuit.

Bif se mit à rire, comme si le simple fait que Chuck puisse donner un ordre pareil l'amusait énormément.

Mais personne ne protesta, hormis Filip qui réclama un pull. Chuck redescendit dans la cabine, une lampe de poche à la main. Le plus doucement possible, il récupéra des pulls, des vareuses, des cirés — enfin, tout ce qui pouvait les protéger du froid — et les déposa en tas sur le pont. Puis il s'assit, le dos contre l'écoutille de la cabine. Filip alla s'étendre sur le plancher de la cuisine et Bif s'installa au pied du treuil, à l'abri du vent. Sam devait rester aux commandes pendant encore une heure, après quoi il irait réveiller le capitaine. Il bloqua la barre et s'adossa, épuisé, contre la paroi arrière de la cabine de pilotage. Exceptionnellement, il alluma une cigarette et se mit à rêver.

Mais était-ce bien un rêve ? se demanda-t-il. La tête lui tournait encore un peu, à cause du vin. Peut-être rêvaient-ils tous de concert ? À moins que ce ne soit lui qui ait imaginé cela de toutes pièces ?

Le capitaine le releva vers 4 heures. Sam s'enveloppa dans une couverture et s'assoupit immédiatement au pied du treuil. Chuck dormait devant la cabine, la tête entre les genoux, bien décidé à ne pas abandonner son poste.

Vers 6 h 30, Sam alla faire du café. Le cap apparaissait dans la brume, sur bâbord, mais Wellfleet était encore à deux heures de route. Le *Emma C* avançait toujours à allure réduite. Personne ne suggéra de lancer les filets dans l'espoir de remplir la cale. Ils allaient sous peu devoir abandonner la fille, la laisser repartir vers son destin. Johnny avala une gorgée de café noir et déclara qu'il n'avait pas faim. Il lançait des regards mornes en direction du rivage. Sam remarqua que tout le monde avait l'air abattu, ce matin. Chuck s'était redressé lorsque les autres s'étaient réveillés, mais sans abandonner pour autant son poste devant la cabine.

Sam aurait bien voulu suggérer à Bif de faire le plein d'essence et de provisions quelque part, et de repartir aussitôt! Mais c'était évidemment impossible. Au lieu de ça, il remplit deux tasses de café et les déposa sur un plateau qu'il apporta à Chuck.

« Il y en a une pour Natalie », dit-il.

Chuck se leva, plia sa couverture et but un peu de café pour se redonner des forces. Puis il frappa contre l'écoutille.

Sam s'attarda, non pour tenter de regarder dans la cabine, mais pour entendre la voix de la fille.

« Bonjour, Chuck, dit-elle. Où sommes-nous à présent ? »

Sam regagna la cuisine.

Quelques minutes plus tard, une vedette des garde-côtes apparut à l'horizon et s'approcha d'eux.

« Ohé, du *Emma C* ! Qu'est-ce qui se passe avec votre radio ?

— Elle est nase ! répondit Johnny avant que quelqu'un d'autre ait pu prendre la parole.

— Miss Anderson est-elle à bord ?

— Ouais. (Ce coup-ci, Bif avait pris la parole.) J'ignorais son nom quand je vous ai appelés.

— Vous regagnez Wellfleet? demanda l'homme qui tenait le haut-parleur.

— Ouais, dit Bif. Tout va bien.»

Le *Emma C* poursuivit sa route. Vers 10 heures, ils contournèrent la digue de sable qui protégeait le port de Wellfleet, dont les quais ne tardèrent pas à apparaître. La fille était sur le pont; elle portait toujours le pantalon, la vareuse et les chaussettes de Chuck. Cinq hommes les attendaient sur le débarcadère, échangeant force regards, sourires et commentaires.

«Elle nageait et nous l'avons repêchée, répondit sèchement Bif à l'une de leurs questions.

— C'est bien Miss Anderson? Pourquoi ne nous avez-vous pas prévenus par radio?»

Bif ne répondit pas. Il était bien décidé à ignorer leurs questions. Après tout, la fille était saine et sauve, non?

La voiture d'occasion de Sam était garée un peu plus loin sur le quai. Celle de Chuck aussi, d'ailleurs, car il n'habitait pas Wellfleet. Sam s'apprêtait à demander à Natalie s'il pouvait la déposer quelque part — voire la conduire jusqu'à Cambridge — lorsqu'il entendit les types du quai parler de police, de garde-côte... L'un d'eux se précipita vers la cabine téléphonique installée au bout du débarcadère, afin sans doute de prévenir les autorités en question.

«Si au moins votre radio avait fonctionné, Bif...»

Le capitaine ne répliqua pas. Mais une fois à terre, il eut une longue discussion avec un inspecteur de police qui venait d'arriver à bord d'une voiture de patrouille. Il lui raconta ce qui était arrivé à Louey Galganes, dont le cadavre se trouvait à bord et qui avait succombé à une mauvaise chute, sa tête ayant heurté le pont. L'inspecteur lui déclara qu'il aimerait bien voir le contrat de travail de Louey.

«Vu la tête que font vos hommes, Bif, on dirait que le voyage a été rude...» dit l'un des officiers du port.

Un jour de plus à bord du *Emma C* et je n'aurais plus eu d'équipage du tout, songea Bif.

Chuck donna la main à Natalie lorsqu'elle quitta le navire pour prendre pied sur le quai où deux autres marins attendaient, prêts à lui venir en aide. La fille vacilla un instant, puis retrouva l'équilibre et sourit. Les trois hommes la dévisagèrent, le temps qu'un policier vienne la rejoindre. Il lui parla et se mit à prendre des notes dans un carnet. Chuck se tenait non loin de là, l'oreille aux aguets.

« Votre famille s'est fait beaucoup de souci, miss. Nous allons les rappeler pour leur confirmer que vous êtes saine et sauve. »

Voyant que son collègue était occupé à examiner le contenu de la bâche sur le pont du *Emma C*, le policier regagna son véhicule et utilisa la radio du tableau de bord.

« Vous avez été très gentil pour moi, Chuck. Je vous remercie. »

La fille avait brusquement l'air intimidé, et même un peu craintif. Elle remonta l'une de ses chaussettes.

« Capitaine Bif... (Elle attendit qu'il ait ôté de sa bouche son cigare éteint et l'ai jeté par terre.) Je tiens à vous remercier, vous et l'ensemble de votre équipage, pour m'avoir sauvé la vie. Et vous aussi, Sam — qui m'avez aperçue le premier. Et offert ce poème. »

Sam se mordillait la langue et fixait la fille, dans l'espoir que l'intensité de son regard produise un quelconque miracle. Peut-être allait-elle rester... Et peut-être aurait-il le courage de... De quoi ? Et s'il lui proposait de sortir avec lui, samedi soir, accepterait-elle ?

« Tout... tout le plaisir était pour moi », dit-il enfin.

Les policiers s'apprêtaient maintenant à la faire monter dans leur véhicule.

« Vous n'emportez rien, miss ? »

Natalie tenait à la main son maillot de bain bleu, roulé en boule.

« Non, dit-elle. (Puis, se tournant vers Chuck, elle ajouta :) Je vous rendrai vos vêtements, si jamais nous

nous revoyons. Vous n'avez qu'à me dire comment vous joindre. Vous trouverez mon adresse dans l'annuaire, au nom d'Anderson. Herbert Anderson. »

Chuck grimaça. On aurait dit qu'il souffrait.

« Oh, cela n'a pas d'importance, fit-il. Vous pouvez les garder. Je souhaite seulement me souvenir de vous. Pour alimenter mon rêve.

— Votre quoi ?

— Mon rêve. Tout ceci était un rêve. *Mon* rêve. »

Sam entendit sa réplique. Il avait un goût de sang dans la bouche et réalisa soudain que la fille avait laissé sa veste orange dans la cabine. Il aurait au moins pu la lui offrir ! Il ne la porterait plus jamais, désormais, il la garderait en souvenir. Et ce crétin de Chuck qui ne voulait pas la revoir ! Pourtant, ils partageaient tous plus ou moins le même sentiment : peut-être avaient-ils seulement voulu vivre cette expérience, ce rêve fantastique... Sam fixa intensément Natalie, qui adressait un dernier signe à l'équipage avant de monter dans la voiture de police. Tous les hommes — Filip, Johnny, Chuck et Bif — avaient la même expression en la regardant. Puis Sam cligna des yeux et détourna son regard du véhicule qui s'éloignait.

Une voiture de police était décidément quelque chose de bien laid.

UNE JOURNÉE À RUDE ÉPREUVE

Cinq ou six ans plus tôt, Diana Brummel aurait soutenu devant n'importe qui qu'elle aimait, et même qu'elle adorait New York. Après tout, c'est ici qu'elle était née et qu'elle avait grandi ; qu'elle était allée à l'école, puis au lycée, fréquentant de multiples établissements au gré des déplacements de ses parents. Diana avait quinze ans lorsqu'ils avaient divorcé, ce qui avait occasionné un nouveau déménagement. Deux ans durant, elle avait été inscrite à l'Université de New York. Elle connaissait donc bien la ville, mais maintenant elle n'aurait sûrement plus prétendu qu'elle s'y plaisait.

New York était cruelle, affreuse, impitoyable ! Chacun tentait d'arnaquer son voisin. Et pour des gens comme elle, la vie y était particulièrement difficile. Diana écrivait pour son propre compte. Un de ses romans avait été publié, ainsi que deux de ses nouvelles, sur les dizaines qu'elle avait écrites.

« Cette ville est odieuse ! » s'exclamait-elle parfois, en déjeunant avec une amie dans un restaurant bon marché, non loin de chez elle.

Diana occupait un petit studio au sud de SoHo, dans un immeuble qui n'avait pas encore été rénové et dont le loyer restait donc abordable. Cela faisait sept ans qu'elle y habitait, malgré les insinuations de son propriétaire qui lui annonçait régulièrement qu'il allait augmenter le loyer, à moins que… À moins que quoi ? Diana prenait son mal en patience, en attendant de se trouver confrontée à un ultimatum en bonne et due forme. Le loyer avait déjà été relevé trois fois. Il voulait donc la saigner à blanc ?

Diana avait trente-six ans. À mots plus ou moins couverts, elle se plaignait fréquemment auprès de ses amis et de sa mère — qui l'entretenait en partie — du peu de cas dont le monde faisait preuve à l'égard de son talent. Elle se considérait quant à elle comme très spirituelle, originale et vive dans ses reparties, rusée comme le sont les amants dans les jeux du sexe — lesquels ne diffèrent guère au fond des jeux d'argent. Son premier roman, *Le Piment de la vie*, publié par un bon éditeur new-yorkais, avait bien mis cela en évidence : elle y décrivait plusieurs scandales survenus au cours de son adolescence. Le livre avait d'ailleurs un petit côté *roman à clef*, car son père, Alex Brummel, était agent de change et il avait connu bon nombre de gens importants — ou qui se croyaient tels — tout en se conduisant en coureur de jupons éhonté. Diana se rappelait encore certaines de ses tapageuses conquêtes, bien qu'elles n'eussent généralement pas fait long feu. Son père mourut d'une crise cardiaque lorsqu'elle avait dix-neuf ans. L'argent commença alors à manquer — c'est du moins ce que sa mère prétendit — et Diana dut abandonner ses études.

Le Piment de la vie eut droit à un compte rendu élogieux dans le supplément littéraire dominical du *New York Times*. Et le *Philadelphia Inquirer* parla quant à lui d'« un esprit vif et pétillant » — commentaire qui avait grandement contribué à soutenir le moral de Diana jusqu'à ce jour.

Diana essayait périodiquement de placer ses nouvelles, mais seules deux d'entre elles — où il était beaucoup plus question de sexe que dans la plupart des autres — avaient récemment été achetées par des magazines, du genre de ceux que l'on trouve sur les présentoirs des supermarchés, à côté des caisses. Elle les écrivait facilement, sans trop se fouler, elle en casait à peine une sur dix, alors à quoi bon se donner plus de peine ? Elle avait un roman en cours, dont une quarantaine de pages traînaient sur son bureau ; elle les avait photocopiées et avait rédigé un synopsis de la suite dans l'espoir de décrocher un contrat chez son premier éditeur, mais la direction littéraire avait changé et son deuxième roman, *Le Jeu des séparations*, avait déjà été refusé. Une autre maison avait fini par l'accepter, mais là aussi il y eut des changements au sein de l'équipe. De nombreux éditeurs avaient renvoyé à Diana le début de son nouveau livre, non sans lui dire qu'ils aimeraient le lire une fois achevé. Pour l'instant, Diana tentait de caser un autre roman, terminé celui-là : *Les Apeurées* ; il avait essuyé tant de refus que c'était déjà un travail en soi que de maintenir le manuscrit dans un état à peu près présentable.

« Ils croient peut-être que les gens vivent de l'air du temps ? » s'exclamait souvent Diana, de manière un peu théâtrale, lorsqu'elle déjeunait ou prenait le café avec un ami.

Homme ou femme, l'ami en question — pourvu d'un emploi régulier, fût-il modeste — n'avait généralement rien à répondre.

Diana prenait le plus souvent ses repas à l'extérieur, car elle détestait faire la cuisine ; elle répétait fréquemment qu'elle ne savait même pas comment s'y prendre. Sachant qu'elle était dans la dèche, certains de ses amis lui offraient de temps en temps une pizza ou des spaghettis, accompagnés d'un verre de vin. Deux ou trois fois par semaine, Diana prenait le bus pour se rendre chez sa mère, sur Riverside Drive. Il y avait toujours un couvert pour elle, mais quel cirque pour aller là-bas ! Marie, sa mère, occupait un appartement assez vaste dont le loyer n'était guère plus élevé que celui de Diana. Elle aurait pu s'installer chez elle, dormir sur le sofa, dans la pièce qui tenait lieu de salon et de salle à manger. Mais Diana se disait que ç'aurait été la fin de tout, à son âge, que de revenir habiter chez sa mère. De plus, elle avait des amants qui passaient la nuit avec elle, de temps à autre. Sa mère aurait probablement toléré la situation — mais un sofa ! Non, décidément, c'était impensable !

Le dernier en date des petits amis de Diana était un certain Stephen Hall — un dessinateur publicitaire qu'elle avait rencontré dans un restaurant de Wooster Street. Diana y était allée ce soir-là en compagnie de Betty Jones, une ancienne copine de fac à présent mariée mais qui lui était restée fidèle. Aussi Diana s'efforçait-elle d'être sympa avec elle. Betty n'était pas du genre à vous laisser tomber du jour au lendemain, contrairement à tant de gens que Diana connaissait, ou avait connus. C'était Stephen qui avait engagé la conversation. Il mangeait seul à la table voisine et leur avait demandé s'il pouvait emprunter leur pot de moutarde. Betty était partie une fois son verre de vin rouge fini, et Stephen et Diana avaient commandé une autre tournée. Le soir même, elle avait emmené Stephen chez elle.

Diana aimait les rencontres impromptues de ce genre. Si la plupart restaient sans suite, certaines s'avéraient parfois durables. Sa liaison avec Stephen se maintenait depuis plus de quatre mois, à présent. Âgé de trente-sept ans, grand, élancé, les cheveux bruns et raides, il portait des lunettes à monture ronde et se conduisait avec un mélange de courtoisie et de timidité. Il avait été marié deux ans durant, peu avant la trentaine, mais n'avait pas d'enfant. Diana le trouvait intelligent ; et au lit, c'était un agréable compagnon. Le problème, c'est qu'il habitait Brooklyn, à plus d'une heure de chez elle. Son appartement spacieux, haut de plafond et très lumineux — d'autant que tous les murs étaient peints en blanc —, disposait même sur l'arrière d'un petit bout de jardin ; le terrain était toutefois partagé par l'ensemble des locataires de la maison, qui se composait de quatre ou cinq appartements. Diana s'y était rendue quelques fois. Stephen aimait préparer un bon repas de temps en temps, lorsqu'il avait un invité. À une ou deux reprises, Diana avait apporté une bouteille de vin, mais la plupart du temps elle arrivait les mains vides. De toute façon, Stephen savait qu'elle ne roulait pas sur l'or.

Pour Diana, c'était le paradis que de se réveiller dans le lit à deux places aux côtés de Stephen, au milieu de la vaste chambre blanche — et, qui sait, de refaire une nouvelle fois l'amour avant qu'il ne se lève pour aller préparer le café. Diana le trouvait très bien organisé pour un célibataire ; ses pensées gravitaient souvent autour de ce constat, surtout qu'elle était elle-même — ou se croyait — totalement désordonnée. Stephen, qui avait installé une lampe halogène au-dessus de sa longue table de travail, préférait généralement dessiner debout. Il travaillait en indépendant, acceptant ou refusant les propositions qu'on lui faisait, ce qu'il pouvait se permettre.

« Tu devrais travailler de façon plus régulière, avait-il dit plusieurs fois à Diana, ce qui n'avait guère plu à la jeune femme. Consacre trois ou quatre heures par jour à écrire. À poursuivre ton nouveau livre, par exemple. Tu n'en mourrais pas. »

Ou bien :

« Je ne vois pas de quoi tu te plains : ta mère te verse tous les mois le tiers de sa pension. Crois-tu que beaucoup d'écrivains ou d'artistes aient cette chance ? »

Mais Diana estimait que sa mère aurait au moins dû lui donner de quoi payer son loyer et elle l'avait un jour signalé à Stephen. Le père de Diana avait laissé des actions à sa mère, ainsi qu'une assurance. Après tout, Diana avait été obligée de supporter les disputes, les intrigues et la séparation de ses parents. Durant la procédure de divorce, son père avait fichu le camp avec une nouvelle bonne femme qu'il n'avait d'ailleurs pas épousée. Et lorsque Diana avait atteint ses vingt et un ans, sa pension avait considérablement diminué. Les remarques de Stephen lui conseillant de se débrouiller seule lui donnaient vaguement mauvaise conscience — sans pour autant l'empêcher de dormir.

« Tout le monde sait que les écrivains ont du mal à joindre les deux bouts, rétorquait-elle.

— Bien sûr. Mais ils ont un emploi et écrivent la nuit. Ou le week-end.

— Il m'est *déjà* arrivé de travailler. D'ailleurs, c'était le cas quand je t'ai rencontré. Tu sais, ce boulot de réceptionniste... Non, de caissière. Tu voudrais que je me tue au travail pendant la journée et que j'écrive la nuit ? »

La conversation s'arrêtait là. Ils s'entendaient beaucoup mieux au lit.

Le téléphone sonna brusquement dans l'appartement de Diana.

« Oui ? Oh, Betty !... Non, je n'ai pas encore la réponse. Je l'attends aujourd'hui. Tu es un ange, de t'en être souvenue ! »

Un sourire s'épanouit sur le visage rond de Diana. Elle passa sa main dans ses cheveux bruns, courts et ondulés.

« J'espère que ça va marcher, Di. Est-ce qu'ils doivent t'écrire ou simplement te passer un coup de fil ? demanda Betty.

— Je l'ignore. Ils sont tellement... non, pas cavaliers, mais on ne sait jamais à qui on a affaire, avec eux. Si ça se trouve, ils ont confié le boulot à une secrétaire et c'est elle qui va me révéler mon destin. »

Diana essayait de paraître le plus détachée possible, mais un rire presque hystérique lui échappa.

« Bonne chance, Di. Et détends-toi. Il n'est que 14 heures. »

Et le courrier est déjà passé, songea Diana en raccrochant. Betty faisait allusion au troisième roman de Diana, achevé voici plus de six mois et retravaillé à plusieurs reprises sur les conseils de deux éditeurs différents, qui avaient d'ailleurs fini l'un et l'autre par le refuser. Diana avait toutefois maintenu les corrections effectuées car elle estimait qu'elles amélioraient le livre. *Les Apeurées* racontait les aventures de trois jeunes femmes dans la jungle new-yorkaise ; deux d'entre elles débarquaient de petites villes provinciales, tandis que la troisième était née sur place. Leur objectif était de démarrer dans la vie et de dénicher un éventuel mari.

Diana aimait écrire des scènes satiriques, décrivant par exemple le comportement de jeunes filles naïves dans des bars sophistiqués ou essayant de trouver du travail dans le monde implacable des agences de publicité. Elle reprenait cent fois le moindre mot de ces passages. Stephen n'avait guère été emballé par *Les Apeurées*, Diana ne s'en souvenait que trop bien. Il avait emporté le manuscrit chez lui afin de le lire et avait prétendu l'avoir terminé, mais elle avait dû le croire sur parole car il était resté relativement vague sur un certain nombre de détails.

Affamée, Diana ouvrit la porte de son réfrigérateur — un petit modèle bas dont le dessus servait de plan de travail, vu l'étroitesse de sa kitchenette. Le fond d'un pack de lait, un reste de haricots verts, un muffin anglais... Pas même un œuf. Diana détestait autant s'occuper des courses que de la cuisine. Elle allait généralement prendre son petit déjeuner (un café et une tranche de gâteau danois) au bistrot du coin, ce qu'elle avait d'ailleurs fait ce matin. Elle était en train de se demander si elle n'allait pas y retourner pour se payer un hamburger lorsque le téléphone sonna.

« Diana Brummel ? demanda une voix féminine haut perchée. Ici la secrétaire de Mr. Varsowa, chez Newton & Haines. Je suis désolée, mais Mr. Varsowa m'a demandé de vous informer qu'il avait décidé de ne pas retenir votre manuscrit. Il vous écrira un mot à ce sujet. Si vous voulez, vous pouvez passer le prendre... à moins que... »

Les mots se mirent à former un brouillard hélas familier dans l'esprit de Diana.

« Je vous remercie, dit-elle machinalement et non sans gentillesse, alors qu'elle bouillait déjà de colère. Oui, je passerai... *Et merde !* » s'exclama-t-elle après avoir raccroché.

Cela faisait combien de fois à présent ? Huit ? Pour le même manuscrit ? Elle avait rangé quelque part dans un dossier les lettres de refus successives, ainsi que les suggestions de corrections. Elle décida d'aller récupérer ce manuscrit. Aujourd'hui. À l'instant même. D'ailleurs, elle leur avait dit qu'elle passerait. Son enfant, sa création... Rejeté. Une fois de plus !

« Tu es tellement amère. Ton style est dur, cynique, Diana. Tu essaies toujours d'être drôle au lieu d'être simplement... *humaine*... »

La voix lente et mesurée de Stephen résonnait encore à ses oreilles. C'est vrai, elle aimait polir et repolir ses textes. Et si Stephen trouvait cela dur et cynique, eh bien, tant pis pour lui.

Diana troqua ses pantoufles contre des espadrilles affreuses mais néanmoins confortables, autrefois blanches et désormais grises et crasseuses. Elle enfila un long manteau flottant retenu par une ceinture et empoigna son sac à main qui contenait un peu d'argent, ses clefs et quelques tickets de bus.

Malgré son humeur sombre, elle marcha d'un pas vif jusqu'à l'arrêt du bus qui desservait le nord-est de la ville.

Chez Newton & Haines, une autre jeune femme — Diana l'aurait juré d'après sa voix — lui indiqua la pile dans laquelle se trouvait son manuscrit et l'aida à le retrouver. Les grandes enveloppes de papier bulle — gracieusement offertes par la maison, apparemment — se ressemblaient toutes. Le nom de Diana était écrit à la main sur celle qui lui était destinée.

« Merci, dit Diana.

— De rien », répondit la fille.

Et c'était reparti pour une nouvelle virée en bus,

même si Diana fut un instant tentée de s'arrêter dans un bar — n'importe lequel pourvu qu'il soit sans prétention — et de commander un verre de vin rouge, boisson qu'elle appréciait tout particulièrement. Un simple verre aurait suffi à lui remonter le moral. Mais elle se retint. Lorsqu'elle ouvrit la porte de son studio, ses yeux étaient remplis de larmes.

Comment pouvait-on... Comment le monde entier pouvait-il obliger quelqu'un à mener une vie pareille ? se demandait Diana. Être toujours ainsi à court d'argent, contrainte de mendier auprès de sa mère et... eh bien oui, auprès de Stephen également, à qui elle suggérait de temps à autre qu'une vingtaine de dollars lui serait bien utile. Mais après tout, il était son amant du moment. Oui, son petit ami attitré... Une pensée traversa brusquement l'esprit de Diana : elle avait trompé Stephen à deux reprises, au cours des quatre mois de leur liaison, bien qu'elle le regrettât à présent. Les deux fois, elle avait bu un verre de trop, comme on dit dans les romans démodés, et la chose avait eu lieu au domicile de ses partenaires occasionnels. Stephen était au courant de l'une de ces infidélités car elle lui avait téléphoné à plusieurs reprises, au moins cinq ou six fois, de l'appartement du type en question — ce qui n'était d'ailleurs pas très malin, comme elle le reconnaissait elle-même a posteriori. Qu'attendait-elle alors de Stephen ? Il lui avait lui-même posé la question, quelque temps plus tard.

« Que tu viennes me sauver ! » avait-elle répondu.

Stephen s'était mis à rire.

« Mais tu ne m'avais même pas donné l'adresse ! Et j'étais à Brooklyn ! »

Diana suspendit son manteau et décacheta méticuleusement l'enveloppe de papier bulle. Elle était fermée par une ficelle enroulée autour d'un petit disque en plastique. Elle souleva le couvercle de la boîte qui avait autrefois contenu du papier machine. Il n'y avait pas de note au sommet de la pile, simplement la page de titre qu'elle avait tapée récemment et où figuraient, en haut à gauche, son nom, son adresse et son numéro de téléphone.

« Bon Dieu », murmura-t-elle.

Elle se sentit brusquement dix fois plus affamée que tout à l'heure.

Elle pouvait aller acheter deux ou trois bricoles au supermarché du coin : quinze dollars environ devaient encore traîner dans son portefeuille. Il restait même deux billets de cinq dollars dans le tiroir de son bureau, songea-t-elle soudain, enfouis sous un fouillis de rubans usés, de boîtes de trombones et de vieux carnets d'adresses. Il lui arrivait de mettre le couvert sur son bureau, les rares fois où elle mangeait à la maison, en général lorsqu'un ami débarquait avec la moitié, voire la totalité du repas.

« C'est épouvantable », dit-elle à voix haute.

Il y avait un escalier de secours juste derrière sa fenêtre. Elle distinguait parfaitement les fenêtres des appartements d'en face, de l'autre côté de la petite cour. Les gens qui vivaient là, des jeunes pour la plupart, menaient une vie ordinaire, songea-t-elle, ils partaient travailler tous les matins. Mais elle remarqua soudain une femme qui s'apprêtait à arroser ses fleurs, à une centaine de mètres plus loin.

Diana se mit à agir mécaniquement, comme si elle avait joué un rôle dans une pièce, sur la scène d'un théâtre. Lentement, prudemment, elle ouvrit sa fenêtre, sortit et se retrouva sur l'escalier de secours. Elle habitait au troisième étage ; juste en dessous s'étendait une allée en ciment que les concierges empruntaient pour sortir et rentrer les poubelles.

Diana enjamba la rambarde extérieure de l'escalier et regarda en bas. Elle était en pantalon. Plus que la jambe gauche à soulever — et ce serait la chute libre. Selon toute vraisemblance. Pourtant elle continuait de fixer le sol à ses pieds.

« Hé, là-bas ! Attendez ! Qu'est-ce que vous fabriquez ? » s'écria la femme de l'autre côté de la cour, son arrosoir à la main.

Diana la voyait si nettement qu'elle distinguait jusqu'au froncement de ses sourcils. Elle haussa les épaules d'un air désabusé, puis se mit à rire. À son tour elle fronça les sourcils, haussa encore les épaules. Ses yeux étaient à nouveau remplis de larmes.

«*Ne sautez pas*! J'arrive immédiatement! Comment vous appelez-vous?

— Diana... Brummel.

— Vous... (La femme n'eut qu'un instant d'hésitation.) Vous m'ouvrirez lorsque je sonnerai. Allez, rentrez chez vous.»

Elle attendit que Diana eût quitté la rambarde et refranchit la fenêtre vers l'intérieur.

Les dix minutes qui suivirent furent aussi plaisantes qu'instructives pour Diana. La femme — elle s'appelait Louise quelque chose — sonna à l'interphone et grimpa l'escalier. Diana l'introduisit dans son studio et lui expliqua qu'elle était écrivain, qu'elle venait juste d'essuyer son dix-huitième refus et qu'elle avait fini par craquer.

«Mais je vous remercie de m'avoir sauvé la vie, ajouta-t-elle, en tempérant ses paroles d'un sourire débonnaire, comme si la vie et la mort étaient choses sans importance, ne méritant vraiment pas tout ce charivari.

— Ne refaites jamais une chose pareille, Diana. N'y songez même pas! Pensez à votre mère... Vous me disiez qu'elle s'occupait de vous?

— Oui.

— Comptez-vous l'appeler aujourd'hui? Où habite-t-elle?

— Dans le West Side. Mais elle doit en avoir assez de mes histoires», dit Diana en esquissant un nouveau sourire.

Louise hocha la tête. Elle avait la quarantaine; ses cheveux bruns et laqués étaient coupés assez courts.

«Une mère? Jamais de la vie. Bon...»

Diana eut l'impression que Louise se demandait si elle ne devait pas lui laisser son numéro de téléphone, au cas où elle déprimerait à nouveau. Mais peut-être se trompait-elle. En tout cas, Louise ne le lui proposa pas.

« Vous savez où me trouver, Diana. Et faites attention à vous. »

Louise s'en alla.

Téléphoner à sa mère... Vraiment ! Généralement, sa mère l'assommait de conseils au sujet du travail à mi-temps que Diana ferait mieux de dénicher, ou des retouches qu'elle devrait apporter à ses manuscrits. Elle lisait la plupart des textes de sa fille et les aurait même tous lus si Diana s'était donné la peine de lui amener l'intégralité de sa production.

« Pourquoi n'écris-tu pas davantage de nouvelles ? lui demandait-elle régulièrement. Ça ne te prendrait pas tellement de temps et ça te rapporterait un peu d'argent, si tu les vendais. »

Si elle les vendait ! Celles qu'elle avait casées se comptaient sur les doigts d'une main. La plupart du temps, Diana rétorquait qu'elle était davantage romancière que nouvelliste et que ces deux activités étaient souvent incompatibles. Ayant déjà publié un roman, elle estimait qu'elle avait intérêt à poursuivre dans ce domaine.

Le téléphone se mit à sonner avec une étrange insistance, bien que son bruit strident fût évidemment strictement identique à ce qu'il était d'ordinaire.

« Allô ? Ah, maman... Eh bien, oui. C'est drôle que tu m'appelles justement aujourd'hui... Non, ils ne l'ont pas pris... Moi aussi, je suis désolée. »

Diana poussa un profond soupir.

« Ne te laisse pas abattre, lui dit Marie de sa voix grave légèrement vibrante. La plupart des écrivains en passent par là. Et le succès finit par arriver. Est-ce qu'ils t'ont fait des suggestions au sujet d'éventuelles corrections ?

— Oh, non. Pas cette fois-ci. D'après la fille, le directeur littéraire va m'écrire, j'aurai donc peut-être une lettre demain.

— Bon. Patiente jusque-là. Et pendant que tu feras la révision, tu devrais...

— La révision ? Maman, mon roman n'est pas une voiture d'occasion !

— Enfin, tu sais de quoi je veux parler. Les corrections, et tout. À mon avis tu pourrais reprendre cet emploi dans ce restaurant près de chez toi. Tu sais, le *Peacock*. Tu disais que les propriétaires étaient sympathiques. Et qu'il y avait de bons pourboires. »

Diana poussa un nouveau soupir.

« Bien sûr, maman. Mais c'est tellement déprimant.

— Être à court d'argent est tout aussi déprimant. »

Diana faillit lui raccrocher au nez. Comme consolation, c'était réussi, vraiment ! La conversation s'acheva toutefois sans échanges trop vifs et sans que Diana interrompe brutalement la communication, comme cela lui était déjà arrivé à deux ou trois reprises. Sa mère l'invita même à dîner, mais elle déclina l'offre.

Il était presque 17 heures, à présent. Elle n'avait pas vu passer l'après-midi. Et si elle descendait son linge sale à la laverie automatique ? Mais elle n'en avait pas tant que ça. Demain, peut-être. Pourquoi Stephen n'avait-il pas téléphoné ? Bien sûr, il ne pouvait pas deviner qu'elle recevrait aujourd'hui cette mauvaise nouvelle au sujet des *Apeurées*.

Elle décida aussitôt de l'appeler, s'assit dans son vieux fauteuil bleu et saisit l'appareil posé juste à côté, sur une table basse. La sonnerie retentit une dizaine de fois avant que Stephen ne décroche.

« J'étais en plein coloriage, lui dit-il. Excuse-moi. (Il n'avait pourtant pas l'air particulièrement désolé.) Alors, comment ça va ?

— Aujourd'hui ? Une vraie catastrophe ! Newton & Haines vient de refuser mon roman... Mmm... Moi aussi... Oh, je suppose... Si du moins leurs suggestions valent quelque chose. Ils doivent m'envoyer une lettre. Écoute, Stevie... Veux-tu passer ici ce soir ?

— Diana... Je dois terminer le travail que j'ai commencé pour demain midi. Il est déjà 17 h 30. Vraiment, ce n'est pas le bon jour. »

Diana laissa s'écouler quelques secondes.

« Tu deviens paresseux — et égoïste, voilà tout ! dit-elle en haussant brusquement le ton. Je ne compte pas suffisamment à tes yeux pour que tu...

— Écoute... Il me faut plus d'une heure pour arriver et si je passe la nuit chez toi...

— J'espère bien que tu passeras la nuit chez moi ! J'ai vraiment besoin que tu me changes les idées ! Que tu me prouves que tu m'aimes. À moins que ce ne soit pas le cas. »

Il y eut un bref instant de silence.

« Bien sûr que si, reprit Stephen. Je te l'ai déjà dit, il me semble ?

— Mais pas au point de vouloir m'épouser.

— Comment le sais-tu ?

— Si tu m'aimais vraiment, tu viendrais me voir ce soir », déclara Diana de son ton le plus péremptoire.

Nouveau silence à l'autre bout du fil.

« Très bien. Je vais passer.

— Quand ?

— Dès que possible. Disons vers 19 heures. »

Diana se dirigea vers le frigo, en sortit le muffin anglais et le grignota. Il restait bien un peu de beurre, mais elle se dit qu'il devait être rance et qu'il valait mieux le jeter. Elle le laissa toutefois à sa place.

Puis elle enfila une veste, prit un peu d'argent et se rendit dans un bar, non loin de chez elle, où elle commanda un verre de vin californien. Elle alluma une cigarette. Elle fumait environ un paquet par semaine ; le tabac ne tenait pas une grande place dans sa vie. Stephen allait venir. Ils allaient discuter, peut-être rire un peu, et il resterait pour la nuit. Le vin commençait à produire son effet, diffusant en elle une agréable chaleur.

Il était presque 19 h 30 lorsque Stephen arriva. En dehors d'un journal, il n'avait rien à la main.

« Je suis venu aussi vite que j'ai pu. C'était l'heure de pointe. Bonjour, ma chérie. (Il l'embrassa sur la joue.) Je suis désolé que la journée ait été aussi éprouvante. »

Debout, Diana esquissa un sourire.

« C'est le destin des écrivains, pas vrai ? dit-elle. (Elle ouvrit les bras, puis les laissa retomber le long de son corps.)

— Puis-je me laver les mains ? dit Stephen. L'odeur du métro me colle à la peau. Après ça, je prendrais bien une bière, ou un verre d'autre chose. Tu as de quoi boire ?

— Non. »

Stephen était sur le point d'ajouter quelque chose, mais il se retint. Il se dirigea vers la minuscule salle de bains, équipée d'une simple douche. Lorsqu'il revint, quelques instants plus tard, il reprit :

« Tu as prévu quelque chose pour le repas ?

— Non, rien du tout. »

Stephen réajusta sur son nez ses lunettes à monture noire.

« Eh bien, ma chérie, si tu n'y vois pas d'inconvénient, je descendrais bien boire un verre quelque part. À moins qu'il ne te reste une goutte de ce Chivas Regal que je t'avais offert pour ton anniversaire ?

— Non, Steve. C'était il y a presque un mois !

— Bon, bon. Je posais simplement la question.

— Il y a d'autres gens, des amis qui passent ici de temps en temps. »

Stephen réenfila son manteau tandis que Diana allait chercher le sien dans le placard situé à côté de la porte d'entrée.

« Simple curiosité, dit-il, qu'y a-t-il dans ton frigo ? Je peux jeter un coup d'œil ?

— Si tu veux. »

Il ouvrit le frigidaire, en examina brièvement le contenu et le referma.

« Je ne comprends pas comment tu fais pour vivre de cette façon. Pas étonnant que tu sois toujours sur les nerfs, insatisfaite. Le nombre de fois où j'ai... Tu pourrais au moins acheter le minimum — des œufs, des pommes de terre, du pain, du lait... Pas besoin tout de même d'être un génie pour vivre seule dans un studio. Et du café... Tu vas toujours boire ton café à l'extérieur, le matin ?

— Oui. Et alors ?

— Cela revient plus cher, voilà tout. Toi qui prétends être toujours à court d'argent... Laisse un peu souffler ta mère, de temps en temps.

— Tu es venu pour me faire un sermon ?

— Bien sûr que non. Je me contente de relever des faits. Allez, sortons. »

Diana remarqua que Stephen quittait l'appartement avec la mine de quelqu'un qui aurait préféré rester et se détendre dans un fauteuil avec un verre à la main. Stephen lui amenait une bouteille de temps en temps, car il aimait boire un verre ou deux avant le repas ; mais lorsqu'il repassait la fois suivante, la bouteille avait généralement disparu, vidée entre-temps. Tout cela à cause de ces visites impromptues, se disait Diana tandis qu'ils descendaient l'escalier. Lorsqu'un ami passait, elle lui proposait un verre, bien sûr, et peut-être en prenait-elle un elle-même, tout en riant et discutant. Quel mal y avait-il à ça ? Pourquoi aurait-elle dû garder la bouteille pour Stephen ?

Diana se souvenait qu'un jour, alors qu'elle se trouvait à court de boisson pour la deuxième ou troisième fois consécutive, Stephen lui avait dit :

« Je ne vois pas pourquoi je devrais payer la tournée aux types qui essaient de coucher avec toi. »

Il venait juste de découvrir son aventure avec Phillip, ou plus exactement Diana venait elle-même de le mettre sur la piste avec la série de coups de fil qu'elle lui avait passés au terme de cette fameuse nuit. Un peu plus tard, elle lui avait avoué toute la vérité. Elle avait rencontré Phillip dans un bar du quartier et l'avait emmené chez elle ; ils avaient continué à boire, puis avaient pris un taxi pour se rendre au domicile de Phillip, du côté de Chelsea. Diana avait le grand défaut — ou du moins la mauvaise habitude — de parler à tort et à travers avec le premier venu, dès qu'elle avait un peu bu. C'était de la coquetterie, elle s'en rendait bien compte, mais elle ne pouvait pas s'empêcher de se comporter chaque fois de la même façon. Comme le disait Stephen, ce n'était qu'en compagnie des individus les plus rustres et les plus grossiers qu'elle parvenait à se contrôler.

« Tu te sens mieux ? demanda-t-elle à Stephen lorsqu'ils eurent avalé leur première gorgée de scotch.

— Hmm... Oui. La journée n'a pas été facile pour moi non plus. Et mon boulot n'est pas terminé.

— Pour qui fais-tu ça ?

— Dynamo Productions. C'est une campagne pour une firme automobile. Dieu merci, je n'ai pas de voiture à dessiner. Ils veulent quelque chose d'abstrait. La vitesse, le confort, voilà ce que je dois suggérer. Pour demain midi.

— Tu t'en sortiras, dit Diana. (Elle savait que c'était vrai : Stephen s'en sortait toujours.)

— Vraiment, ma chérie... je suis désolé pour ce refus que tu as essuyé aujourd'hui.

— Je commence à avoir l'habitude ! dit Diana avec un rire de bravade.

— Peut-être que si tu le relisais, dit Stephen en choisissant ses mots, que si tu suivais leurs suggestions...

— Non, la page est tournée en ce qui les concerne.

— Admettons. Mais leurs conseils peuvent t'aider à corriger le tir. Et il y a d'autres éditeurs. »

Diana fit tourner son verre entre ses doigts et ne répondit pas. Elle sentait que les larmes lui montaient aux yeux et ne voulait pas le montrer.

Stephen racla ses pieds sur le sol.

« Pourquoi m'as-tu demandé de venir ce soir ? Je pensais que tu aurais au moins des œufs...

— Tu ne penses vraiment qu'à bouffer !

— Allons... (Stephen but une nouvelle gorgée.) Tu

tiens tant que ça à mettre les gens à l'épreuve ? reprit-il en fronçant les sourcils.

— À l'épreuve ? »

Stephen regarda furtivement les poutres en bois, le juke-box qui pour l'instant ne marchait pas et les cinq ou six clients encore silencieux accoudés au bar.

« Tu sais ce que cette soirée me rappelle ? La nuit où tu n'as pas arrêté de me téléphoner alors que tu venais de faire la bringue avec ce... Phillip, c'est bien ça ? Je regrette vraiment de me souvenir encore du nom de ce salopard. Qu'est-ce que *je* pouvais bien avoir à faire là-dedans ? »

Avant que Diana ait pu répondre, Stephen poursuivit :

« Ou bien ce drame mémorable que tu m'as raconté. Tu sais, le jour où tu as déclaré à ton petit ami, l'étudiant en médecine de Virginie, que s'il ne venait pas te voir immédiatement, le soir même, tu ne lui adresserais plus jamais la parole — et ne l'épouserais évidemment pas. Vous étiez fiancés, c'est ça ? Je veux dire, officiellement, avec l'accord des familles ? Tu te souviens m'en avoir parlé ? »

Diana se mit à rire, sur la défensive.

« Bien sûr, que je m'en souviens. Tu veux parler d'Allen.

— Et pourtant, tu savais qu'il devait passer la deuxième partie de ses examens le lendemain. Il aurait fichu en l'air des années d'efforts, s'il avait séché ses épreuves.

— Je voulais être sûre qu'il m'aimait pour de bon — et pas seulement au lit », rétorqua Diana.

La boisson lui montait à la tête, et la sensation était agréable.

« Ce jeune homme s'apprêtait à t'épouser, poursuivit Stephen. Il vaut mieux se marier avec un diplôme de médecin en poche, tu ne crois pas ? Le plus beau cadeau qu'un homme puisse offrir à une femme, c'est d'être en mesure de gagner sa vie.

— Steve ! Tu es si sérieux ! Il n'est d'ailleurs pas venu à New York, finalement.

— Je me rappelle. Et... Bref, cela s'est terminé par une rupture.

— Où veux-tu en venir ? »

Elle posa sur Stephen ses yeux gris écarquillés, le défiant du regard.

« Je trouve que ce type ne manquait pas de jugeote, dit enfin Stephen.

— Parce qu'il m'a laissé tomber ?

— Non, répondit Stephen d'une voix posée. Parce qu'il a passé ses examens. Je parie qu'il a été reçu. »

Un ange passa. Stephen vida le fond de son verre et Diana but le sien d'un trait.

« Comment va ta mère ? », poursuivit Stephen.

Stephen aimait bien sa mère, Diana le savait, et c'était réciproque. Marie trouvait Stephen serviable, digne de confiance. Serviable... Certes, Diana lui avait raconté comment Stephen avait réorganisé son studio, de manière d'ailleurs plus élégante que réellement fonctionnelle. Il lui avait offert un énorme bureau et avait tant bien que mal essayé d'aménager sa cuisine.

« Cessons-là ces palabres, dit Diana. Je reprendrais bien quelque chose. Et toi ?

— D'accord. Pour moi, ce sera une bière. »

Stephen appela le garçon et passa la commande. Lorsque les boissons arrivèrent et qu'ils eurent bu une première gorgée, il reprit :

« Si nous mangions un morceau ? Mais je crains qu'ici, en dehors du chili con carne, le menu ne soit un peu limité.

— Le chili me convient tout à fait. »

Stephen rappela le garçon et commanda le repas.

« Je ne crois pas que je resterai cette nuit, Diana, dit-il sur le ton poli qui lui était familier. La journée de demain s'annonce aussi rude que celle d'aujourd'hui. Je ferais mieux de rentrer chez moi. J'ai besoin de cet argent. Et ce travail est bien payé. »

Diana refit tourner son verre entre ses doigts, comme tout à l'heure. Stephen aurait tout de même pu lui amener des fleurs — ou autre chose — même si son travail l'avait retenu jusqu'à la dernière minute!

« Enfin, j'aurai au moins passé la soirée avec toi, ajouta-t-il. Comme tu l'exigeais.

— La belle affaire! Tu me devais bien ça! »

Stephen resta quelques instants silencieux, le front appuyé contre sa paume.

« Diana... dit-il. Les choses ne peuvent plus continuer ainsi.

— Cela me paraît clair. »

Le chili arriva en un temps record. Il était même à la température voulue. Diana mourait de faim. Elle se mit à manger et n'ajouta plus un mot.

Finalement, Stephen porta la main vers la poche intérieure de sa veste de tweed et fit signe qu'on lui amène l'addition.

C'était fini. Diana sentit à nouveau ses yeux s'embuer, mais les larmes ne voulaient toujours pas sortir.

« Inutile de me raccompagner, dit-elle lorsqu'ils se retrouvèrent sur le trottoir.

— Allons! »

Stephen la prit par l'épaule et ils se dirigèrent vers l'immeuble de Diana.

« Tu as ta clef? Eh bien, bonne nuit ma chérie. Et j'espère que tout s'arrangera, pour ce roman. Je suis sûr que ça va bien se passer. »

Diana poussa un profond soupir avant de se détourner et d'introduire sa clef dans la serrure.

Une fois chez elle, elle repoussa la porte, la verrouilla, et durant près d'une minute se mit à pleurer à chaudes larmes, le visage entre les mains. Après, elle se sentit un peu mieux. Elle s'essuya les yeux avec un Kleenex et se passa rapidement de l'eau sur la figure. Puis elle se dirigea vers la fenêtre donnant sur l'escalier de secours. Elle aperçut de la lumière dans l'appartement de la dénommée Louise — une lueur chaude et ambrée, amicale, même s'il y avait d'autres fenêtres allumées, quatre ou cinq peut-être, sur la façade sombre de l'immeuble. Celle-là, au moins, elle la connaissait.

Diana enjamba la fenêtre et se retrouva sur l'escalier de secours. Elle était encore en pantalon et portait non plus ses espadrilles mais des chaussures à semelles de crêpe. Elle passa une jambe par-dessus la rambarde en s'y agrippant solidement des deux mains. Puis, après avoir bien calé son talon droit entre deux barreaux métalliques, elle balança son autre jambe dans le vide. Elle avait à présent les deux pieds coincés entre les barreaux et se retenait à la rambarde par-derrière, à la force des poignets. Elle se trouvait exactement en face de la fenêtre de Louise.

Mais elle ne distinguait personne derrière la vitre, bien qu'une ombre indistincte parût fugitivement s'y dessiner.

« Hé ! » s'écria Diana à voix haute.

À cet instant, son talon droit dérapa. Elle resserra la prise de ses mains et prit légèrement appui sur la jambe gauche. La peur l'envahit. Il s'en était fallu de peu ! Toute frissonnante, Diana serra encore plus fort la rambarde et entreprit de se retourner.

Après avoir fermement calé son talon droit, elle passa prudemment la jambe gauche par-dessus la rambarde. Voilà qui était fait. La plus grande partie de son corps était maintenant du bon côté. S'appuyant du pied gauche sur la plate-forme métallique, elle ramena enfin sa jambe droite. Et voilà. Elle jeta un nouveau coup d'œil à la fenêtre de Louise mais n'aperçut toujours aucun signe de vie. Cette Louise, vraiment ! Et si elle avait glissé pour de bon ? Qu'elle soit allée s'écraser sur le ciment ?

Diana demeura quelques instants les bras ballants au milieu de son studio. Elle se sentait vidée. Stephen l'avait quittée. Il était du genre à téléphoner de temps à autre pour prendre de ses nouvelles. Il avait été sincère, au départ il était même enflammé et romantique, Diana devait le reconnaître.

Elle aurait aimé entendre sonner le téléphone. Quelle heure était-il ? Seulement 21 h 35. Une heure sinistre lorsqu'on n'a rien à faire. Et la soirée commençait à peine.

À quoi bon se laisser abattre, se dit Diana. Elle saisit son manteau et décida de descendre à l'épicerie. Elle y achèterait du lait, des œufs et du café instantané. Peut-être même du jus d'orange.

À peine avait-elle fait trois pas dehors qu'elle tomba sur la dénommée Louise qui promenait un petit chien blanc — un loulou de Poméranie, apparemment.

« Bonsoir, Diana, dit Louise avec un bon sourire. Je vous ai aperçue tout à l'heure.

— Tout à l'heure ? s'étonna Diana. Quand ? »

Louise tira sur la laisse de son chien.

« Sur l'escalier de secours. Je vous ai observée. Vous avez poussé un cri, c'est bien ça ? Pour m'appeler ? »

Diana se sentit embarrassée. Son sourire s'effaça.

« Peut-être, dit-elle. J'étais encore dans une mauvaise passe. »

Louise hocha la tête.

« J'aurais réagi si vous aviez vraiment voulu sauter. Mais j'ai bien vu que vous n'en aviez pas l'intention. Que cherchez-vous donc à prouver, Diana ? Enfin, je reconnais que cela ne me regarde pas. »

Elle était prête à prendre congé, mais n'esquissait pourtant pas un geste. Diana ne trouvait rien à lui répondre.

« Merci encore, dit-elle finalement.

— Faites attention à vous », répliqua Louise comme lors de leur première rencontre, mais d'un ton plus détaché cette fois, avant de s'éloigner avec son petit chien.

Diana n'avait plus réellement envie de s'occuper des courses mais elle se força à marcher jusqu'à l'épicerie, où elle acheta du lait et du café soluble. Elle ne reverrait sans doute jamais Louise. Cette pensée la traversa alors qu'elle saisissait le bocal de café sur un rayonnage. Si Diana répétait une nouvelle fois son manège, Louise ne se donnerait vraisemblablement même plus la peine de la regarder.

De retour dans son studio, Diana déposa ses maigres emplettes et, après avoir décroché le téléphone, composa sur un coup de tête le numéro de Betty. Elle avait simplement besoin d'entendre une voix amicale, mais comme Betty lui demanda aussitôt s'il y avait du nouveau au sujet de son roman, Diana fut bien obligée de lui raconter ce qui s'était passé.

« Je pourrais toujours essayer ailleurs, conclut-elle.

— Tu es très courageuse, Di. Je t'admire.

— Au fait, Betty, poursuivit Diana sous le coup d'une subite inspiration, tu ne pourrais pas me prêter une centaine de dollars, pour régler la note du téléphone ? Juste pour un mois, peut-être même seulement trois semaines. Ça me dépannerait. »

Betty poussa un soupir appuyé.

« Le problème, Diana, c'est que tu me dois déjà cent dollars. Depuis au moins deux mois, à présent. Il s'agissait déjà de la note du téléphone. Tu te rappelles ?

— Oh... (Diana avait complètement oublié cette affaire.) Tu as raison.

— Si je te prête encore de l'argent, notre amitié n'y survivra pas. Tu sais ce que prétendent les vieux dictons — ils se trompent rarement. Et je tiens à notre relation. »

Diana n'avait rien à répliquer à de tels arguments et la conversation tourna court. Après avoir raccroché, Diana se sentit encore plus mal qu'auparavant. Sa prochaine note de téléphone ne serait pas plus catastrophique que les précédentes. Elle se débrouillerait pour la payer d'une manière ou d'une autre — sinon sa ligne serait coupée, ce qui serait vraiment le bouquet.

Elle saisit à nouveau le combiné et composa le

numéro de sa mère. Celle-ci l'informa qu'elle était en train de faire une partie de gin-rummy avec des amis.

« Maman, je n'ai vraiment pas le moral ce soir. Et je suis complètement à court, tu sais. Est-ce que... Maman, s'il te plaît, est-ce que tu pourrais me dépanner de cent dollars ? Tout de suite ? Nous déduirons ça de ce que tu me verseras le mois prochain. Je te le jure, maman.

— Diana, si cela continue... Écoute, ma chérie, je te verse déjà le tiers de ma pension. Est-ce que tu réalises combien il *me* reste pour vivre ?

— Je sais, maman, mais... aujourd'hui, c'est exceptionnel. Ce nouveau refus, après tout le mal que je me suis donné ! »

Comme sa mère appréciait beaucoup Stephen, elle n'avait pas envie de lui dire qu'il l'avait laissé tomber.

« Très bien, Diana, je vais faire mon possible. Et je n'en parlerai pas à mes amis ce soir, car je sais bien ce qu'ils me diraient.

— Quoi donc ? demanda Diana, à nouveau au bord des larmes.

— Qu'il vaudrait mieux que tu trouves du travail. N'importe lequel, même un petit boulot. Cet emploi de serveuse, par exemple...

— Maaa-maan... » l'interrompit Diana.

Mais elle réalisa brusquement que sa mère lui avait raccroché au nez.

PHOTO À L'ARRIVÉE

Le garçon s'apprêtait à plonger. Sur les terrasses de l'hôtel Mirador, les lumières s'éteignirent et le rai d'un projecteur se concentra sur la petite silhouette qui se découpait au sommet de la falaise.

« Comme c'est excitant », chuchota la fille de l'autre côté de la table.

Alex acquiesça avec lassitude.

Le jeune Mexicain s'immobilisa, les bras tendus en avant ; de l'orchestre monta un roulement de tambour. Au fond de l'étroite gorge, les vagues bleues du Pacifique venaient s'écraser et rejaillir sur les rochers déchiquetés.

Saute, bon Dieu, songea Alex. Il avait hâte de quitter les lieux.

Le garçon s'élança soudain dans le vide, brève étincelle sombre, et heurta l'eau avec un grand *splash* ; il refit presque aussitôt surface et les spectateurs sur la terrasse applaudirent à tout rompre. Deux ou trois brasses lui suffirent pour rejoindre l'autre versant de la gorge ; avec l'agilité d'un singe, il entreprit aussitôt d'escalader la paroi verticale, comme s'il avait déjà posé des milliers de fois ses pieds aux mêmes endroits, ce qui était d'ailleurs probablement le cas.

« Il faut que j'y aille, dit Alex en se glissant hors du banc.

— Tu ne veux pas rester boire un verre ? » s'étonna la fille en posant sur lui ses yeux bleus écarquillés.

Alex hocha de la tête.

« Non, merci. »

C'était bien le jour..., songea-t-il. Tomber ainsi sur une vieille copine de classe ! Alors qu'il s'apprêtait à accomplir le boulot le plus difficile de sa carrière et qu'il y avait cinq mille dollars à la clef ! Il observa la fille qui se levait du banc à regret.

« Ce sont mes deux derniers jours ici, dit-elle. Je pensais faire le tour de la baie demain, avec le bateau de 15 heures. Ça te dirait de m'accompagner ? »

Un frisson d'angoisse le parcourut lorsqu'elle mentionna l'heure.

« Désolé, Sheila. Je suis déjà pris.

— Pris ? Je croyais que tu ne connaissais personne à Acapulco.

— C'est exact. Mais j'ai rencontré un type cet après-midi. Un Mexicain. Il possède un petit bateau de pêche et il m'a proposé de m'emmener demain.

— Dis donc... J'aimerais bien qu'on me fasse des propositions de ce genre ! Ma croisière va me coûter quarante pesos... Enfin, je vais quand même probablement me l'offrir. Je tiens à prendre quelques photos de la baie. Il est grand comment, le bateau dont tu parles ?

— Très petit, je crois. En fait, je n'en sais rien. Je ne l'ai pas encore vu. »

Il lui fallut encore un quart d'heure pour se débarrasser d'elle. Elle logeait dans un grand hôtel, sur la colline dominant la baie, et ils durent marcher jusqu'à la plaza centrale afin de lui dénicher un taxi. Les amis avec qui elle voyageait étaient repartis aux États-Unis le matin même et elle attendait visiblement qu'il l'invite à dîner le lendemain soir. Il la laissa en lui promettant de la rappeler dans la matinée.

Lorsque le taxi s'éloigna, il s'épongea le front. Elle lui collait aux basques depuis 17 heures. Il avait bien été obligé de l'inviter à dîner. Que voulait-elle de plus, bon Dieu ? Et cette façon dont elle l'avait abordé : « N'êtes-vous pas Alex... Alex Hammond ? Je suis Sheila Dobbs. Nous étions au lycée ensemble, à Houston. Que faites-vous à Acapulco ? » Il lui avait répondu qu'il prenait des vacances, ce qui était exact, et qu'il vivait à présent à Chicago.

Il était effectivement venu se reposer quelque temps au Mexique, avec deux cents dollars en poche. Initialement, il n'avait pas eu l'intention d'accepter un nouveau contrat, mais cinq mille dollars... Les mâchoires d'Alex se crispèrent. Un contrat était un contrat — et d'ailleurs, il avait déjà touché la moitié de la somme. Que pouvait-il faire d'autre ? Les emplois ordinaires lui étaient pratiquement interdits, à cause de son casier judiciaire. Et qui rêve d'être garçon de course, à vingt-deux ans ? Les flics s'attendaient-ils que tout le monde suive le droit chemin ? Sûrement pas, se dit-il. Sinon, ce serait eux qui perdraient leur boulot.

Le pire, c'est qu'il avait le pressentiment qu'il allait une fois de plus se faire pincer. Sa rencontre avec Sheila, cet après-midi, était un mauvais présage.

Le lendemain matin, Alex décida de tout laisser tomber. Il n'avait pas la patience d'attendre encore deux jours que la fille ait quitté la ville. Autant en finir avec toute cette affaire. Le meurtre n'était pas dans ses cordes et l'angoissait trop. Il décida de se rendre de bonne heure sur le quai et d'aller trouver Manuel, pour le prévenir qu'il annulait tout. Il tâcherait de récupérer l'argent qu'il lui avait donné et le renverrait à McGee, à Mexico. Lorsque Raney arriverait sur le port, à 15 heures, Alex lui dirait que le Mexicain avec qui ils devaient partir en mer s'était décommandé.

Alex était certain que Raney ne se doutait de rien. Il avait fait du bon travail, se dit-il, en liant connaissance avec lui de manière apparemment fortuite, dans un magasin d'articles de pêche du centre-ville. Il lui avait raconté qu'il devait partir pêcher en haute mer avec un Mexicain qui possédait un bateau et avait proposé à Raney de l'accompagner. Alex cherchait ainsi à se faire passer pour un brave jeune homme américain voyageant seul au Mexique et ravi à l'idée de passer un peu de temps en compagnie d'un compatriote, même s'il y avait entre eux une certaine différence d'âge. Stafford Raney avait quarante-deux ans.

Bien qu'il ne l'ait pas spécialement cherché, Alex savait tout de Stafford Raney. Ce dernier était à la tête d'une commission d'enquête composée de six membres, dépêchée par Washington afin d'établir un rapport sur les activités commerciales des Américains installés au Mexique et s'occupant d'immobilier, d'import-export ou Dieu sait quoi. Le gouvernement mexicain avait émis quelques protestations polies contre certaines pratiques auxquelles ces hommes se livraient dans la capitale. Mexico était truffée d'escrocs américains qui ouvraient des brasseries, des agences immobilières ou des cabinets d'avocats destinés à servir de façade à des activités plus lucratives. L'homme qui avait engagé Alex travaillait dans l'immobilier. Il s'appelait Frank McGee. Alex avait également appris deux ou trois choses à son sujet. Cet avocat new-yorkais spécialisé dans les affaires de divorce avait été rayé du barreau deux ans plus tôt. Il était venu s'installer au Mexique où, en un temps record, il s'était constitué une fortune estimée à plus de un million de dollars. Stafford Raney était justement chargé de mettre son nez dans les affaires des individus du genre de McGee.

C'est ainsi que McGee avait fait appel à Alex. Il avait déniché sa trace d'une manière ou d'une autre et l'avait contacté par l'intermédiaire d'un de ses subalternes, qui avait appelé Alex à son hôtel de Mexico. « J'ai cru comprendre que vous aviez fait un peu de prison pour de menus larcins... Non, non, ne vous méprenez pas, je ne suis pas un flic... Je me demandais simplement si cela vous dirait de travailler pour nous. Il y a un bon paquet d'argent à la clef, fiston. Vous en aurez toujours l'usage, pas vrai ? »

Stafford Raney prenait une semaine de repos à Acapulco, où sa femme et ses deux enfants, restés à Washington, devaient venir le rejoindre. Il fallait s'occuper de lui pendant qu'il se trouvait seul là-bas, afin qu'on ne s'aperçoive pas immédiatement de sa disparition.

Il n'était pas 14 heures, quand Alex arriva sur le quai. Une douzaine de petits bateaux de pêche étaient amarrés dans le port, mais il n'aperçut pas le *Tiburon II* de Manuel. Alex se mit à faire les cent pas sur le ciment en fumant une cigarette. 14 h 25...

Il perçut enfin un bruit de moteur et distingua le *Tiburon II* qui arrivait depuis l'autre côté de la baie. Lorsqu'il fut assez près pour reconnaître Alex, Manuel lui sourit et agita la main. Alex s'accroupit sur le quai et l'attendit. Le bateau n'était plus qu'à quelques mètres quand il entendit brusquement une voix féminine derrière lui.

« Salut, Alex ! »

Essoufflée, Sheila se précipita vers lui, vêtue d'une robe légère en coton. Son appareil photo se balançait autour de son cou, au bout de sa lanière. Alex se releva.

« Bonjour, dit-il. Je croyais que tu devais faire le tour de la baie.

— Oh, le bateau n'est pas parti aujourd'hui. Il n'y avait pas suffisamment de passagers. Quel genre de poissons vas-tu pêcher ?

— Ceux qui voudront bien mordre à l'hameçon », répondit Alex, sautant à bord du bateau.

Il fit signe à Manuel de le suivre à l'autre bout de l'embarcation, hors de vue de la fille, mais aperçut soudain Raney qui se dirigeait vers eux, le long du quai.

« Bonjour ! lança Raney. Je pensais arriver le premier ! »

Vêtu d'un tee-shirt bleu ciel et d'un pantalon blanc, il brandissait sa canne à pêche flambant neuve.

« Bonjour, Mr. Raney, dit Alex. Nous sommes tous en avance. »

Inutile d'annuler le voyage à présent, songea-t-il. Il parlerait à Manuel une fois qu'ils auraient quitté la baie.

Raney monta à bord et Alex le présenta au Mexicain. Celui-ci fit une grimace et marmonna quelques mots, en s'agitant d'un air nerveux.

« J'imagine que vous n'avez pas de canne à pêche en rab... » dit Sheila sur un ton plein d'espoir.

Alex fit mine de ne pas l'avoir entendue.

« Une amie à vous ? demanda Raney. Vous voulez qu'on l'emmène ?

— Non », répondit Alex à voix basse.

Il entendit Manuel tirer sur le filin pour mettre le moteur en route.

« À ce soir, peut-être, lança-t-il à Sheila.

— Tu m'appelleras ? »

Le moteur se mit à tourner, au grand soulagement d'Alex.

« Alex ! Attends une seconde ! »

Alex se tourna vers la fille et sursauta. Elle s'apprêtait à les prendre en photo !

Clic !

Raney se trouvait en plein dans le champ de l'appareil, face à Sheila. Le nom du bateau était parfaitement visible sur la coque, Alex ne l'ignorait pas. Et lui-même regardait fixement l'objectif, comme un imbécile.

« Au revoir », lança-t-il à la fille en lui tournant le dos.

Clic !

« La vue était superbe, je n'ai pas pu résister, cria Sheila depuis le quai. Toutes ces voiles déployées... »

Alex sourit à Raney. Son cœur battait à tout rompre.

« Ce ne sont pas les filles qui manquent à Acapulco,

lui dit-il. Mais je préfère être tranquille pour aller pêcher. »

Manuel n'avait pas vu l'appareil photo, Alex en était sûr. Il aurait pourtant préféré que ce soit le cas. Il alluma une cigarette et tourna le dos à Raney, pour que celui-ci ne remarque pas le tremblement de ses mains. Deux piles de chair à poisson sanguinolente destinée à servir d'appât gisaient sur le pont ; chaque fois que son regard tombait dessus, Alex en avait la nausée.

Raney se tenait aux côtés de Manuel, qui maniait la barre. Leur embarcation progressait à vive allure vers le large. Une brise fraîche et saline gonflait les voiles et faisait légèrement tanguer le bateau. Lorsqu'ils furent sortis de la baie, Manuel coupa le moteur, bloqua la barre et quitta son poste. Alex, qui voulait lui parler en privé, lui adressa un petit signe, mais au même moment Raney héla le Mexicain, qui se dirigea vers lui. Alex n'était pas sûr qu'il ait vu son geste.

Manuel aida Raney à fixer un appât à l'hameçon. Puis l'Américain alla s'installer sur l'une des deux chaises longues vissées au pont, à l'arrière du bateau.

Alex refit signe à Manuel. Le Mexicain l'aperçut, sourit et agita mollement la main. Là-dessus il s'accroupit sur ses talons juste derrière Raney, comme si ce dernier était une proie qu'il ne fallait pas lâcher un instant des yeux. Agacé, Alex fit quelques pas en direction de la proue et se retourna. Manuel le dévisageait. Alex leva la main et l'agita brièvement, pour lui faire comprendre que le projet était annulé, tout en hochant la tête et en fronçant les sourcils.

Manuel acquiesça, sourit à nouveau et se mit à scruter l'horizon.

Excédé, Alex se demanda si le Mexicain refusait délibérément de le comprendre ou s'il avait l'esprit trop obtus pour envisager une modification du plan mis au point la veille, lorsque Alex lui avait versé la moitié des six mille pesos convenus — l'équivalent de cinq cents dollars, ce qui représentait une petite fortune pour un pêcheur mexicain. Raney avait lancé sa ligne dans l'eau et fixait le bouchon d'un air concentré.

Manuel se redressa soudain et alla saisir la rame qui traînait sur le pont, à côté du plat-bord.

« Manuel ! » hurla Alex.

Il baissa les yeux au moment de l'impact, mais le bruit en lui-même lui parut aussi horrible que s'il avait vu la scène. Il fut bien forcé d'en avoir un léger aperçu, quelques instants plus tard, lorsqu'il aida le Mexicain à dégager l'homme de son siège. Raney était coincé par le montant du mât. Alex eut l'impression incongrue d'extirper un bébé de sa chaise haute.

Le soir même, Alex appela Sheila Dobbs à son hôtel vers 19 heures.

« Oh, bonsoir Alex ! s'exclama-t-elle, ravie qu'il ait tenu sa promesse. Alors, comment ça s'est passé ? Vous avez ramené quelque chose ?

— Pas l'ombre d'une prise. Euh... (Il ne pouvait pas aborder directement la question des photos.) Je me demandais si ça te dirait que nous dînions ensemble... »

Bien sûr, que ça lui disait.

La soirée fut épouvantable. Dès que Sheila sortit de son hôtel, Alex lui demanda si elle pouvait lui confier la pellicule, afin qu'il la fasse développer dans une boutique qu'il connaissait et qui restait ouverte toute la nuit. Mais elle lui répondit que le rouleau n'était pas terminé. Elle avait encore une photo à prendre et il fallait attendre le lendemain, qu'il fasse jour. À 10 heures, Alex était à bout. Il déclara qu'il préférait rentrer plus tôt et demanda à Sheila de l'excuser. Elle-même reconnut qu'il avait l'air bien pâlichon.

Ils s'étaient donné rendez-vous le lendemain matin, à 10 h 30. Ils se rendirent à Hornos, la plage la plus fréquentée en début de journée, et étendirent deux nattes en raphia sur le sable. Sheila avait amené son appareil photo, ainsi qu'Alex le lui avait demandé.

« Prenons donc cette dernière vue, lui dit-il.

— Oh, je viens de mettre une nouvelle pellicule. J'ai pris la dernière photo ce matin et j'ai laissé le rouleau à l'hôtel pour qu'ils le fassent développer. Je devrais avoir les tirages cet après-midi. En deux exemplaires. Je fais toujours tirer mes photos en double. »

Elle braqua l'appareil sur le visage ahuri d'Alex.

« Ah, celle-ci va être super !

— À quel magasin les confient-ils ? demanda Alex.

— Je ne sais pas. Pourquoi ? »

Il la rappela aux environs de 18 heures.

« Alors ? Tu as les photos ?

— Non ! Quelle poisse ! Tu sais comme tout va lentement au Mexique. Elles seront probablement prêtes demain, juste après mon départ pour l'aéroport. »

Elle devait prendre l'avion vers midi.

« Pourquoi es-tu aussi silencieux ? reprit-elle.

— Ce doit être ce soleil qui m'assomme... »

Il lui expliqua avec tout le tact possible qu'il préférait rentrer se coucher tôt.

« Oh, quel dommage... C'est ma dernière nuit ici. »

Lorsqu'il raccrocha, il écumait de rage. Il se rendit immédiatement à l'hôtel de Sheila, vérifia qu'elle ne se trouvait pas dans le grand hall d'entrée et se dirigea vers le comptoir de la réception.

« Bonsoir, dit-il. Je voudrais savoir à qui vous confiez le développement des pellicules photo.

— Des pellicules ? Oui, monsieur, vous pouvez les déposer ici. Elles seront prêtes en huit heures.

— Je sais. Je veux seulement savoir où vous les faites développer. Dans quel magasin ?

— Ah ! Oui, monsieur. C'est ici, dit l'employé en désignant l'une des nombreuses cartes de visite exposées sous le plateau en verre du comptoir : *La Estrella Camera Shop*. Juste à gauche de la plaza.

— Parfait. Merci beaucoup. »

Alex prit un taxi jusqu'à la plaza. Le magasin de

photo était fermé. Sur la vitrine, une pancarte annonçait que la boutique ouvrait de 10 heures à 19 heures. Il n'était que 18 h 55, mais tout était déjà clos.

Alex débarqua devant la boutique à 10 heures pile le lendemain matin, mais personne ne se montra avant 10 h 20. Un jeune homme vint finalement ouvrir la porte. Alex le suivit à l'intérieur. Le téléphone était en train de sonner. L'employé décrocha et répondit en espagnol.

« Si, señor. Je crois bien... Dobbs... Si, señor. Dès qu'elles arriveront. »

Alex prit la parole dès que l'autre eut raccroché.

« Si vous avez les photos de Miss Dobbs, je vais les lui apporter. Je suis un ami à elle.

— Pardon... Je pas parler anglais. »

Alex répéta tant bien que mal sa phrase en espagnol et l'employé finit par comprendre de quoi il s'agissait. Il lui expliqua que les tirages n'étaient pas encore terminés mais qu'ils seraient prêts dans la matinée.

« Eh bien, tant pis, dit Alex. Redonnez-moi les pellicules. Je dois prendre un avion à midi.

— Mais elles sont au labo, dit l'employé. Nous ne faisons pas les développements ici.

— Où se trouve ce labo ? »

L'employé haussa les épaules.

« Sur La Quebrada. Je ne connais pas l'adresse exacte. Le señor Gonzalez sera là vers 11 heures. C'est lui le patron. Il pourra vous renseigner. »

Alex poussa un juron. Il sortit et fit le tour de la plaza, les mains dans les poches. À 10 h 59, il était à nouveau devant la boutique. Le señor Gonzalez était effectivement arrivé. Alex lui expliqua qu'il lui fallait impérativement récupérer ce rouleau de pellicule, car il devait prendre un avion à midi.

« Tout a été arrangé, monsieur, lui dit avec bonne humeur le señor Gonzalez. Les tirages seront directement envoyés à Miss Dobbs, à Houston.

— Mais il me les faut tout de suite ! Je veux cette pellicule !

— Ne vous inquiétez pas. Vous pouvez faire entièrement confiance à mon technicien. Miss Dobbs a fait livrer par un coursier de l'hôtel une enveloppe déjà timbrée, à son nom. J'ai envoyé mon employé la porter au labo. Les tirages partiront au plus tard par le courrier de ce soir.

— Mais *où* sont ces fichus tirages ? Où est votre labo ? »

Le señor Gonzalez poussa un soupir.

« Je peux vous donner l'adresse, dit-il, mais je ne pense pas que vous parviendrez à les faire travailler plus vite. C'est au 17, sur La Quebrada.

— Merci », dit Alex en se ruant hors de la boutique.

Ce n'était pas très loin. Il suffisait de remonter la colline à partir de la plaza et de contourner la cathédrale. Le n° 17 correspondait à une maison particulière de deux étages. Une pancarte sur le garage de la propriété annonçait en anglais et en espagnol :

TIRAGES PHOTOS.
LIVRAISON EN DEUX HEURES.
FRAPPEZ S.V.P.

« En deux heures... » marmonna Alex avant de frapper.

Une minute plus tard, un homme vêtu d'une blouse élimée lui ouvrait la porte.

« Je voudrais récupérer les pellicules qui ont été déposées au nom de Dobbs à la *Estrella Camera Shop*, dit rapidement Alex. Peu importe que le tirage soit terminé ou non.

— Ah, les photos de Miss Dobbs ! Si ! Je viens d'envoyer le coursier les mettre à la poste.

— Quand ? Depuis combien de temps ?

— Oh, un quart d'heure à peine », dit l'homme en souriant.

Alex resta quelques instants sans voix.

« À quoi ressemble-t-il, ce coursier ? »

L'homme lui expliqua qu'il s'agissait d'un garçon de belle taille et d'environ seize ans. Non, il ne se souvenait pas de la couleur de sa chemise, ni s'il portait une veste aujourd'hui.

Alex repartit en courant vers la plaza, bifurqua sur la gauche et déboucha sur la Costera, la principale avenue longeant le front de mer. Il courait, mais son cerveau tournait encore plus vite. Il n'allait sûrement pas rattraper ce coursier, il le savait bien : il n'avait pas une chance sur mille de lui mettre la main dessus. Et cela voulait dire qu'il allait devoir se rendre à Houston afin de retrouver Sheila, lui demander de voir les photos et récupérer celles qu'elle avait prises de Raney et de lui-même, lorsqu'ils étaient sur le bateau. Et il fallait qu'il parte immédiatement, car la disparition de Raney pouvait être signalée à tout moment — dans l'heure ou dans la minute suivante. Ce soir, sa photo risquait fort de figurer à la une des journaux, tant au Mexique qu'aux États-Unis. *Disparu à Acapulco*... Et Sheila se dirait : « Tiens, Je reviens justement de là-bas ! » Elle regarderait d'un peu plus près la photo de Raney et ne manquerait probablement pas de trouver qu'il ressemblait beaucoup au type qui était sur ce bateau, avec Alex Hammond. Même si elle ne se manifestait pas, elle raconterait forcément son histoire à quelqu'un qui, lui, agirait en conséquence.

Tout en fixant d'un regard vide et désespéré la foule qui patientait devant les guichets de la poste, Alex essaya de se persuader que Sheila ne reconnaîtrait pas Raney. Tout irait alors pour le mieux. Il passerait à Mexico, récupérerait l'autre moitié de ses cinq mille dollars, puis rentrerait à Chicago. Il devait de toute façon aller chercher cet argent, sinon McGee se douterait de quelque chose et se lancerait probablement à sa recherche. Brusquement, Alex se vit dans le bureau de McGee, attendant d'être payé. Mais McGee lui disait : « Vous saviez qu'elle avait pris cette photo et vous n'avez rien fait ? Pauvre crétin ! » McGee et sa bande le tueraient. Ils savaient bien qu'il finirait par se faire épingler par les flics et l'élimineraient pour être sûrs qu'il ne parlerait pas.

Il fallait partir à Houston.

Alex quitta le bureau de poste pour aller retenir une place d'avion dans une agence de voyages de la Costera.

Il était 2 heures lorsque son avion atterrit à Houston. Il prit un taxi et se fit déposer en ville devant le premier hôtel. Avant même de demander une chambre, il alla consulter l'annuaire et y chercha Sheila Dobbs. Il y avait une douzaine de Dobbs à Houston mais pas une seule Sheila parmi eux, et il n'avait pas la moindre idée de l'endroit où elle habitait. De toute façon, il était impensable de passer des appels à une heure aussi tardive.

Peu après 8 heures, il s'enferma dans une cabine avec une quinzaine de jetons et se mit à l'ouvrage. Il essuya d'abord deux échecs. Le troisième numéro ne répondait pas. Au bout de sa huitième ou neuvième tentative, une voix féminine ensommeillée au fort accent du sud lui répondit négligemment :

« Bien sûr. Un petit instant, s'il vous plaît. Sheila ! »

Et tout à coup il l'entendit.

« Alex ! Tu es ici ? Je n'arrive pas à y croire ! »

Il savait qu'elle allait penser qu'il lui courait après.

« Une simple escale, avant de rentrer à Chicago... Je me suis dit que je pouvais t'appeler, puisque je suis ici. »

Il n'eut évidemment pas le moindre mal à obtenir un rendez-vous. Il passa prendre Sheila chez elle à 18 heures. Les photos n'étaient pas arrivées et rien n'avait encore transpiré au sujet de Raney. Alex en était sûr, car il avait acheté et dépouillé tous les journaux ; il avait également écouté le flash d'informations de 22 heures, dans le restaurant où Sheila l'avait emmené dîner. Il lui annonça en souriant qu'il allait peut-être changer ses plans et rester quelques jours de plus. Enfin, il n'avait encore rien décidé...

« Oh, ce serait chouette ! »

Alex ne lui fixa pas de rendez-vous précis pour le lendemain soir. Il lui dit qu'il l'appellerait vers 18 heures, lorsqu'elle serait rentrée du boulot. Sheila devait reprendre son travail ce jour-là, qui était un lundi.

Il passa la journée à lire les journaux et à suivre heure par heure les flashs d'informations à la radio, dans sa chambre d'hôtel. Pas un mot au sujet de Raney. Et cela faisait quatre jours qu'il était mort. C'était même un peu inquiétant. Il appela Sheila à 18 heures et esquiva la question du dîner.

« Au fait, les photos sont-elles arrivées ? demanda-t-il.

— Je ne vois pas pourquoi ces photos t'intéressent à ce point, alors que tu ne voulais même pas sortir avec moi ! fit Sheila en riant aux éclats. Nous aurions pu en prendre d'autres. Enfin, elles sont effectivement arrivées et elles sont absolument superbes ! Il y en a une que j'ai prise sur l'île de la Roqueta et qui est chou comme tout. Tu sais, cet âne qui buvait de la bière ? Je t'en avais parlé...

— Hum... Et les autres, elles sont réussies ?

— Il y en a une de toi, où tu es adorable. Dis donc, tu n'aurais pas les chevilles un peu enflées, par hasard ? Il n'y a que celles où tu figures qui t'intéressent ! »

Il lui dit qu'il serait chez elle d'une minute à l'autre et qu'ils pourraient aller dîner quelque part ensemble, si elle en avait envie.

Une fois arrivé, il regarda et commenta les photos en compagnie de Sheila et de ses parents. Comme la jeune fille avait des tas d'histoires à raconter au sujet de ses propres amis, personne ne demanda qui était ce grand gaillard en pantalon blanc. La silhouette de Raney se détachait avec une netteté accablante sur les deux clichés. Sheila était mécontente, parce qu'on ne lui avait envoyé qu'un seul exemplaire de chaque photo.

« J'ai pourtant vu l'employé noter sur le bon de commande qu'il m'en fallait deux. Ah, c'est bien le Mexique ! ajouta-t-elle en riant.

— Je peux t'en faire tirer d'autres, dit Alex. Tu n'as qu'à me donner les négatifs.

— Oh, je m'en chargerai moi-même. Ne te dérange pas pour ça, Alex. »

Les parents de Sheila les laissèrent seuls au salon avant qu'ils ne partent dîner.

« Je suppose que tu ne vas pas vouloir me donner les deux photos que tu as prises de moi, sur le bateau, lui dit Alex. J'aurais aimé les envoyer à ma mère, en Californie.

— Mais si, prends-les. Du moment que j'ai les négatifs... »

Elle sortit les deux clichés du paquet et les tendit à Alex, qui la remercia et les glissa dans la poche de sa veste. Son regard s'arrêta sur les négatifs, posés sur une table basse à quelques centimètres de lui.

« Sheila, pourrais-je avoir un verre d'eau avant de sortir ? J'ai terriblement soif, tout à coup.

— Bien sûr ! (Elle se leva d'un bond.) À moins que tu ne préfères un Coca, ou un apéritif ?

— Un verre d'eau fera parfaitement l'affaire. »

Lorsqu'elle revint une demi-minute plus tard, un verre à la main, les négatifs avaient rejoint les deux photos dans la poche d'Alex, qui s'était campé devant la table basse de manière que Sheila ne remarque pas leur disparition. Il avala l'eau d'un trait.

« Merci, Sheila. »

Ils se rendirent dans un petit restaurant spécialisé dans les fruits de mer. Au cours du repas, Alex lui annonça qu'il repartait le lendemain pour Chicago.

« Demain ? Déjà ?

— Oui. J'ai appelé Chicago tout à l'heure. J'attendais une réponse au sujet d'un travail et elle est enfin arrivée. »

De retour à son hôtel, il brûla les deux photos et la totalité des négatifs dans le lavabo de la salle de bains. Ses mains tremblaient et il se hâta d'en finir. Lorsque le dernier négatif fut entièrement réduit en cendres, il poussa un immense soupir.

Alex prit le premier avion pour Mexico le lendemain matin. À son arrivée, l'affaire Raney avait éclaté au grand jour. Sa photo figurait à la une des journaux de Mexico et en deuxième ou troisième page des quotidiens internationaux.

LE DIRECTEUR DE LA
COMMISSION D'ENQUÊTE AMÉRICAINE
DISPARAÎT LORS D'UN SÉJOUR À ACAPULCO

Alex dépouilla soigneusement les journaux mexicains. Il n'y était nulle part question d'une virée en bateau, ce qui était le plus important. Cela faisait environ cinq jours que Raney avait disparu, disait la presse. Son absence avait été signalée trois jours plus tôt, mais les autorités avaient préféré mener une enquête minutieuse à Acapulco et interroger ses relations à Mexico avant d'annoncer publiquement la nouvelle. *Il est possible que Mr. Raney ait été victime d'un guet-apens*, insinuait l'un des articles. Mais cela n'empêcherait sûrement pas McGee de dormir, se dit Alex. Il avait sûrement, comme ses acolytes, des alibis en béton pour tous les jours de la semaine passée.

Alex prit une chambre à l'hôtel Cortez et appela George Bell, l'employé de McGee qui l'avait initialement contacté.

« Eh bien, Alex ! s'exclama George. Nous nous demandions où vous étiez passé.

— Je me suis tenu à carreau, dit Alex. Tout se passe bien ?

— Comme sur des roulettes, répondit George d'une voix calme et satisfaite. Il faut que vous passiez voir Mr. McGee. En fait, je crois bien qu'il aurait un autre travail à vous proposer. »

Alex songea qu'il valait mieux ne pas lui dire qu'il n'avait nullement l'intention d'accepter un nouveau contrat. Sinon, George risquait de penser que quelque chose avait foiré, cette fois-ci.

« Très bien, dit-il. Quand puis-je vous voir ? »

George gloussa.

« C'est Mr. McGee qui a votre argent, Alex, pas moi. Que diriez-vous de demain ? Mais il faudra que je vous le confirme. Mr. McGee est très occupé ces jours-ci. Je vous rappellerai demain, Alex. »

L'affaire Raney avait pris des proportions plus dramatiques le lendemain matin. De nouvelles photos de l'Américain avec celles de ses deux enfants et de sa femme, le visage anxieux, s'étalaient à la une des journaux. Washington venait de charger des experts du FBI de suivre la moindre piste qui se présenterait.

Comme convenu, George contacta Alex mais il lui annonça que McGee était trop occupé et ne pourrait pas le recevoir avant le lendemain. Alex accepta avec un calme apparent le rendez-vous qu'on lui fixait — à 16 heures, dans le bureau de McGee — mais il bouillait intérieurement. Il était convaincu que McGee faisait traîner les choses afin de voir si le FBI s'intéressait à lui ou était au courant de ses relations avec Alex Hammond avant de lui payer les deux mille cinq cents dollars qu'il lui devait encore.

Le jour du rendez-vous n'apporta cependant aucune révélation nouvelle ; du moins les journaux n'en faisaient-ils pas mention. Alex arriva à l'heure pile dans le petit bureau de McGee, sur le Paseo de la Reforma, le Park Avenue de Mexico. Au grand soulagement d'Alex, McGee était d'excellente humeur. C'était un Irlandais trapu, qui essayait de compenser sa petite taille en portant des vêtements étroits et des chaussures à semelles renforcées. On prétendait qu'il était l'homme le mieux habillé de Mexico.

« Heureux de vous voir, Alex ! Asseyez-vous et mettez-vous à l'aise. »

McGee sortit une enveloppe du tiroir de son bureau et la poussa en direction d'Alex.

« Ainsi, vous revoilà parmi nous, déclara-t-il sur un ton quasi paternel. Vous n'avez pas eu d'ennuis, j'espère ?

— Pas le moindre. »

L'enveloppe était devant lui, ouverte ; il entrevit une liasse de coupures américaines mais ne fit pas un geste pour les compter.

« J'ai un autre projet pour vous, à Mexico même, reprit McGee. (Il parlait si bas qu'on l'entendait à peine, comme il l'avait déjà fait lorsqu'il avait proposé l'affaire Raney à Alex ; pourtant, son bureau était parfaitement insonorisé et seul George Bell était présent avec eux dans la pièce.) Mais inutile de se presser. Il vaut mieux attendre que cette affaire se soit un peu tassée. La ville grouille d'agents du FBI qui fouinent dans tous les coins. »

Alex empocha l'enveloppe et s'apprêta à partir.

« Ils n'ont pas encore de piste, poursuivit calmement McGee. J'en suis certain. J'ai parlé avec eux hier, et avant-hier. Tenez-vous tranquille un moment. Ou allez passer quelques jours à Cuernavaca si ça vous tente, comme un véritable touriste. (McGee sourit et ses joues bien roses se mirent à luire.) Mais restez en contact avec George et dites-lui où vous serez, si jamais vous quittez la ville. D'accord ? »

Le téléphone se mit à sonner tandis qu'il achevait sa phrase. Il saisit calmement l'écouteur.

Alex se mordit l'intérieur de la joue, heureux que la sonnerie ait retenti à cet instant précis. Il se demandait pendant combien de temps il allait pouvoir mener McGee en bateau, à propos de ce futur travail. Il n'aurait qu'à prétendre que ses nerfs avaient craqué. McGee ne songerait sûrement plus à l'employer avec un prétexte pareil. Après quoi il quitterait le Mexique.

« Oui ?... Oui ?... Très intéressant », disait McGee.

Alex se rendit brusquement compte de l'expression

terrifiée qui avait envahi son visage. George Bell fixait également son patron.

« Que se passe-t-il, Mr. McGee ? » chuchota-t-il.

Mais l'autre le fit taire d'un geste agacé de la main. McGee dévisageait maintenant Alex, tout en écoutant ce qu'on lui disait au téléphone. Ses joues étaient devenues livides.

« Eh bien, merci, dit-il. Je vous suis très reconnaissant de m'avoir prévenu. Tout à fait... *Extrêmement* intéressant... Au revoir, Mr. Engeldorf. »

McGee se releva lentement, les yeux rivés sur Alex.

« Espèce de traître ! murmura-t-il. *Idiot* ! Reprenez-lui cette enveloppe, George. »

George se précipita comme un chien bien dressé et récupéra l'enveloppe dans la poche d'Alex.

« Que... que s'est-il passé ? demanda celui-ci.

— Apparemment, certaines photos ont été prises à Acapulco, dit McGee d'une voix rauque et tremblante. Qui vous représentent à bord d'un bateau, en compagnie de Raney et d'un Mexicain. Ils ont déjà mis la main sur ce type, qui leur a débité toute l'histoire ! (McGee jeta un coup d'œil à George.) Engeldorf m'a expliqué que la nouvelle venait de tomber par téléphone, alors que le FBI était en train de l'interroger dans son bureau, lui et son associé. L'histoire a éclaté à cause d'une fille de Houston qui vous a déjà identifié, Alex. Vous êtes cuit. Lessivé. Ils ont déjà diffusé des centaines d'exemplaires de ces photos, bien qu'ils aient l'air de penser que vous êtes rentré à Chicago.

— Mais... j'avais brûlé les photos et les négatifs ! s'exclama Alex, paniqué.

— La fille a effectivement raconté que vous les lui aviez volés. Seulement ce n'étaient pas les bons négatifs.

— Comment ça ?

— La boutique d'Acapulco a fait une erreur. Ils ont envoyé les bons négatifs et une nouvelle série de photos à la fille deux jours plus tard, en lui demandant de leur retourner les autres, qui appartenaient à un autre client. Bon Dieu!... Pourquoi n'avez-vous pas *regardé* ces négatifs ? »

Parce qu'il s'était trop précipité... Alex se mordit si violemment la joue qu'un goût de sang lui envahit la bouche. Au diable cette boutique, songea-t-il. Au diable ces fichus Mexicains ! Ils avaient bien développé la deuxième série de tirages, finalement. Comme si on lui avait jeté un sort, il regardait fixement McGee qui parcourait son bureau des yeux. Alex savait que l'homme songeait uniquement à la manière dont il allait pouvoir tirer son épingle du jeu — et qu'il n'y avait qu'une seule façon de procéder.

« Faites-le immédiatement sortir d'ici, George, lança McGee, et emmenez-le... emmenez-le chez vous, jusqu'à ce que je vous donne d'autres instructions.

— *Chez moi* ? dit George d'une voix terrifiée.

— Vous m'avez parfaitement entendu ! Bon Dieu ! Dire qu'il savait qu'on l'avait photographié et... »

On frappa soudain à l'extérieur. McGee se précipita et entrebâilla la porte. C'était sa secrétaire.

« Excusez-moi, Mr. McGee, dit-elle, mais il y a ici... »

Deux hommes à la carrure massive l'écartèrent et pénétrèrent dans le bureau.

« Eh bien, bonjour ! commença McGee d'une voix affable. Vous avez du nouveau ? »

Les deux hommes gardaient les yeux rivés sur Alex. Celui-ci détourna la tête, figé sur place. Puis l'un des deux individus prit la parole :

« Alex Hammond ? Le jeune homme qui se trouvait à bord du bateau ? Qu'est-ce que vous fichez ici ? »

LE SUSPECT

Ce récit pourrait s'intituler : *Comment nous avons, ma femme et moi, perdu notre maison en France.* Mais cela aurait l'air d'une boutade, et cette histoire n'a rien de drôle.

Cela faisait plus de quatorze ans que Louise et moi avions acquis cette fermette d'un étage, bâtie au milieu d'un modeste terrain, lorsque les ennuis commencèrent. Les premiers temps, nous passions l'essentiel de l'année à Londres, dans le vieil appartement spacieux que nous possédons toujours du côté de Sloane Square. Nous avions acheté « Les Trois Châtaigniers » — ainsi avions-nous baptisé la propriété —, retapé la maison et aménagé le jardin à nos moments perdus, et nous venions y passer l'été. Je suis journaliste, en semi-retraite à présent, et j'ai cinquante-neuf ans ; j'ai été blessé au genou à la suite d'un accident d'avion au Tchad, voici quelques années, et je ne peux plus me déplacer aussi facilement qu'avant à l'étranger. Telle est du moins l'opinion de mon rédacteur en chef. Nous avons donc sous-loué notre appartement londonien et sommes venus nous installer aux « Trois Châtaigniers ». Je touche un demi-salaire et j'écris parfois quelques articles en free-lance ; ma femme fait des traductions pour des journaux et des éditeurs français. Bref, nous arrivons à joindre les deux bouts et menons une vie plutôt agréable. De plus, à la campagne j'ai tout le loisir de me livrer à ma seconde passion : la peinture. La région est pleine de granges, de vieilles maisons aux toits de tuiles ocre, il y a des meules de foin et des vaches couchées dans les champs dans l'attente de la prochaine ondée.

Mais venons-en aux faits. J'ai été, je suis encore à ce jour soupçonné d'avoir commis un meurtre. Pas de manière officielle, entendons-nous bien, mais plus insidieusement, par la population du voisinage. Les habitants, les villageois regardent d'un œil bien différent celui qu'ils soupçonnent d'avoir tué — ou d'avoir été en mesure de tuer. Cette situation est épouvantable et je ne suis tout bonnement plus en mesure de la supporter davantage. Il m'est même déjà arrivé de rêver que j'avais bel et bien accompli l'acte qu'on me soupçonne d'avoir commis. Ma femme est d'origine française ; elle comprend mieux la langue que je n'y arriverai jamais et, à l'en croire, les bruits qui circulent ne sont pas aussi terribles que ce que j'imagine. Au moment où j'écris ces lignes, nous sommes encore ici mais nous nous apprêtons à faire nos valises.

Tout a commencé si innocemment... comme dans un paysage de Corot ou de Millet, littéralement. J'étais en train de peindre une nature morte dans mon atelier et j'avais jeté un bref coup d'œil par la fenêtre, comme cela m'arrive dix fois par jour. La pièce donne sur un champ où poussent des poireaux, des choux ou des céréales, selon la saison. Au loin se dresse la ferme des Germain, propriétaires de ce champ ainsi que d'autres terrains s'étendant derrière leur demeure. De temps à autre, j'aperçois Georges Germain ou l'un de ses deux fils, le corps plié en deux, occupé à biner ou à sarcler quelques centaines de mètres plus loin. Georges, sa femme, leurs deux fils et leur fille cadette travaillent à la ferme. Mais en cet après-midi du mois d'août, en regardant distraitement par la fenêtre, j'aperçus une jeune fille en chemise et en blue-jeans qui travaillait dans le champ, arrachant de droite à gauche les mauvaises herbes entre les rangées de choux. Sa silhouette retint mon attention avant même que je n'en comprenne la raison : elle travaillait trop vite, pas du tout à la manière d'une paysanne expérimentée qui sait que sa tâche va durer des heures et que se hâter serait de la folie. Il ne s'agit sûrement pas d'une fille de la campagne, me dis-je — ce en quoi je me trompais.

Comme elle se rapprochait, en s'activant toujours, je distinguai mieux ses cheveux blonds aux reflets sombres et son visage avenant aux traits bien dessinés. Elle enjamba une puis deux rangées de légumes et repartit en direction de la ferme des Germain, tout en poursuivant son désherbage.

Cet après-midi-là, Louise était allée faire des courses à Chipac, le plus proche village. À son retour, elle m'annonça :

« Grande nouvelle, Neil ! L'aîné des fils Germain va se marier ! J'ai été boire un café au bistro : Georges était là, il payait la tournée à quelques amis. Il veut que nous passions chez lui ce soir.

— Chez lui ? Vraiment ? »

Nous n'étions pas exactement des familiers des Germain et ne nous étions rendus à leur ferme qu'à deux ou trois reprises.

« Il veut nous offrir un verre, pour l'apéritif je suppose. Simple procédé de bon voisinage, tu comprends... »

Il était déjà plus de 18 heures — l'heure à vrai dire de notre kir ou de notre gin-tonic quotidien, à Louise et moi. Mais nous avons enfilé nos grosses bottes en caoutchouc, au cas où le chemin qui menait chez les Germain s'avérerait boueux, et nous sommes partis. Je me voyais déjà dans l'obligation d'ingurgiter quelque infâme tord-boyaux, ce qui ne m'enchantait pas outre mesure ; pis encore, je ne comprenais jamais la moitié de ce que racontaient les fermiers. Louise elle-même était parfois déroutée par leur patois et leur accent.

Les uns debout, les autres assis sur des chaises droites, nous nous tenions tous dans la grande cuisine au sol carrelé de rouge. Le jeune Jules Germain, personnage efflanqué d'environ vingt-deux ans, refrénait visiblement son excitation ; au lieu de son bleu de travail habituel, il portait une chemise blanche et un pantalon de toile bleu clair serré par une ceinture. Deux individus de stature massive et passablement avinés discutaient — ou, plutôt, échangeaient cris et borborygmes — devant la table en bois dressée au centre de la pièce. Marie, la femme de Georges, repartit s'activer devant l'évier après nous avoir salués. Puis une jeune fille fit son apparition dans l'encadrement d'une porte et je reconnus aussitôt la blonde que j'avais vue à l'ouvrage dans le champ, quelques heures auparavant. Elle s'appelait Marie-Camille. À son arrivée, une lueur de fierté éclaira le visage émacié de Jules, qui s'était redressé et semblait brusquement plus grand.

Je fis une légère révérence lorsqu'on me présenta à Marie-Camille. Elle le méritait. Non seulement elle était presque belle, mais en plus elle avait l'air intelligente. Ce devait pourtant être une fille toute simple, me dis-je, puisqu'elle s'apprêtait à épouser Jules Germain, un garçon qui avait probablement quitté l'école à seize ans et n'avait pas dû ouvrir un livre depuis lors.

« Vous êtes de Cahors, mademoiselle ? Ou des environs ? » me hasardai-je à lui demander.

Elle leva vers moi ses yeux gris-bleu, eut un léger sourire et répondit par quelque chose que je saisis mal ; la fin de sa phrase fut de toute façon couverte par les éclats de rire des deux types assis à la table.

Je présentai mes félicitations et mes vœux de bonheur à Jules, ainsi qu'à Mme Germain et à son mari, puis nous quittâmes les lieux.

« Beau brin de fille, n'est-ce pas ? lança Louise tandis que nous regagnions la maison.

— Tu peux le dire ! » répliquai-je.

Louise m'apprit alors que l'un des deux hommes assis à la table était le père de Marie-Camille, sa mère était une femme en robe bleue dont je n'avais pas remarqué la présence. Le mariage devait avoir lieu dimanche, dans quatre jours. La famille de la jeune fille était originaire d'un village situé à la sortie de Cahors.

Je me réveille souvent sur le coup de 6 heures et parviens difficilement à me rendormir, surtout en été lorsque le jour est déjà levé ; aussi je finis généralement par m'habiller et par sortir. L'horrible matinée se déroula deux jours après que nous avions fait la connaissance de la future épouse de Jules. J'ai suivi mon itinéraire habituel : je suis sorti par la porte de derrière, j'ai traversé le jardin et gagné un sentier longeant un petit fossé qui, de loin, évoque le lit d'un ruisseau mais qui est en fait l'œuvre de l'homme. Ce fossé tient lieu de frontière entre notre propriété et celle des voisins, et le sentier qui le longe rejoint une route, non goudronnée mais un peu plus large, qui mène à Chipac. Au cours de mes promenades, je regarde souvent deux ou trois fermes à l'horizon tout en respirant l'air frais du matin, ignorant au besoin les aboiements d'un chien alerté par le craquement d'une brindille sous mes semelles. Je crois que ce fut un oiseau qui accrocha mon regard et le déporta sur la droite, de l'autre côté du fossé asséché. Ce que je vis me cloua sur place.

De l'autre côté de l'étroite tranchée, le corps d'une femme gisait sur le sol, face contre terre, le bras gauche déplié vers l'avant. Ses beaux cheveux et la jeunesse de son corps ne laissaient planer aucun doute : il s'agissait de Marie-Camille. Il y avait des traces de sang coagulé à la base de son crâne. Son cadavre — car il se dégageait de la scène une aura terriblement, indubitablement mortelle — se trouvait là depuis de longues heures, j'en avais le pressentiment. Je me rapprochai d'un pas ou deux, suffisamment pour distinguer l'une de ses mèches de cheveux, souillée et enfouie dans le sol, comme si on l'avait piétinée. Sa robe vert foncé et son chemisier blanc étaient maculés çà et là de taches brunes, terreuses. L'une de ses espadrilles noires avait disparu, soulignant encore la nudité de son pied. Rentre et appelle la police, me souviens-je avoir songé, tout en me retournant pour grimper la petite pente.

J'eus brusquement conscience d'une présence sur ma gauche, de l'autre côté du fossé, et distinguai alors la silhouette de Jules Germain qui me dévisageait d'un air sombre, les mains enfouies dans les poches de son bleu de travail. Il ne faisait aucun doute qu'il avait lui aussi remarqué le corps de la jeune fille, parfaitement visible depuis l'endroit où il se trouvait.

« Que s'est-il passé, Jules ? lui demandai-je. *Vous allez signaler ceci** ? »

J'attendis sa réponse, mais Jules semblait paralysé et demeura muet comme une tombe.

« Eh bien, moi je vais le faire », repris-je en m'éloignant.

Au bout de quelques pas, je me retournai. Jules se tenait toujours au même endroit, mais il avait à présent les yeux fixés sur moi. Je me hâtai de rejoindre la maison.

Louise était levée et je lui racontai ce que j'avais vu. Horrifiée, elle se précipita sur le téléphone. Je l'entendis répéter en français le récit que je venais de lui faire.

« La police arrive tout de suite, me dit-elle. Ils iront sans doute d'abord chez les Germain. »

Un peu pâle, Louise se rendit à la cuisine et baissa le niveau du gaz sous la cafetière.

« Ainsi, Jules n'a pas ouvert la bouche ?

— Exactement. Il devait être en état de choc. Il venait peut-être juste de la découvrir. »

Mais au fond, je ne croyais pas à cette explication.

Par la fenêtre de notre cuisine, nous aperçûmes une voiture de police qui se dirigeait vers la ferme des Germain. Visiblement, Jules Germain en avait long à raconter aux policiers. Ceux-ci débarquèrent aux « Trois Châtaigniers » alors que je finissais ma tasse de café et mes tartines de pain et de fromage. Avant que la conversation ne s'engage pour de bon, ils relevèrent nos noms, nos nationalités et nos lieux de naissance respectifs dans nos passeports et nos *permis de séjour**. Les policiers étaient au nombre de trois ; les deux qui parlaient le plus avaient l'accent de la région, mais l'un d'eux fit un effort pour s'exprimer distinctement, de manière que je le comprenne. Et il m'annonça que Jules Germain avait déclaré être convaincu que j'avais assassiné Marie-Camille — je ne parvins pas à saisir son nom de famille — sous prétexte que j'étais amoureux d'elle et également jaloux de lui, Jules, etc. Était-ce exact ? me demanda le policier.

« Non, répondis-je. C'est totalement absurde.

— Ce jeune homme est sous le choc, dit Louise d'une voix calme. Vous vous apercevrez vite que ces accusations sont dénuées de tout fondement.

— Jules Germain prétend que vous avez rencontré cette jeune fille il y a quelques jours et que...

— C'est exact, intervins-je.

— Et que vous n'avez pas cessé de rôder autour de la maison afin de l'épier... »

Conservant notre calme, Louise et moi expliquâmes aux policiers que je passais l'essentiel de mes journées à travailler dans mon atelier — nous leur montrâmes la pièce, où trônaient ma machine à écrire et mon chevalet — ; que nous prenions le dîner et passions la soirée ensemble ; enfin qu'il m'arrivait de faire une promenade le matin — mais cela n'avait pas été le cas la veille, par exemple — le long du sentier que j'avais emprunté aujourd'hui avant de découvrir le corps de la jeune fille. Ils voulurent vérifier la pointure de mes chaussures et relevèrent mes empreintes. Je me prêtais de bonne grâce à leurs travaux de mesure.

Les trois policiers restèrent près d'une heure et

refusèrent poliment le café ou le *petit rouge** que nous leur proposions, ce qui me parut de mauvais augure. Je leur confiai pour finir une photocopie de mon curriculum vitae, déjà vieux de trois ans, ce qui était plus simple que de répondre à certaines de leurs questions.

« Qu'est-ce que tu penses de tout ça ? » demandai-je à ma femme avec un rire bref lorsque nous nous retrouvâmes en tête à tête.

Le soleil dardait à présent ses rayons à travers la fenêtre du salon. Les cheveux bruns de Louise, ramenés en chignon, brillaient d'un magnifique éclat.

« Je me demande ce que Jules a bien pu leur raconter *d'autre,* dit-elle. Et pourquoi. »

Sa réponse me fit froid dans le dos. Je m'attendais à des paroles rassurantes de sa part. La pensée que Jules avait peut-être cherché à en rajouter pour qu'on me suspecte d'être l'auteur du meurtre renforça une idée qui m'avait déjà effleuré.

« Pourquoi ? Tu veux dire que c'est peut-être lui le meurtrier ?

— Eh bien... oui.

— Mais dans ce cas, n'est-il pas un peu étrange qu'il soit retourné auprès de... du... Les policiers nous ont dit que la jeune fille était morte depuis plus de vingt-quatre heures, tu te souviens ?

— Oui. Mais pourquoi diable Jules aurait-il tué cette fille, alors qu'il s'apprêtait à l'épouser ? »

Question qui nous laissa l'un et l'autre sans voix.

« Puisque Jules m'a accusé, repris-je, je crois que j'entrevois la raison de sa présence sur les lieux. Il savait probablement que je me promenais le long de ce sentier certains matins. Il devait être couché dans l'herbe de l'autre côté du fossé et ne s'est relevé que lorsque je me suis trouvé suffisamment près de la jeune fille — que je l'ai *vue,* en fait.

— Tu aurais dû dire ça à la police, Neil.

— Qu'il était étendu dans l'herbe ? Tu ne crois pas que j'aurais eu l'air de vouloir l'accuser ? »

À peine avais-je prononcé ces mots que je me rendis compte de l'absurdité de mon raisonnement. Jules m'avait déjà accusé, lui, et gravement.

« Non, Neil. Je pense que c'est important. Je connais bien cet endroit. Il était sûrement couché dans l'herbe, sinon tu l'aurais aperçu plus tôt. Il faisait déjà jour, n'est-ce pas ?

— Absolument. Et suffisamment clair pour qu'on distingue la silhouette d'un homme. Oui... Jules m'a aperçu le premier, c'est certain.

— Je vais immédiatement informer la police », dit Louise en décrochant le téléphone.

Elle composa le numéro que nous avions inscrit sur la couverture de l'annuaire, en cas de nécessité. Les policiers chargés de l'affaire Germain n'étaient pas encore rentrés au commissariat, mais par chance ils arrivèrent pendant que Louise appelait et elle put s'entretenir avec l'un d'entre eux.

« Après votre départ et celui de vos collègues, commença Louise dans son français impeccable, Neil, mon mari, m'a expliqué que Jules Germain devait se tenir caché, étendu dans l'herbe, jusqu'à ce que Neil se soit suffisamment rapproché pour remarquer le corps de la jeune fille. Sinon, mon mari l'aurait forcément aperçu, car le paysage alentour est complètement plat ; de plus, il faisait suffisamment jour. Mon mari et moi trouvons un peu étrange que Jules Germain se soit ainsi couché dans l'herbe humide à 6 heures pour se relever précisément au moment où Neil... Je suis heureuse que vous compreniez mon point de vue... C'est effectivement important. (Il y eut une pause, puis Louise demanda :) Mais quand Jules vous a-t-il dit qu'il avait découvert la jeune fille ? À quelle heure ? Ah... Oui, bien sûr... Je vois. »

Après avoir raccroché, Louise m'expliqua que les policiers étaient désolés mais qu'ils n'avaient pas le droit de nous révéler la nature des déclarations de Jules, par exemple l'heure où il affirmait avoir découvert le corps de la jeune fille.

Louise et moi nous rendîmes à Chipac vers 16 heures, cet après-midi-là. J'avais besoin d'acheter quelques carnets, ainsi que le journal, et Louise devait passer chez l'épicier. Je remarquai que les regards des villageois s'attardaient davantage sur moi qu'à l'accoutumée et que leurs «*Bonsoir**» étaient moins chaleureux. Je n'eus droit à aucun sourire. Louise avait du nouveau à m'apprendre lorsque nous rejoignîmes la voiture pour parcourir les trois kilomètres qui nous séparaient de chez nous. Chez le boucher, Mme Béranger, qu'elle avait trouvée en grand conciliabule avec deux autres femmes, s'était visiblement arrangée pour que Louise ne perde rien de leur échange. Ma femme étant en bons termes avec elle, elle s'était jointe à la conversation et avait appris que Marie-Camille était enceinte de deux mois.

«Enceinte? De Jules?

— Justement non, répondit Louise. Du moins d'après les rumeurs. Si ç'avait été de Jules, je suppose que ce ne serait pas si... *bouleversant**. D'après Mme Béranger, Jules a dû éprouver un sacré choc et en vouloir terriblement à la jeune fille. L'une des femmes, Monique Colbert, est passée voir les Germain aujourd'hui; ils lui ont dit que tu avais été témoin de ce qui s'était passé et que nous l'avions raconté à la police.

«Mmm... Et savait-elle que Jules se trouvait également sur les lieux?

— Non, elle n'y a pas fait allusion. Et j'ai pensé qu'il valait mieux ne pas leur en parler, poursuivit Louise sur le ton emphatique qu'elle adopte toujours lorsqu'elle estime avoir pris une sage décision. Il m'a semblé que nous aurions l'air de vouloir... nous défendre. Laissons la police s'en charger.»

Attentif à la conduite, je gardai les yeux fixés sur la route.

«Crois-tu que cette histoire soit vraie? dis-je. Que la fille était enceinte? Qui peut faire courir une rumeur pareille?

— Eh bien... réfléchit Louise. Les policiers sont des gens du coin, ils ont pu parler avec des copains. Et Mme Béranger m'a dit qu'une autopsie avait été pratiquée aujourd'hui. La police a sûrement été trouver les parents de la jeune fille. Ils doivent chercher un suspect — en dehors de Jules, tu ne crois pas ? Et ils ont sans doute demandé à celui-ci s'il savait que la fille était enceinte.

— Je me demande bien ce que Jules a répondu... (Le tableau commençait à prendre forme dans mon esprit.) La fille ne peut ou ne veut pas épouser l'homme qui l'a mise enceinte mais il faut pourtant qu'elle se marie rapidement ; elle tombe sur Jules. Elle était assez mignonne pour attraper n'importe qui dans ses filets, tu ne crois pas ? Puis Jules découvre la vérité, perd les pédales et la tue. Que penses-tu de mon scénario ?

— Mmm... Il est vraisemblable.

— Pourtant, Louise... Lorsque nous avons fait la connaissance de cette jeune fille, l'autre soir, est-ce que tu aurais imaginé que Jules était au courant ? Je ne crois pas qu'il savait qu'elle était enceinte. Il avait l'air tellement fier...

— C'est vrai, Neil. Je me souviens. »

Nous continuâmes à nous interroger à voix haute, essayant de deviner quand et comment Jules avait découvert la vérité. À moins qu'il n'ait été l'heureux père et que ce soit quelqu'un *d'autre* qui ait assassiné la fille ? Et si Marie-Camille n'avait « confessé » son état à Jules que tard dans la soirée, le jour où nous l'avions rencontrée, ou tôt le lendemain matin ? Louise et moi étions en tout cas d'accord pour estimer que la police ne tarderait probablement pas à identifier l'homme qui avait eu une liaison avec Marie-Camille — à supposer que ce ne soit pas Jules —, vu qu'elle était originaire d'un petit village. Ensuite, on verrait bien si des charges seraient retenues contre cet individu, ou si Jules demeurerait le seul suspect.

Hélas, la vie n'est pas si simple. Du moins pas dans

un village français. L'amant de Marie-Camille fut effectivement identifié grâce aux renseignements fournis par les parents de la jeune fille ; mais lorsque le meurtre avait été commis, il se trouvait pour quelques jours à des centaines de kilomètres de là, près de Rouen — représentant de commerce, il voyageait pour ses affaires et put confirmer qu'il s'était bien rendu à son rendez-vous. Ma femme apprit de la bouche de l'une de ses connaissances à Chipac que les Germain avaient fini par admettre, non sans réticence semble-t-il, qu'ils étaient au courant de la grossesse de la jeune fille, mais qu'ils avaient tout comme Jules accepté la situation. Marie-Camille était un peu fantasque, avaient-ils prétendu, elle partait souvent se balader tôt le matin ou tard le soir — et Dieu sait sur qui elle avait pu tomber, au coin de ce champ désert... (Au moins les Germain ne m'avaient-ils pas ouvertement montré du doigt, au cours de cette conversation.)

Un certain nombre de questions restées sans réponse — ou que personne n'avait posées — continuaient de m'intriguer. Par exemple, où était située la chambre de Jules, dans la maison des Germain, et quelle vue avait-il de sa fenêtre ? Aurait-il pu se glisser dehors et suivre la jeune fille lors de l'une de ses escapades ? Ou tout bonnement l'accompagner ? Quand, exactement, Jules et sa famille avaient-ils appris que la fille était enceinte ? Ma femme et moi décidâmes qu'il valait mieux garder ces interrogations pour nous et continuer de mener la même vie qu'à l'ordinaire. La police avait téléphoné le lendemain du jour de la découverte du cadavre pour savoir si je comptais rester chez moi dans les jours à venir. Je leur avais répondu que je n'avais pas l'intention de bouger au cours des *mois* suivants. L'inspecteur de police, un certain Bertrand Dupont, m'avait dit qu'il me rappellerait prochainement et passerait me voir pour m'interroger à nouveau.

Plusieurs jours s'écoulèrent. J'entrepris et achevai

un portrait de Louise, lui imposant quelques courtes séances de pose. Je travaillai rapidement, ce qui était peut-être aussi bien. J'étais content du résultat, et Louise également.

Au bout de deux semaines, la police ne s'étant toujours pas manifestée, je me dis qu'elle ne devait plus avoir de questions à me poser. Mais dans les rues de Chipac, il était clair que les soupçons pesaient sur moi. À ma connaissance, la presse n'avait mentionné mon nom qu'une seule fois, pour annoncer qu'un certain Neil McAllister avait « découvert » le cadavre de la jeune fille à telle date. L'article précisait même que j'étais immédiatement rentré chez moi pour mettre ma femme au courant, et que celle-ci avait prévenu la police de Chipac. Mais le journal local, celui de Cahors, n'avait jamais révélé que Jules Germain se trouvait à quelques mètres du cadavre et que je l'avais vu quelques secondes à peine après ma macabre découverte. Je pensai d'abord que la police avait délibérément dissimulé cette information, le temps de rassembler toutes les pièces du dossier, mais j'eus de plus en plus de mal à croire à cette explication à mesure que les jours passaient.

Dans leur ensemble, les villageois prenaient le parti de Jules et paraissaient décidés à porter leurs soupçons sur un étranger, c'est-à-dire sur moi. Louise me rapporta certaines de leurs remarques et j'étais moi-même parfaitement conscient de leur attitude, les rares fois où je me rendais à Chipac. Jamais je ne m'étais à ce point félicité d'avoir les cheveux grisonnants, un début d'embonpoint — et même une légère claudication. Est-ce que j'avais l'allure d'un détraqué cherchant à courtiser une gamine de vingt ans, promise de surcroît au fils de mon plus proche voisin ? Mais ni Louise ni moi ne pouvions aller poser la question au boucher, au boulanger ou à l'épicier de Chipac. Les regards et les propos échangés dans mon dos — tels du moins que je me les imaginais — commencèrent peu à peu à me ronger. Lorsque je fouillais dans mes poches en quête de monnaie pour acheter mon journal, j'avais l'impression que le buraliste au crâne dégarni et les deux ou trois clients qui attendaient leur tour guettaient le moindre de mes gestes, en se disant : voici les mains d'un assassin. Les gens du coin croyaient-ils donc sérieusement que j'avais persuadé la jeune fille de me suivre, avant de lui briser le crâne à coups de pierre lorsqu'elle avait repoussé mes avances ? Je n'arrivais pas à me représenter la scène autrement, même s'il y avait bien sûr quelques variantes possibles. Un soir, je rêvai que Marie-Camille se tournait vers moi, près du fossé, et prononçait le mot « Non » en me souriant gentiment. « Bien sûr que non », répondis-je dans ce rêve. Je n'avais pas de pierre à la main. La jeune fille était belle, comme elle l'avait été dans la réalité. Mais dans mon rêve je n'éprouvais pas le moindre désir de l'enlacer ou de m'approcher d'elle. La petite était plutôt mignonne, sans plus.

« C'est invraisemblable, dis-je à ma femme. La police ne tient tout bonnement pas compte du fait que Jules se trouvait sur les lieux du crime lorsque j'ai découvert la fille ! »

C'était au moins la troisième fois que je faisais cette remarque à Louise. Je savais à présent ce que Jules avait raconté à la police : qu'il avait découvert le corps quelques minutes avant mon arrivée, que ses jambes s'étaient mises à trembler à la vue de ce spectacle et qu'il s'était allongé dans l'herbe. Il avait affirmé que sa famille et lui avaient passé l'après-midi de la veille à la recherche de Marie-Camille et qu'ils avaient même téléphoné à ses parents, pensant qu'elle était peut-être retournée chez eux pour une raison quelconque. Ceux-ci avaient rejoint leur village le lendemain du jour où Louise et moi étions allés prendre l'apéritif chez les Germain. Au lieu de repartir avec eux comme prévu, leur fille était encore allée « faire une de ses virées », selon l'expression des Germain. Elle était revenue, puis avait une nouvelle fois disparu

— c'est du moins ce que j'avais cru comprendre — et les Germain ne l'avaient plus jamais revue. Évidemment, avais-je songé, il fallait qu'elle revienne au moins une fois pour me laisser le temps de rôder autour de la ferme et de lui faire mes avances. Mais je m'étais gardé de révéler ces pensées à ma femme.

« Tu connais la version de Jules, Neil », me dit Louise avec cette patience qui n'appartient qu'à elle mais où je décelai toutefois un soupçon de lassitude.

Bien sûr que je connaissais la version de Jules. N'empêche qu'aucune accusation ne pesait sur lui. Comme si la police tenait un raisonnement du genre : Oui, peut-être Jules l'a-t-il tuée dans un accès de rage, *un crime passionnel* compréhensible vu les circonstances. Mais Jules Germain est jeune, sa famille est établie ici depuis longtemps ; et la fille n'a sans doute pas été très honnête envers lui. Laissons donc les soupçons se porter sur un parfait étranger, sans aller toutefois jusqu'à l'accuser ouvertement. Plus tard, Jules Germain en épousera une autre et l'affaire sera classée ; après tout, c'est lui qui doit hériter de la propriété familiale.

Il y a plusieurs façons de détruire la vie d'un homme. Un mois durant, puis deux, j'essayai d'ignorer les regards qu'on me lançait. Personne ne m'adressa jamais une remarque hostile, mais je n'eus pas davantage droit à un signe de sympathie ou d'amitié. Je reconnais toutefois que de mon côté je n'avais jamais cherché à me lier avec *eux*, en faisant la causette dans les bistros. De surcroît, tout le monde savait que ma connaissance du français était relativement limitée. Il me semblait que l'opprobre m'atteignait jusqu'à Cahors, à quarante kilomètres de là. Ma photo n'était pas parue dans la presse et pourtant... j'eus l'impression que le pharmacien me regardait d'une drôle de façon et me parlait sur un ton bien froid, le jour où je vins lui acheter deux flacons de vitamines.

Ou bien devenais-je paranoïaque ? C'était après

tout possible. Dans ce cas, autant l'admettre et regarder les choses en face. Le fait est que je ne pouvais plus supporter l'atmosphère de Chipac, ni même notre chère maison. Louise comprit mon point de vue lorsque je le lui exposai. Elle estimait tout comme moi que ces soupçons ne disparaîtraient jamais pour de bon.

J'ai prétendu que personne ne m'a jamais adressé la moindre marque d'amitié. Ce n'est pas tout à fait exact, car Mme Cordier, la responsable de la petite *bibliothèque publique** de Chipac, me gratifia d'un chaleureux «*Bonjour**», un jour où nous nous croisâmes chez le marchand de journaux. Elle ajouta même de son air le plus convaincu : «Je suis sûre que ces rumeurs seront vite oubliées, monsieur McAllister. Elles sont tout bonnement *absurdes* !» Je la remerciai de ses «sentiments», en lui disant que j'espérais qu'elle voyait juste. Au fil des ans, j'avais offert à la bibliothèque d'innombrables volumes en anglais, livres de poche ou services de presse ; ma femme leur avait également donné de nombreux ouvrages en français. Évidemment, il aurait beaucoup mieux valu aller boire un verre au bar du Centre, le dimanche midi, et me mêler aux discussions bruyantes des hommes du village qui s'y rassemblent ce jour-là avant de rentrer déjeuner chez eux. En fait, je me sentis un peu plus tard accablé à l'idée que quelqu'un comme Mme Cordier ait pris ces rumeurs au sérieux, au point de me manifester ainsi sa commisération.

Entre-temps, Jules Germain avait dû aller travailler dans les champs qui s'étendaient de l'autre côté de la ferme de ses parents, à moins qu'il n'eût momentanément quitté la région. Toujours est-il que ni Louise ni moi ne l'aperçûmes plus jamais à Chipac.

Je trouvais également de mauvais augure que la police ne me rappelle pas ou ne m'envoie pas de lettre de convocation.

«Ils peuvent être satisfaits de la situation, dis-je un

jour à Louisc. L'opprobre retombe lentement sur *moi*. C'est vraiment commode.

— Oh, Neil... »

Louise n'aime pas que je me laisse gagner par l'amertume.

« Il y aura bientôt trois mois, poursuivis-je, et ils n'ont toujours pas retrouvé le coupable. Mais ils n'ont pas l'air de le chercher bien activement, tu ne trouves pas ? »

Personne ne pouvait nier ce dernier point, pas même Louise. L'une de ses amies qui avait appelé le commissariat quelques jours plus tôt afin de demander où en était l'enquête sur le meurtre de Marie-Camille avait obtenu une réponse aussi vague qu'insatisfaisante. Les policiers faisaient ce qu'ils pouvaient, mais il n'y avait « aucun élément nouveau ». J'avais honte de mon amertume, parce qu'elle blessait ma femme et renforçait ma faiblesse et ma misanthropie.

Et pourtant, nous savions l'un et l'autre que cette atmosphère de doute et de suspicion ne se dissiperait pas, que je la lirais toujours dans les yeux des habitants de Chipac — et dans ceux d'un proche voisin, le fermier rouquin qui habitait un kilomètre plus loin, au bout du sentier où j'avais découvert le corps de Marie-Camille. De chez nous, on ne voyait pas sa maison, contrairement à celle des Germain ; n'empêche qu'il était *là* et qu'il me soupçonnait lui aussi autant que... eh bien, autant que tous ses concitoyens. Le pire, c'est que chacun d'eux, homme ou femme, devait bien savoir que j'étais innocent : sinon, la police m'aurait arrêté depuis belle lurette et je serais déjà derrière les barreaux, à l'heure qu'il est.

C'est ainsi qu'à notre grand regret Louise et moi avons mis les « Trois Châtaigniers » en vente. Nous avons pris la voiture et sommes allés prospecter un peu plus au sud, à la recherche d'un nouveau décor et d'une maison agréable qui, avec un peu d'effort et d'amour, saurait nous faire oublier les « Châtaigniers ».

Nous avons fini par dénicher quelque chose dans le Var, où le climat est plus chaud et plus sec — une maison qui nous plaît beaucoup et qui ne coûtera pas une fortune à retaper. Mais quand on a passé quatorze ans dans un cadre comme celui des « Trois Châtaigniers », on finit par aimer davantage le jardin que les pierres et le bois de la maison elle-même ; et le quitter, c'est dire définitivement adieu à un être vivant qui ne peut pas plus comprendre qu'un chien ou un chat.

Et pourquoi ?

Parce que le malaise engendré par ces soupçons est aussi terrible — du moins l'ai-je vécu ainsi — que la culpabilité que j'aurais éprouvée si j'avais vraiment tué Marie-Camille. À cette nuance près qu'il s'agit dans le premier cas d'une sorte de rancune, ou de rancœur, et non pas de honte. C'est évidemment cette culpabilité que les villageois voulaient que je ressente, même s'ils ne l'avaient sans doute pas formulé de façon aussi explicite. Le fait que nous nous apprêtions à quitter les lieux les aidera à se justifier du sentiment qu'ils éprouvent — ou feignent d'éprouver — collectivement : le dégoût que je leur inspire. L'opprobre de ce meurtre devait bien retomber sur quelqu'un, et ils n'ont pas voulu que ce soit sur la tête de Jules. Maintenant que nous abandonnons notre maison et son jardin, leurs soupçons vont probablement se renforcer et se muer en certitude.

Reste à savoir si je parviendrai jamais à échapper à ce cauchemar sans fin et à mener de nouveau une vie normale… J'ai l'intention d'essayer.

LA LONGUE MARCHE HORS DE L'ENFER
UNE HISTOIRE DU VIEUX TESSIN

C'était, c'est encore un pays où les montagnes cachent le soleil, striées d'affleurements granitiques et d'arbres qui se cramponnent aux versants escarpés, mais dressent néanmoins leurs cimes vers le ciel. Ici, les hommes aiment la végétation et sont à l'affût du moindre arpent de terre susceptible d'être cultivé. Pourtant, au XIXe siècle, la nourriture était chiche. On mangeait surtout des châtaignes, bouillies ou grillées, riches en calories au moment de leur chute ; une fois la saison passée, on les broyait pour en faire de la farine qui servait à la fabrication du pain.

Tel était le Tessin, ou Ticino — la région la plus méridionale de la Suisse, jadis rattachée au territoire actuel de l'Italie. Les familles étaient nombreuses, dans le temps. Beaucoup d'enfants mouraient ; une fois grands, les autres s'apercevaient vite que la terre était pauvre : sans perspective de travail ou d'avenir, ils se décidaient à émigrer, le plus souvent en Amérique. Lorsqu'un fils quittait sa famille, c'était généralement pour toujours. La coutume voulait pourtant que le père léguât au moins un arpent de sa terre à chacun de ses fils — en conséquence de quoi les terrains, de plus en plus morcelés, devenaient de moins en moins profitables à cultiver. On faisait pousser des céréales pour la polenta, du seigle, et bien sûr du foin pour le bétail. Les poulets étaient plus faciles à nourrir que les cochons. On élevait aussi des chèvres, pour le lait et le fromage, ainsi que quelques moutons.

L'éducation était sommaire, sinon inexistante, et bien souvent le seul homme du village qui sût réellement lire était le curé. Ce personnage tenait officieusement le rôle de juge, de psychiatre et de médiateur au sein de la communauté. C'est lui qui calmait les esprits en cas de querelle entre voisins, qui mariait les jeunes couples et prononçait l'éloge des défunts lors des enterrements, derrière l'église. Le village où se déroula notre histoire s'appelait Riato et s'étendait sur la rive droite de la Valle Maggia. Cette rivière à peine large d'un mètre lorsque son lit était à sec, débordait parfois et s'avérait dangereuse, balayant les ponts sur son passage comme fétus de paille ; cela dépendait des pluies, qui trop souvent ne s'arrêtaient plus lorsqu'elles se mettaient à tomber. La Valle Maggia coulait plus ou moins vers le sud et allait se jeter dans le lac Majeur, au niveau du delta formé par les villes d'Ascona et de Locarno, à vingt kilomètres de Riato. Les villageois parlaient toujours de Locarno avec un respect mêlé de crainte, comme s'il s'était agi d'une métropole comparable à Rome. La plupart d'entre eux n'y avaient jamais mis les pieds. On racontait qu'à Locarno, il y avait des carrioles tirées par de superbes chevaux, des magasins qui vendaient de la nourriture, des vêtements et des articles de cuir, un hôtel, et même une gare ferroviaire.

Si l'on avait demandé à Luigi Barta, père de famille et propriétaire d'une ferme à Riato, ce qu'il redoutait le plus au monde, il aurait peut-être hésité un instant mais aurait finalement répondu : « Les caprices du temps... parfois. » Oui, il arrivait qu'il fasse tellement sec que les céréales refusaient de pousser ; ou qu'au contraire un déluge s'abatte sur Riato, vous obligeant à patauger jusqu'aux chevilles dans des torrents d'eau boueuse : il fallait écoper les caves et doubler l'épaisseur des bâches protégeant les réserves de bois, qui servaient aussi bien à chauffer la maison qu'à préparer la cuisine. La maison de Luigi était munie d'une grande cheminée ; juste à côté se trouvait un banc suffisamment large pour accueillir un adulte ou deux petits enfants : on s'y asseyait pour se réchauffer. La famille, composée d'une dizaine de personnes, mangeait autour d'une grande table installée près de l'âtre ; en hiver, on se contentait des chandelles et de la lumière du foyer. Puis on montait se coucher dans des lits préalablement chauffés à l'aide de briques enveloppées d'un épais tissu. Un hiver sur deux, la neige vous arrivait à la taille, ou aux épaules, selon les années. On perdait un temps précieux à la déblayer, et une fois arrivé devant les étables on n'avait plus la moindre énergie pour s'occuper des bêtes. La région était plus riche en rochers qu'en arbres — en tout cas, il fallait dégager des monceaux de caillasses avant de travailler la terre —, aussi les bâtisses étaient-elles construites en pierre, et non en bois. On empilait des blocs de granit débités à la main pour édifier les murs ; les poutres des toits, en châtaignier, étaient généralement assemblées et maintenues par des tenons, presque jamais par des clous. On disposait ensuite d'autres dalles de pierre par-dessus la charpente ; les toits devaient être inclinés, afin d'éviter que la neige ou la pluie ne s'y accumulent.

Oui, le temps pouvait aussi bien se montrer propice qu'hostile ; et à quarante ans, Luigi, robuste gaillard au nez proéminent, pensait être aguerri contre toutes les épreuves. Sa femme Maria et lui avaient perdu un fils, emporté à l'âge de six ans par une terrible pneumonie, mais leurs neuf autres enfants avaient survécu. L'une de leurs filles était déjà mariée et vivait toujours au village. Comme à l'époque c'était essentiellement le troc qui prévalait, on pouvait pratiquement se passer d'argent. À Riato, un fermier aisé employait un ou deux villageois à plein temps pour travailler aux champs et s'occuper du bétail. Le salaire journalier était en moyenne de un franc et cinquante centimes. À la saison des moissons, certains villageois récoltaient parfois quelques pièces d'argent en travaillant une ou deux semaines d'affilée, quand les besognes domestiques leur laissaient un peu de temps libre.

Mais en tout état de cause, rien n'avait préparé Luigi Barta à la controverse qui l'opposa à Don Nicola, le curé du village, au sujet d'un arpent de terre situé à l'extrémité de sa propriété, au pied d'une pente montagneuse. Luigi y avait planté des vignes. Il fabriquait lui-même son vin, comme la plupart de ses concitoyens ; sa récolte suffisait largement à la consommation familiale et lui permettait même de mettre quelques bouteilles de côté, qu'il sortait lors des grandes occasions. Aussi loin qu'il s'en souvînt, Luigi avait toujours possédé ce bout de terre ; de fait, il appartenait déjà à son père, et sa propre maison se trouvait à peine deux cent cinquante mètres plus bas. Aussi éprouva-t-il un véritable choc lorsque Don Nicola, vêtu de sa soutane et coiffé de sa toque noire, vint le trouver un jour au beau milieu de sa vigne et lui annonça calmement que « l'Église » était propriétaire de la lisière supérieure du terrain — alors que Luigi l'avait toujours considérée comme partie intégrante de son domaine. La bande de terre que le curé lui indiqua mesurait bien trois mètres de large et s'étendait sur une cinquantaine de mètres.

Ahuri, Luigi fronça les sourcils.

« Et... depuis quand est-ce à vous, Don Nicola ?

— Oh... depuis une dizaine d'années, je crois. Je pourrais le vérifier, car tout est répertorié dans les archives de la paroisse. Mais ce terrain appartient bel et bien à l'Église, Luigi. C'est Antonio Remi qui l'a légué à Santa Christina. »

Tout en parlant, Don Nicola montra sur sa gauche

l'église de Riato, dont le modeste clocher était bien visible, à deux ou trois cents mètres de là.

Le nom d'Antonio Remi n'était pas inconnu de Luigi. Il s'agissait d'un fermier devenu passablement riche, du moins selon les critères du village. Il s'était marié deux fois, sa première femme étant morte en couches. Luigi savait fort bien que seuls les gens éprouvant une certaine culpabilité léguaient une partie de leurs terres à l'Église — ils attendaient même parfois d'être sur leur lit de mort pour le faire. Ils devaient se dire qu'un don pareil leur épargnerait peut-être le purgatoire — voire que le paradis, s'ils y parvenaient, serait encore plus doux pour eux.

« Mais... (Luigi devait choisir ses mots avec soin, car on ne discutait pas avec Don Nicola, pas plus qu'avec n'importe quel ecclésiastique ; toutefois, un terrain était un terrain.) Antonio Remi n'avait pas le droit de céder ce verger, avança-t-il. Son domaine est situé de l'autre côté de l'église, bien à l'écart du mien.

— L'Église compte faire construire un nouveau cimetière par ici, dit le curé avec un nouveau geste de la main, cette fois en direction de l'ancien cimetière édifié à flanc de coteau derrière l'église, et qui jouxtait effectivement les vignes de Luigi.

— Mais ce terrain est minuscule, dit Luigi d'une voix implorante. Et j'ai une quarantaine de plants de vigne, comme vous pouvez le voir. »

Les plants étaient fixés à des croix de bois reposant sur des bornes de granit, légèrement inclinées au sommet afin que les sarments puissent y prendre appui.

« La loi est la loi, déclara Don Nicola avec un sourire poli ; il avait une fine moustache et des manières onctueuses.

— Et moi, j'ai cinq fils à nourrir ! s'écria Luigi, conscient que sa voix s'était mise à trembler sous l'effet de l'émotion et peut-être de la colère.

— Je parle au nom de l'Église ! »

Les yeux de Don Nicola lançaient des éclairs. Son corps se raidit et il parut soudain beaucoup plus grand.

« Moi je défends ma terre ! Qui était avant moi la terre de mon père !

— Tu défies donc l'Église ? » fit Don Nicola.

Luigi serra les poings, sans même s'en rendre compte.

« Je défends ma terre et ma famille, Don Nicola ! »

Il vit le curé regarder ses mains, puis reculer d'un pas.

« Dans ce cas, je t'excommunie... Je t'*excommunie à jamais* ! Tu m'entends ? »

Don Nicola fit volte-face en pivotant sur ses talons avec autant de célérité que le sol le lui permettait et descendit vers l'église, près de laquelle il habitait.

Excommunié ! Durant quelques instants, Luigi resta cloué sur place. Puis il ramassa sur l'herbe les ciseaux qu'il avait lâchés lors de la discussion et se remit au travail. Il taillait machinalement, mais sa main tremblait et son poignet lui-même manquait de vigueur. Luigi fourra finalement les ciseaux dans sa poche et se soulagea derrière l'une des bornes de granit. Puis il se rendit chez lui afin de prévenir Maria.

En voyant la pâleur de son visage, celle-ci lui versa aussitôt un verre de vin. Luigi s'assit devant la table, à sa place habituelle, et demeura un moment silencieux.

« Don Nicola... dit-il enfin.

— Je l'ai aperçu, dit Maria. Que voulait-il ? »

Luigi lui raconta tout : l'histoire de ce bout de terrain en haut de la vigne, que Don Nicola réclamait au nom de l'Église, sa propre résistance, et finalement l'excommunication que le curé avait prononcée contre lui.

« Excommunié ! murmura Maria en s'effondrant à son tour sur une chaise. Mais ce n'est pas possible !

— C'est pourtant ce qu'a déclaré Don Nicola », dit

Luigi avant d'enfouir son visage dans le creux de ses bras.

À 18 heures, tout le village était au courant. Sandro, le fils aîné des Barta, était passé à la maison peu après le retour de Luigi. Il avait demandé ce qui se passait et sa mère lui avait tout raconté. En fait, Maria, Sandro et les autres membres de la famille éprouvaient le besoin de parler de l'affaire à leurs proches et à leurs concitoyens, comme s'ils avaient voulu se décharger moralement d'un tel fardeau.

« Excommunié ! » répétaient ébahis les habitants à travers le village.

Les enfants coururent porter la nouvelle aux quatre coins de la vallée bien avant la tombée de la nuit. Il y avait à Riato une ferme qui tenait plus ou moins lieu d'auberge communale, et où les hommes se retrouvaient parfois après dîner pour boire du vin et jouer aux cartes. Ce soir-là, Luigi songea à s'y rendre, mais pour finir il y renonça.

Il fut incapable de trouver le sommeil. Il se tournait et se retournait dans son lit en songeant aux flammes de l'enfer. Maria non plus ne dormit pas. Six de leurs enfants couchaient à la maison, les deux autres demeurant avec les parents de Maria, au village, à cause de l'exiguïté de leur logis. Maria et Luigi les entendirent chuchoter, cette nuit-là : eux non plus ne trouvaient pas le sommeil.

Le lendemain matin, Luigi décida de se rendre à l'auberge, sur la plaza, et de causer avec le premier venu, le vieux Pasquale ou l'un de ses clients. Il voulait au moins dire à ses voisins qu'il regrettait de s'être emporté contre Don Nicola.

« *Buon giorno*, Pasquale », lança-t-il en entrant avec un signe de tête à l'adresse du vieillard assis dans son coin, ainsi qu'il l'avait fait tant de fois auparavant.

Comme à son habitude, Pasquale était coiffé de son chapeau. Un bol de soupe aux glands et une tasse de lait chaud étaient posés devant lui. Il était veuf et c'était Rosita, la servante de l'auberge, qui lui préparait presque tous ses repas.

« Hummff... » répliqua Pasquale d'une voix presque inaudible.

Rosita, une femme enjouée d'une quarantaine d'années, était en train d'essuyer la table. Elle releva les yeux et adressa à Luigi un hochement de tête hésitant tout à fait inhabituel.

« B... bonjour, L... Luigi », dit-elle.

Luigi se sentit affreusement mal à l'aise. Pourquoi était-il donc venu ? Pour boire un verre de vin ? Ou pour saluer ses voisins et s'assurer de leur soutien ? Bien sûr, c'était cela : il voulait avoir la preuve qu'ils ne le laissaient pas tomber. Tout tremblant, Luigi fit demi-tour, jeta encore un regard derrière lui puis se hâta de quitter l'auberge. Il se dirigea à grands pas vers sa demeure. En cours de route, un gamin — l'un des innombrables marmots de la famille Fassora — le fixa d'un air hébété avant de partir en courant comme s'il avait le diable aux trousses. Tommaso, le forgeron du village, tourna ostensiblement le dos à Luigi, en faisant mine de ne pas l'avoir vu.

Luigi comprit qu'il était devenu maudit, indésirable, maintenant que le diable avait pris possession de lui ; son destin serait d'aller rôtir en enfer après sa mort. Et cela pour l'éternité ! Il poussa la porte de sa maison en gémissant.

Maria était en train de lessiver le sol, comme toujours à cette heure de la journée.

« C'est affreux... Terrible !... s'exclama Luigi en s'effondrant sur une chaise, le visage plongé dans ses mains.

— Tes cousins vont venir. Francesco, Giorgio, Vanni... Et même Pietro. »

À cet instant, on frappa à la porte. Francesco, le boulanger du village, pénétra presque aussitôt dans la pièce. Contrairement à son habitude, il ne souriait pas et avait un visage grave. Maria servit du vin aux quatre cousins. Ils connaissaient tous la nouvelle, commença Vanni, le plus âgé ; et il conseilla à Luigi de céder cet arpent à l'Église — même s'il croyait, tout comme lui, que la terre appartenait bel et bien à leur famille. Francesco l'interrompit en déclarant que de toute façon, Don Nicola considérait déjà ce terrain comme sien et qu'il avait même commencé à...

Personne n'osait aborder le sujet tabou — l'excommunication de Luigi. Celui-ci écoutait ses cousins et les dévisageait, les traits tirés. Il avait espéré un peu de réconfort de leur part, mais jusqu'à présent il en était pour ses frais.

« Mais que dois-je faire ? s'écria-t-il soudain, la voix brisée.

— Va donc trouver le Signor Edmondo ! lui dit Pietro. Nous étions bien tombés d'accord là-dessus, la nuit dernière ? ajouta-t-il à l'intention de ses cousins.

— Edmondo... » répéta Luigi.

Il se souvenait fort bien du vieil instituteur, qui ne devait pas avoir loin de quatre-vingts ans, aujourd'hui, mais qui avait encore toute sa tête et vivait toujours à Riato. Luigi l'avait eu comme maître entre six et neuf ans — après quoi son père avait estimé que sa présence était plus utile à la ferme que sur les bancs de l'école. Il gardait un bon souvenir d'Edmondo qui, à sa façon, possédait un peu la sagesse d'un prêtre.

« J'aurais dû y penser, moi aussi, intervint Maria. Tu devrais aller le voir ce matin, Luigi. »

Il n'était pas midi quand Luigi souleva avec un peu d'appréhension le heurtoir de la porte d'entrée, au rez-de-chaussée de la demeure à deux étages d'Edmondo Ricci. La femme de ce dernier reconnut Luigi et le fit entrer.

« Le... le Signor Edmondo est-il là ? » demanda-t-il.

La femme — c'était la seconde épouse d'Edmondo, elle avait à peine quarante ans — monta au premier pour prévenir son mari. Luigi ne tarda pas à être introduit.

Les deux hommes échangèrent une poignée de

main. Edmondo avait la paume moite, comme s'il venait juste de se raser. Une bassine était posée sur la table, ainsi qu'un long rasoir qui donna à Luigi l'envie de se trancher la gorge. Mais il se contenta de tousser et dit :

« Signor Edmondo... Je ne sais pas si vous êtes au courant, mais hier après-midi, j'ai été excommunié par... par Don Nicola.

— C'est donc vrai ? (Edmondo se pencha en avant d'un air aimable et concentré ; aucun des deux hommes ne s'était assis.) Je l'avais entendu dire, mais je ne parvenais pas à y croire. »

Luigi lui raconta la querelle née autour de cet arpent de terre et l'affreux verdict qui en avait résulté, le vouant à la damnation éternelle. Bien qu'il fût assez cultivé, l'histoire n'étonna pas outre mesure Edmondo. Les habitants de Riato et des villages environnants prétendaient fréquemment que la Vierge leur était apparue ou qu'ils avaient assisté à des miracles d'origine divine — par exemple, une main avait surgi dans lc cicl pour les sauver au moment où ils allaient tomber dans le vide, en longeant un précipice ou lors d'une avalanche ; ou bien c'étaient des rochers qui s'étaient écroulés derrière eux à l'endroit même où ils se trouvaient quelques instants auparavant. Aussi l'instituteur prêta-t-il relativement foi à l'histoire de Luigi. Après l'avoir écouté, il prit une profonde inspiration.

« L'évêque saura peut-être ce qu'il faut faire, dit-il. Notre évêque, à Lugano. Vous devriez aller le voir et lui parler.

— *Lugano...* » répéta Luigi, à la fois stupéfait et intimidé par cette idée.

Il s'imaginait un saint personnage en soutane rouge, bien au-dessus de ses petits problèmes — et parfaitement inaccessible.

« Pourquoi l'évêque m'écouterait-il ? reprit-il.

— Parce qu'il fait lui aussi partie de l'Église. Et qu'il occupe un rang plus élevé que Don Nicola !

Vous devriez lui demander conseil. Vous ne tiendrez pas longtemps si vous continuez de la sorte. Vous avez déjà une mine à faire peur.

— Merci, Signor Edmondo.

— Et si l'évêque vous reçoit, ajouta Edmondo, n'oubliez pas qu'il faut l'appeler *Sua Eccellenza.* »

Luigi reprit un peu courage. Mais comment se rendre à Lugano ? Il ne possédait pas de cheval.

Il rentra chez lui et rapporta la conversation à sa femme. Ce projet l'excitait tellement que de lui-même il serait parti sur-le-champ, muni d'une simple couverture, d'un bout de pain et d'un peu de fromage. Mais Maria le persuada de passer la nuit à la maison et de se mettre en route le lendemain matin, à la première heure. En fait, l'excitation de Luigi était tout de même un peu tempérée : sa mission pouvait fort bien échouer. Si jamais il le recevait, l'évêque lui dirait peut-être qu'il n'aurait jamais dû se disputer avec le curé. Et il ne serait pas plus avancé.

Il réussit tout de même à dormir quelques heures. À l'aube, il se réveilla, s'habilla et descendit lentement l'escalier. Maria le suivit. Il mangea de la polenta, du pain à la farine de châtaigne et but un bol de lait chaud. Les enfants ne parlaient que du voyage de leur père.

« Locarno... Lugano ?

— Lugano ! »

Personne dans la famille — ni sans doute au village — ne s'était jamais rendu à Lugano. La ville était située de l'autre côté du Monte Ceneri, un col qui disparaissait en hiver sous la neige et le brouillard. Dans l'esprit des enfants — et même de Maria — Lugano aurait aussi bien pu se trouver à mille kilomètres. Avant de prendre la route, Luigi embrassa toute la famille, comme s'il s'apprêtait à partir en Amérique. Quelques villageois interrompirent leurs tâches et le regardèrent quitter Riato la tête haute. Il les salua, mais la plupart se contentèrent de le dévisager en silence ; seuls un ou deux d'entre eux lui adressèrent un petit signe de la main, pour lui dire au revoir. Après tout, Luigi avait été excommunié.

En vérité, tout le monde à Riato poussa un soupir de soulagement lorsque Luigi Barta eut franchi le pont qui traversait la rivière Maggia, puis tourna sur la droite en direction de Locarno et disparut dans la brume grise du matin. Personne au village ne souhaitait la compagnie d'un homme qui venait d'être excommunié. Et s'il arrivait à rencontrer l'évêque de Lugano — car tout le monde connaissait la destination de Luigi —, celui-ci lui répéterait probablement ce que le curé lui avait déjà dit : on ne s'oppose pas plus à Dieu qu'à ses serviteurs attitrés.

On était en novembre ; bien que ce ne fût pas le mois le plus froid de l'année, une pluie glaciale se mit à tomber lorsque Luigi atteignit Ponte Brolla, où le Centovalli rejoint la Valle Maggia. Luigi était tout mouillé, mais il ne s'arrêta pas car pour lui, grelotter de froid et être trempé jusqu'aux os ne constituait pas une épreuve si redoutable. Il poursuivit donc son chemin. La route était en terre battue ; lorsque deux carrioles se rencontraient, il fallait que l'une escalade le talus, du côté des bois, afin de laisser passer l'autre. Luigi longeait sur sa droite le dangereux précipice au fond duquel coulait la Valle Maggia ; il n'était pas à-pic tout du long, mais il valait tout de même mieux éviter de glisser et d'aller s'écraser sur les rochers, cinquante mètres plus bas.

Au milieu de la matinée, son talon droit se mit à le faire souffrir à cause d'une ampoule qui venait d'éclater. Ses chaussures étaient rigides et un peu trop larges ; avec de bonnes chaussettes et à condition de ne pas marcher pendant des kilomètres, ce n'était pas un problème, mais là… Luigi s'assit, ôta sa chaussure puis sa chaussette droites, et appliqua un peu de beurre sur son talon écorché. Au moins, il n'était plus très loin de Locarno, une bourgade où il s'était rendu une fois, en compagnie de son père, lorsqu'il avait huit ans. Il aperçut bientôt la petite commune, sous le ciel bas et l'écran d'un léger crachin. Ainsi que Luigi l'avait entendu dire — car il n'en conservait lui-même qu'un souvenir fort vague — certaines maisons avaient *bel et bien* quatre, voire cinq étages ! Luigi sortit sa gourde et but une gorgée d'eau, se souvenant qu'il n'avait pas un centime sur lui pour acheter à boire ou à manger. Un peu intimidé, il traversa toutefois d'un pas décidé la plaza de Locarno après avoir longé les arcades ornées de grandes affiches. À un carrefour, il aperçut un panneau indicateur qui mentionnait quatre directions. Luigi hésita. Il était rarement obligé de lire, mais il reconnut tout de même le mot *Lugano,* sous un autre nom plus long.

« *Lugano, signora* ? fit-il en montrant le panneau à une femme qui étendait du linge dans un jardin.

— *Si, si,* répondit-elle en le dévisageant. *Bellinzona, e Lugano.*

— *Grazie, signora !* »

Luigi se remit en route en clopinant. Étranger, couvert de boue et plus pauvre que la plupart des gens d'ici, il savait qu'il n'était pas à sa place dans ce décor. Mais au moins ceux qui le dévisageaient ignoraient-ils son secret et ne pouvaient-ils soupçonner qu'il était une pauvre âme excommuniée. Luigi espérait que la malédiction qui pesait sur lui ne se voyait pas sur son visage. Son itinéraire lui fit longer un moment la rive du grand lac appelé Majeur, qui finit par se rétrécir jusqu'à n'être guère plus large qu'un cours d'eau. Il demanda une nouvelle fois la direction de Lugano ; on lui répondit qu'à quatre kilomètres il trouverait un pont, à l'entrée d'une ville nommée Cugnasco. Lorsqu'il l'aurait traversé, il n'aurait plus qu'à suivre la route du sud, jusqu'à Lugano.

Un peu plus tard dans l'après-midi, Luigi s'écroula au bord de la route et s'endormit comme une masse en profitant d'un rayon de soleil — celui-ci n'allait plus tarder à disparaître derrière le sommet d'une montagne. Il avait mangé la moitié de son pain et de son fromage, mais il se trouvait déjà sur la rive méridionale du lac Majeur et le Monte Ceneri était en vue. La faim et le froid réveillèrent Luigi au bout d'une demi-heure. Pourquoi n'avait-il pas emmené davantage de provisions, comme Maria le lui avait conseillé ? Et était-ce par honte ou par fierté qu'il avait refusé d'emporter les deux francs et soixante centimes qu'ils gardaient justement à la maison en cas de nécessité ?

Quoi qu'il en soit, lorsque le crépuscule arriva Luigi dut se mettre en quête d'un toit pour la nuit. Il titubait de fatigue et ne tenait presque plus debout lorsqu'il frappa à la porte d'une ferme où brillait la lueur d'une lampe à huile. Il demanda l'autorisation de dormir dans l'étable, située quelques mètres plus loin et qui, d'après ce qu'il avait pu voir, tenait également lieu de poulailler. Le fermier le dévisagea durant quelques instants, puis voulut savoir d'où il venait.

« De Riato », répondit Luigi.

Le nom ne disait visiblement rien au fermier. Riato n'était qu'un hameau.

« Et où allez-vous ? reprit l'autre.

— À Lugano. Je dois... »

Qu'allait-il bien pouvoir dire ? Qu'il voulait visiter la cathédrale ? Il se contenta de marmonner quelques mots.

« Nous nous levons de bonne heure, fit le fermier, toujours aussi soupçonneux. Et ne tentez pas de nous chaparder un poulet. Les autres risquent de voir rouge si l'envie vous en prend ! »

Luigi s'endormit et repartit à l'aube. Il avait rempli sa gourde d'eau fraîche à la pompe de la ferme. Le fermier, qui avait fini par le prendre en pitié, lui avait donné la moitié d'une miche de pain. Avoir à nouveau un peu de réserve lui redonna courage et il arriva bientôt au pied du Monte Ceneri, dont le sommet disparaissait dans la brume et les nuages. La tête baissée, Luigi entama l'ascension à pas lents mais réguliers. Il était seul à suivre la route en lacets et il ne croisa qu'un cheval de somme, visiblement exténué, et son maître qui marchait à ses côtés en le tenant par la bride. Parvenu au sommet du col, Luigi s'arrêta un instant et contempla le paysage qui s'étendait sur des kilomètres, dans toutes les directions. Çà et là, il distinguait des fermes isolées et des petits groupes de bâtisses en pierre correspondant à des villages. Il n'avait jamais vu un spectacle pareil. Puis un épais brouillard s'abattit sur les champs, recouvrant pratiquement l'ensemble du décor, et Luigi poursuivit son chemin, avec moins de peine à présent puisqu'il entamait la descente.

Les semelles de ses chaussures s'étaient vite usées et l'une d'elles était même trouée.

« Lugano ? C'est à une heure, une heure et demie de marche », lui dit un jeune homme en réponse à sa question.

Quelques heures plus tard, Luigi atteignit les premières rues qui descendaient en pente vers Lugano. De l'endroit où il était, il apercevait à travers le feuillage des arbres la surface bleutée de ce qui lui parut être un gigantesque lac.

« Où habite l'évêque de Lugano, s'il vous plaît ? demanda-t-il à la première personne qu'il rencontra — un homme d'une quarantaine d'années, plutôt bien habillé.

— L'évêque ? (L'individu dévisagea Luigi de la tête aux pieds, mais d'un œil plutôt indifférent.) *L'évêque* ? » répéta-t-il. Et il éclata de rire.

Un peu plus tard, néanmoins, Luigi frappait à une immense porte en bois magnifiquement sculptée qu'un prêtre en soutane noire vint finalement ouvrir. Luigi lui exposa sa requête et lui dit qu'il désirait s'entretenir quelques minutes avec l'évêque. Après avoir expliqué qu'il venait de Riato, il dut préciser où se trouvait son village. Et pourquoi voulait-il voir l'évêque ?

« Parce que j'ai été excommunié ! » s'écria Luigi en fondant brusquement en larmes, tant il était épuisé.

Plus tard encore — le prêtre lui avait dit de s'asseoir sur un banc et lui avait apporté de l'eau —, on l'introduisit dans la cellule de l'évêque. Luigi tremblait, mais il eut le réflexe de s'agenouiller devant l'ecclésiastique vêtu d'une soutane rouge foncé, qui semblait le dévisager depuis des hauteurs incommensurables. L'évêque fit un geste qui cloua Luigi sur place et le bénit au nom du Seigneur, avant de lui demander d'où il venait et quel problème l'amenait.

En bredouillant, Luigi raconta son histoire. Il s'était querellé avec Don Nicola, le curé de son village! Il avait sincèrement cru que ce terrain lui appartenait et avait défendu son point de vue, mais Don Nicola l'avait excommunié!

« Ah, oui. Don Nicola! Je le connais, dit l'évêque avec un léger sourire. Il n'a pas sa langue dans sa poche. Et tu as parcouru tout ce chemin à pied?

— *Si, Sua Eccellenza.*

— Eh bien, Luigi, il faut que tu fasses un effort et que tu te réconcilies avec Don Nicola. Après cela, tu seras réadmis au sein de l'Église. Mais d'ores et déjà, je t'accueille à nouveau parmi nous. Je vois que tu es sincèrement navré de t'être querellé avec Don Nicola, que tu t'es repenti et que tu regrettes tes paroles. Aussi je te pardonne, Luigi, au nom de notre Seigneur. »

Luigi se jeta par terre. Son soulagement et sa reconnaissance étaient tels qu'il aurait même embrassé les mules de l'évêque s'il n'avait pas été aussi intimidé. Il sentit la main de l'ecclésiastique se poser sur son épaule et se redressa.

Un domestique conduisit Luigi aux cuisines, où on lui servit une assiette de soupe, du pain et du fromage. Puis il dormit un moment sur un banc. Il se remit en route avant le crépuscule. Son cœur était plus léger, même si ses pieds le faisaient souffrir; il avait dû rafistoler la semelle de l'une de ses chaussures avec de la ficelle que lui avait fournie le domestique de l'évêque. Obéissant sans doute aux ordres de son supérieur, le cuisinier lui avait amené une bassine d'eau chaude afin qu'il puisse se laver les pieds, ainsi qu'une paire de chaussettes neuves, car les siennes étaient en lambeaux. Oui, vraiment, l'Église était charitable — c'était bien elle notre mère à tous !

Luigi ne ressentit un soupçon d'effroi qu'une fois parvenu au pied du Monte Ceneri ; les lacets de la route qui menait au col se perdaient dans les hauteurs. Il s'abrita dans un sous-bois et se confectionna une litière de branches et de feuillage sur laquelle il étendit la couverture dont il s'était muni au départ ; puis il mangea une partie des provisions que lui avait données le cuisinier de l'évêque. À l'aube, il était sur pied ; une prière de gratitude lui monta aux lèvres et il réalisa brusquement qu'il mourait de faim. Il avala la moitié du pain et du fromage qui lui restaient, replia sa couverture et commença l'ascension du Monte Ceneri. La chance était avec lui : au bout de quelques minutes, une charrette tirée par un cheval parvint à sa hauteur ; après l'avoir salué, le conducteur observa Luigi d'un air intrigué.

« Montez donc ! » lança-t-il finalement.

Luigi accepta. Quelle élégance, d'escalader ainsi la pente au rythme clopinant des sabots d'un cheval ! De se reposer tout en avançant ! La charrette était chargée de paquets de diverses tailles, des sacs de toile dont on ne pouvait deviner le contenu. Le conducteur apprit à Luigi qu'il était allé vendre de la farine et des poulets à Lugano et qu'il regagnait maintenant sa ferme, près de San Antonio — une bourgade que Luigi se souvenait avoir traversée. La charrette l'emmena jusque là-bas, ce qui le rapprocha considérablement de Bellinzona. Toutefois, lorsque la fatigue s'abattit sur lui il n'avait pas encore atteint Locarno, ville où il devait nécessairement repasser, puisque le chemin de la Valle Maggia en partait ; une nouvelle fois, il lui fallut chercher un abri pour la nuit. Le fermier à qui il demanda l'hospitalité le dévisagea des pieds à la tête et lui claqua la porte au nez. Luigi poursuivit sa route, réalisant que sale et mal rasé comme il l'était on devait sûrement le prendre pour un brigand ou un voleur en cavale. Il se faufila dans une meule de foin dont il avait vaguement aperçu les contours au milieu d'un champ et s'endormit, soulagé qu'aucun chien ne se soit mis à aboyer.

Il atteignit Locarno avant midi et y entra la tête plus haute que deux jours auparavant. Il se débarbouilla à la fontaine publique de la plaza, utilisant sa gamelle pour se verser de l'eau — elle était glaciale — sur les mains et le visage. Puis il remplit sa gourde et se remit en route. Au moins, il connaissait le nom des villages qu'il devait encore traverser — Ponte Brolla, Avegno... Il se sentait déjà chez lui. Mais il boitait, à présent ; à l'aide de son couteau, il élagua une branche pour s'en fabriquer une canne qui s'avéra d'un grand secours. Ses provisions étaient entièrement épuisées lorsqu'il atteignit Avegno, un hameau formé de quelques maisons basses et d'étables en pierre édifiées sur la droite du sentier. Luigi avait bien envie de frapper à une porte pour demander un peu de polenta froide, mais il y renonça. Ces gens étaient aussi pauvres que lui. Les paroles de l'évêque lui donneraient bien assez de force pour poursuivre sa marche — dût-elle durer jusqu'à la fin des temps — puisqu'on l'avait réadmis dans le sein de l'Église.

Néanmoins, Luigi titubait, appuyé sur sa canne, lorsqu'il aperçut l'un de ses cousins sur le pont qui menait à Riato.

« Giorgio ! s'écria-t-il.

— Luigi ! C'est toi ! »

Giorgio oublia toutes les préventions qu'il pouvait avoir et aida son cousin à regagner sa demeure en le soutenant par le bras. Luigi balbutiait, cherchait à savoir comment Maria s'était débrouillée depuis son départ, avec deux fois plus de travail ; il riait et pleurait à la fois en essayant de raconter son aventure, dont le point culminant était bien sûr sa rencontre avec l'évêque de Lugano — lequel lui avait déclaré qu'il n'était plus excommunié et faisait à nouveau partie de la communauté des fidèles.

« Je ne suis plus excommunié ! » s'exclama Luigi pour la troisième fois.

Ce coup-ci, sa femme l'entendit car ils avaient presque atteint la porte de sa demeure.

Maria embrassa son mari. Il y eut de nouveaux rires, de nouveaux pleurs, de nouvelles descriptions du palais de l'évêque, tandis que Luigi se lavait devant l'évier de la cuisine. Les enfants lui posaient mille questions et Maria dut les faire taire. L'une des filles servit à son père une assiette de polenta chaude agrémentée de saucisses. On sortit également du pain, du vin, du fromage et une pomme provenant du verger familial.

Mais ce fameux arpent de vigne ? Luigi ne souleva pas la question ce soir-là ; à vrai dire, il n'y songeait même pas. L'Église avait certes récupéré une parcelle de terrain. Et c'était elle, à coup sûr, qui possédait le plus de terres dans la région. Mais aux yeux de Luigi, le fait d'avoir échappé aux flammes de l'enfer et à la damnation éternelle comptait bien plus qu'un malheureux hectare de terre.

La longue marche de Luigi jusqu'à Lugano — même s'il reconnut volontiers avoir profité d'une charrette pour passer le col du Monte Ceneri sur le trajet du retour — devint bientôt célèbre dans la région. Tout le monde parlait désormais du « Pèlerinage de Luigi chez l'évêque de Lugano ». À compter de ce jour et jusqu'à la fin de sa vie, Luigi fut le seul habitant de Riato à avoir vu Lugano ; plus encore, le fait d'avoir accompli le trajet à pied ajoutait à son exploit une dimension quasi surnaturelle. Son aventure paraissait aussi surprenante que s'il s'était mis à voler, ou qu'il était monté au ciel.

Ses fils — il en eut six, au bout du compte — continuèrent à jouir du prestige de leur père bien après sa mort. Ils étaient de la même lignée que ce héros infatigable et presque surhumain qui avait franchi le col du Monte Ceneri. On dessina des cartes qui reproduisaient — en l'enjolivant considérablement — l'itinéraire suivi par Luigi lors de sa marche miraculeuse. Un artiste local au style un peu naïf peignit un tableau où l'on voit Luigi cheminer à grand-peine, au milieu d'un tourbillon de brume, sur la crête du Monte Ceneri, un sac tyrolien sur le dos. Pendant des années, Maria conserva sa paire de chaussures élimées ; mais elles finirent par moisir au cours d'un hiver particulièrement pluvieux et il fallut se résoudre à les jeter.

Table

Du même auteur
chez Calmann-Lévy :

L'Inconnu du Nord-Express
Mr. Ripley
(Plein Soleil)
Eaux profondes
Le Meurtrier
Jeu pour les vivants
Le Cri du hibou
Ce mal étrange
(Dites-lui que je l'aime)
Ceux qui prennent le large
L'Empreinte du faux
Ripley et les ombres
La Rançon du chien
Ripley s'amuse
(L'Ami américain)
L'Amateur d'escargots
Le Rat de Venise
et autres histoires de criminalité
animale à l'intention des amis des bêtes
L'Épouvantail
Sur les pas de Ripley
Les Deux Visages de janvier
La Proie du chat
Le Jardin des disparus
L'homme qui racontait des histoires
Ces gens qui frappent à la porte
Les Sirènes du golf
Une créature de rêve
L'Art du suspense, mode d'emploi
Catastrophes
Les Cadavres exquis
Carol
(Les Eaux dérobées)
Le Journal d'Édith
La Cellule de verre
Ripley entre deux eaux
Small G

Composition réalisée par INTERLIGNE

IMPRIMÉ EN FRANCE PAR BRODARD ET TAUPIN
Usine de La Flèche (Sarthe).
LIBRAIRIE GÉNÉRALE FRANÇAISE - 43, quai de Grenelle - 75015 Paris.
ISBN : 2-253-14264-6

31/4264/3